KB138536

킬링 이브

노 투모로

No Tomorrow

Copyright © 2018 Luke Jennings (as in Proprietor's edition)
All rights reserved.
Korean translation rights arranged with PEW LITERARY, through EYA(Eric Yang Agency).

이 책의 한국어판 저작권은 EYA(Eric Yang Agency)를 통해
저작권사와 독점 계약한 (주)북이십일에 있습니다.
저작권법에 의하여 한국 내에서 보호를 받는 저작물이므로 무단 전재와 복제를 금합니다.

킬링 이브
노 투모로

KILLING EVE

PART 2 : NO TOMORROW

루크 제닝스 장편소설
황금진 옮김

LUKE JENNINGS

arte

『킬링 이브: 코드네임 빌라넬』 간략 줄거리

옥사나 보론초바. 혹은 코드네임 빌라넬. 최악의 사이코패스이자 최고의 킬러로 정체를 알 수 없는 거대한 비밀조직의 명령에 따라 전 세계의 부자와 권력자, 정치인을 제거한다. 고양이 같은 날렵함과 거침없는 잔인함으로 자신에게 주어진 임무를 완벽하게 수행하지만, 어느 날 러시아의 선동적인 정치인을 살해하면서 뜻밖의 추적자의 이목을 끌게 된다.

이브 폴라스트리. 영국 보안정보국 MI5 소속 요원이라는 거창한 직함과 달리 조용하고 다소 지루하기까지 한 생활을 보내고 있다. 안정적인 직장과 가정적인 남편을 둔 평범한 삶. 하지만 이브가 경호 작전을 검토했던 러시아의 정치인이 살해당하면서 이 모든 것을 잃을 위기에 처한다. 그때 영국 해외정보국 MI6의 러시아 총국장으로부터 은밀한 제안이 찾아온다. 바로 자신의 밑에서 일하면서 비밀리에 킬러를 쫓으라는 것.

욕망과 본능에 충실한 치명적이고 아름다우며 잔혹한 암살범 빌라넬과 실전 경험은 제로지만 끈기와 결단력, 대담함과 빠른 두뇌 회전력을 겸비한 비밀 요원 이브. 두 사람의 쫓고 쫓기는 추적전은 점차 더욱 위험하고 스릴 넘치는 세계로 들어선다. 빌라넬은 이브의 동료를 살해하기에 이르고, 이브는 끈질긴 조사 끝에 비밀조직과 내통하는 영국정보부의 인물이 자신의 전직 상사였다는 사실을 알아내는데…….

1

합금 소재 핸들 바에 가볍게 손을 얹은 채 카본 프레임 자전거를 타고 머스웰 힐을 달리며 데니스 크레이들은 기분 좋은 피로감을 만끽 중이다. 사무실에서 런던 북부에 있는 자택까지 자전거로 이동하기에는 꽤 먼 거리지만 순식간에 왔다. 직장 동료나 가족에게 차마 털어놓을 수는 없지만, 데니스는 자신을 어떤 가치의 신봉자라 여기고 있다. 힘들여 자전거로 도시를 가로지르다 보면 그 안의 스파르타적인 면이 충족된다. 사이클링은 군살 없고 민첩한 몸을 유지해 주는 데다, 의도한 건 아니지만, 쫄쫄이 라이크라 사이클링 바지와 기능성 소재 저지를 입은 그를 48번째 생일을 앞둔 남자치고는 끝내주게 스포티해 보이게 만들어 주기도 한다.

MI5 내 D4 부서장으로 러시아 및 중국 방첩 활동을 책임지고 있는 데니스 정도의 연공서열이면, 그가 원할 경우 얼마든지 보안국 소유의 특색 없는 중간급 자동차에 기사까지 두는 것이 가능하다. 지위만 따지면 그러고 싶은 마음이야 굴뚝같지만 그건 파멸에 이르는 길이다. 몸매를 놓아버리는 날엔 모든 게 끝장이다. 미처

깨닫기도 전에, 템스 하우스 바에 죽치고 앉아 라프로익 위스키를 홀짝이며 인사부의 여장부들이 장악하기 전이 훨씬 호시절이었다고 투덜대는 배불뚝이 털북숭이 노땅이 되어있을 것이다.

사이클링은 데니스가 감을 유지하는 데 도움을 주기도 한다. 거리의 소리에 귀를 기울이고 피가 혈관을 타고 온몸으로 퍼지게 해주기 때문이다. 또한 가비의 걷잡을 수 없는 성욕을 고려할 때 사이클링이야말로 데니스에게 필요한 것이다. 젠장, 말라깽이 주제에 틈만 나면 잔소리나 해대는 페니가 아니라, 가비한테 가는 중이면 좋으련만.

마지막 100미터를 미끄러지듯 나아가는데 때마침 자전거 헬멧에 내장된 블루투스 플레이어에서 〈록키Ⅲ〉의 주제가 '아이 오브 타이거(Eye of the Tiger)'가 나오기 시작한다. 음악이 클라이맥스에 다다라 쿵쾅거리자 데니스의 심장도 덩달아 쿵쾅거리기 시작한다. 그의 머릿속에서 가비는 슈퍼 요트 속 초대형 선실에 놓인 킹 사이즈 침대에서 그를 기다리고 있다. 보송보송한 테니스 양말 외에 아무것도 입고 있지 않은 가비는 운동으로 탄탄하게 다져진 다리를 여봐란 듯 벌리고 있다.

그 순간, 갑작스레 억센 손이 나타나 데니스의 팔을 낚아채더니 홱 비틀어 멈춰 세우는 바람에 자전거가 끼익 미끄러지며 바닥으로 쓰러진다. 데니스가 입을 열어 무슨 말인가 하려는 찰나, 거친 주먹이 복부를 가격해 와 찍소리도 내지 못한다.

"미안하게 됐소, 형씨. 형씨 관심을 좀 끌어야 해서." 데니스를 붙잡은 자는 마흔 정도의 나이에 말쑥한 쥐새끼같이 생긴 자로 퀴퀴한 담배 냄새가 풍긴다. 남자는 남은 손으로 데니스의 자전거 헬멧을 벗기더니 쓰러진 자전거 위에 아무렇게나 툭 떨어뜨린다. 데니스가 온몸을 비틀어도 남자는 그를 힘껏 붙잡은 채 꿈쩍도 하지 않는다.

"가만히 있으쇼, 좀. 다치게 하고 싶지 않으니까."

데니스가 끙끙거리며 내뱉는다. "이게 대체……?"

"형씨, 내가 어떤 친구 때문에 왔는데, 그 친구가 형씨하고 얘기를 좀 해야겠대. 베이비돌 얘기 말이야."

데니스의 얼굴에서 그나마 남아있던 핏기가 싹 가신다. 두 눈은 충격으로 휘둥그레진다.

"자전거 세우시고. 차 뒷좌석에 놔. 그리고 앞자리에 타. 지금 당장." 남자가 데니스를 풀어주자, 데니스가 멍한 눈으로 주변을 둘러본다. 흰색 구형 포드 트랜짓 밴이 보이고, 운전석에 누군가 앉아있다. 얼굴은 창백하고 입술에는 피어싱을 한 청년이다.

덜덜 떨리는 손으로 밴의 뒷문을 열고는 이제 화이트스네이크의 '슬라이드 잇 인(Slide It In)'이 재생되고 있는 헬멧의 블루투스를 끈다. 헬멧을 자전거 핸들 바에 건 다음 자전거를 밴에 싣는다.

"전화기." 쥐새끼가 요구하더니 귀가 얼얼할 정도로 세게 따귀를 때린다. 덜덜 떨리는 손으로 데니스가 전화기를 건넨다. "좋았어, 조수석으로 가."

밴이 차량 행렬에 들어서자, 데니스는 납치 및 심문 시 보안국의 행동 강령을 기억해내려 노력한다. 하지만 이 패거리가 빌어먹을 보안국 요원이고 내사과 소속이라면? 데니스 정도 직책자를 털어도 좋다는 허가를 받으려면 국장한테까지 갔을 게 분명하다. 그렇다면 대체 누구지? 혹시 적인가? 러시아정보국, 아니면 미국 중앙정보부? 그냥 아무 말도 하지 말자. 그때그때 닥칠 때 대처하자. 아무 말도 하지 말자.

트랜짓이 러시아워의 차량 사이를 이리저리 누비며 잘 빠져나온 덕에 주행시간은 10분도 채 걸리지 않는다. 차는 노스 서큘러 로드를 건넌 다음 테스코 슈퍼마켓 주차장에 들어와 선다. 운전자가 매장 입구에서 가장 먼 지점에 있는 구역을 골라 밴을 조용히 정차시키더니 시동을 끈다.

데니스는 밀가루 반죽같이 하얗게 질린 얼굴로 앉아 자동차 앞 유리 너머 주차장 경계 울타리를 응시한다. 노스 서큘러를 지나는 자동차들에서 희미하게 매연이 피어오른다. "이제 뭘 어쩌려는 거지?" 데니스가 묻는다.

"기다려." 뒷자리에 앉아있는 쥐새끼가 말한다.

몇 분 더 흐르자 휴대 전화 벨소리가 울린다. 기괴하게도 벨소리가 오리 웃음소리다.

"형씨한테 온 전화야." 뒷좌석에서 쥐새끼가 싸구려 플라스틱 휴대 전화를 건넨다.

"데니스 크레이들?" 낮은 목소리가 윙 하고 울리는 금속성 전자음으로 나온다. 음성변조기로군, 데니스는 속으로 생각한다.

"누구야?"

"그건 알 것 없다. 당신이 알아야 할 건 우리가 뭘 알고 있느냐 하는 거지. 큰 건부터 시작해 보도록 할까? 보안국을 배신하는 대가로 넌 1500만 파운드의 상당 부분을 받았고, 그 돈을 영국령 버진 아일랜드에 있는 해외 계좌에 고이 두었어. 뭐 다른 할 말이라도 있나?"

크레이들의 세계가 눈앞의 차 유리만큼 쪼그라든다. 심장이 얼음에 파묻히기라도 한 것 같은 기분이다. 말은커녕 생각조차 할 수가 없다.

"없을 줄 알았지. 그럼 계속해 보도록 하자. 우린 당신이 올해 초 프랑스 리비에라 해안 캅 당티브에 있는 레 재스포델이란 건물의 방 3개짜리 아파트를 얻었고, 지난달에는 베이비돌이란 42피트 모터 요트를 구입해서 지금 현재 보방 항구 정박지에 정박해 놓았다는 걸 알고 있다. 또 현재 리토랄 호텔 내 피트니스 클럽& 스파 직원인 스물여덟 살짜리 가브리엘라 뷰코빅 양과의 관계도 알고 있지.

지금은 MI5도 당신 가족도 이런 사실을 전혀 모르고 있어. 런던광역경찰청도 내국세입청도 모르고 있고. 그런 상황이 지속될지 여부는 당신한테 달려있다. 우리가 함구하길 원한다면, 네 자유와 직업과 평판을 유지하고 싶으면, 우리한테 모조리 털어놓아야 할 거야. 당신한테 돈을 주고 있는 조직에 대해서 빠짐없이 모든 걸 털어놓아야 해. 우리를 속일 속셈으로 사실 하나라도 빼먹는 날에는 앞으로 25년을 벨마쉬 교도소 감방에서 보내게 될 거다. 그것도 목숨이 붙어있을 때 얘기겠지만. 자, 어때?"

희미하게 차들이 웅웅거리는 소리가 들린다. 저 멀리 어디에선가 구급차 사이렌이 울리는 소리도 들린다. "당신들 정체가 뭔지 모르겠지만 엿이나 드시지." 데니스가 불안정한 목소리로 낮게 말한다. "납치와 폭행은 범죄야. 뭘 원하는지도 모르고 정체도 모르겠지만 아무튼 전해. 난 쥐뿔만큼도 관심 없다고."

"그런데 말이야, 문제가 있어, 데니스." 금속성 목소리가 말을 잇는다. "아니 '당신' 문제라고 해야겠지. 우리가 템스 하우스에 보고서를 보내면 조사에 들어갈 거고 기소도 될 거고 뭐 다 아는 그런 일이 벌어지겠지. 그러면 당신이 우리하고 접촉했을 거라는 추측이 가능해지니까 당신한테 그 돈, 1,500만은 엄청 큰돈이지, 아무튼 그 돈을 주고 있는 사람들은 어쩔 수 없이 당신을 본보기 삼아 처형할 수밖에 없게 될 거야. 데니스, 당신은 처리될 텐데 그거 엄청 끔찍할걸. 그 사람들이 어떤지는 당신이 더 잘 알 거 아니야. 그러니까 당신한테는 사실 선택권이 없어. 배짱 튕기는 것도 안 통한다고."

"넌 무슨 말인지도 모르고 대충 지껄인 거야, 안 그래? 집사람이나 상사들한테 숨긴 게 있을지는 몰라도, 바람피우는 건 범죄가 아니야. 적어도 내가 마지막으로 확인해봤을 땐 그랬거든."

"그럼, 아니고말고. 하지만 반역죄는 범죄고, 그게 바로 당신의 죄목이 될 거다."

"뭐가 됐든 너한테는 날 기소할 근거랄 게 전혀 없고, 너도 그걸 알고 있어. 이건 저질 협박 시도에 불과해. 그러니까 아까 말했다시피 네가 누구든 엿이나 먹어."

"좋아, 데니스, 앞으로 벌어질 일을 말해주지. 5분 안에 당신은 그 밴에서 내려 자전거를 타고 집으로 갈 거야. 부인한테 줄 꽃다발을 사고 싶을지 모르지. 주유소는 적정 가격의 꽃을 갖다 놓으니까 말이야. 내일 아침 차 한 대가 오전 7시에 당신을 태우러 당신 집으로 갔다가 당신을 햄프셔에 있는 데버 연구기지로 데려다 놓을 거다. 템스 하우스의 부국장한테는 당신이 근무일 3일을 그곳에서 보내면서 테러 대책 세미나에 참석할 거라고 일러두었어.

그 3일 동안, 당신은 우리가 거론했던 사안에 대해서 비공개 면담을 한다. 기지 내 그 누구도 이 사실을 모를 테고, 당신의 평소 업무가 중단되더라도 표시도 안 날 거야. 모를 리 없겠지만, 데버는 정부의 비밀 자산이고 보안도 철저하지. 면담이 잘 진행되면, 뭐 난 잘 진행될 거라 확신하지만, 당신은 풀려날 거다."

"내가 거절한다면?"

"데니스, 당신이 거절하면 어떤 일이 벌어질지는 생각조차 하지 않는 게 좋아. 농담이 아니야. 아수라장이 따로 없을걸. 우선 페니를 생각해봐. 상상이 가? 애들은 또 어떻고. 자기들 아버지가 반역죄로 재판을 받는다? 우리 거기까진 가지 말자고, 알아들었어?"

기나긴 침묵. "아침 7시라고 했나?"

"그래. 그 이후엔 교통지옥이 따로 없을 테니까."

데니스가 흐릿한 땅거미를 응시하며 말한다. "알았다."

휴대 전화를 책상 위에 내려놓은 후, 이브 폴라스트리는 숨을 내쉬고 두 눈을 감는다. 데니스 크레이들을 상대하느라 연기한 냉혹하고 권위적인 인물은 이브와는 전혀 다른 인물이다. 얼굴을 보고는 그런 조롱조를 유지할 수 없었을 것이다. MI5에서 일하던 시절 크레이들은 이브에게 까마득히 높은 사람처럼 보였기 때문이다. 하지만 '알았다'는 마지막 그 대답으로, 크레이들은 죄책감을 효과적으로 잘 감췄다. 내일 맞은편에 앉은 이브를 보면 크레이들이 충격을 받을 것이 거의 확실한데, 그건 더 만만치 않은 일이 될 것이다.

"야무지게 잘해냈어요." 리처드 에드워즈가 데니스와 이브의 대화를 청취 중이던 헤드폰을 벗고 구지 스트리트 역에 있는 의자 중에서 그나마 덜 불편한 의자에 다시 기대앉으며 말한다.

"팀원들 덕분이죠. 랜스가 겁을 제대로 줬고 빌리가 운전을 차분하게 잘해줬어요."

리처드가 고개를 끄덕인다. MI6의 러시아 총국장인 리처드는 사무실에 어쩌다 들리는 방문객인 데다 이브의 이름이 공식적인 보안국 직원 명단에 올라있는 것도 아니지만 따지고 보면 이브의 상사다. "크레이들한테 오늘 밤 자기 상황을 따져볼 시간을 줄 겁니다. 다혈질 부인이 있는 데서 따져본다면 더없이 좋겠죠. 내일 이면 그 자를 속속들이 까발릴 수 있을 겁니다."

"크레이들이 오전 7시에 나올 것 같아요? 오늘 밤 야반도주하지 않을까요?"

"그런 짓은 안 할 겁니다. 데니스 크레이들이 반역자일지는 몰라도 바보는 아니니까요. 도망치면 끝장이에요. 우린 그 자의 유일한 기회고 그 자도 그걸 알고 있을 겁니다."

"혹여 데니스가……."

"자살이요? 데니스가요? 아니, 그 사람 그런 유형이 아니에요. 옥스퍼드 시절부터 알고 지냈는데, 크레이들은 교활하고 약삭빠른 놈이에요. 아무리 까다로운 문제라도 비싼 식당에서 괜찮은 와인 한잔 마시면서 해결할 수 있다고 여기는 부류죠. 그 밥값을 남의 돈으로 낼 수 있으면 금상첨화일 테고. 놈은 우리가 알아야 할 건 알려주고 조직에 대해서는 함구할 겁니다. 우리 쪽 사람들도 무서워할 수 있겠지만 우리를 팔아넘긴 일당을 훨씬 더 무서워할 게 분명하니까요. 크레이들이 노출되었다는 기미가 조금이라도 보이면 그 자들은 크레이들을 가차 없이 버릴 겁니다."

"영구 제명인가요."

"이승에서 영구 제명시킬 겁니다. 모르긴 몰라도 당신의 숙적인 여성을 보내서 처리하겠지요."

이브가 미소를 짓자 가방 안에 있던 휴대 전화 진동이 울린다. 집에 언제쯤 올 거냐고 묻는 니코의 문자 메시지다. 실제 도착 시간은 적어도 8시 반이 될 가능성이 크지만 8시라고 답장을 보낸다.

리처드가 사무실에 하나밖에 없는 더러운 긴 창 너머를 응시한다. "이브가 무슨 생각을 하는지 알아요. 대답은 안 된다는 겁니다."

"제가 무슨 생각을 하는데요?"

"크레이들한테 압박을 가해서 미끼로 쓰려는 거잖아요. 그리곤 심해에서 수면 위로 뭐가 떠오를지 보는 거죠."

"그렇게 나쁘기만 한 생각은 아니네요."

"살인은 늘 나쁜 생각입니다. 내 말 믿어요, 그렇게 하면 결국 살인에 이르게 될 거예요."

"걱정 마세요, 계획대로만 할 테니까. 데니스는 본격적인 중년의 위기가 찾아오기도 전에 사랑스러운 가비의 품으로 돌아가게 될 겁니다."

범죄 조직 '황금 형제단'의 오데사 지역 두목인 리나트 예브투크는 마음이 영 좋지 않다. 듣던 대로 베니스는 단순한 도시가 아니다. 베니스는 서구 문화의 거점이자 쾌락의 궁극적 종착지다. 그런데 어쩐 일인지 다니엘리 호텔의 스위트룸에서 호텔이 제공한 실내복을 입고 역시 호텔이 제공한 실내화를 신고 창가에 서있는데도 자꾸 다른 생각이 난다.

어느 정도는 스트레스 때문이다. 오데사에서 그 러시아 놈을 납치한 건 실수였다. 이제는 그걸 알 것 같다. 그는 그 일이 통상적인 방식대로 끝날 거라 여겼었고 무리한 추측도 아니었다. 비공식 경로를 통한 협상, 몸값 합의, 쌍방 모두 악감정 없는 마무리. 하지만 막상 닥쳐보니 어떤 미친놈이 날뛰어 완전히 훼방을 놓았다. 리나트에게는 부하 여섯의 시체와 인질의 시체, 그리고 벌집이 된 폰탕카 자택만 덜렁 남았다. 물론 집이 거기에만 있는 것도 아니고 부하는 얼마든지 다시 구할 수 있다. 하지만 안 해도 됐을 일을 해야 하고, 인생의 특정 시점이 되면 이런 일들이 타격을 주기 시작하는 법이다.

다니엘리 호텔의 스위트룸은 역시 화려하다. 천장 프레스코화 속 날개 달린 아기 천사들은 솜사탕 같은 구름 속에서 장난치며 놀고 있고, 번쩍거리는 금빛 다마스크직 벽지를 발라놓은 벽에는 베네치아 공화국 귀족들의 초상화가 걸려있으며, 방바닥은 고풍스러운 카펫이 덮고 있다. 사이드 테이블 위에는 1미터 높이의 다색 유리 조각상인 울상 짓는 광대가 놓여있는데, 오늘 아침 무라노[유리 공예로 유명한 이탈리아의 섬] 공장에서 매입한 이 조각상은 리나트의 키예프 아파트로 보내질 몸이다.

리나트의 여자 친구인 스물다섯 살짜리 속옷 모델 카챠 고라야는 맨발로 로코코 양식의 긴 의자에 널브러져 있다. 디올 크롭 탑에 뒤소 스레쉬드 데님을 입고 껌을 씹으면서 전화기에 눈을 고정한 채 레이디 가가 노래에 맞춰 고개를 끄덕거리고 있다. 껌 씹기와 짧은 영어가 허용하는 한도 내에서 이따금 노래를 따라 부른다. 리나트가 이런 모습을 사랑스럽게 여기던 때도 있었지만 지금은 짜증스럽기만 하다.

"배드 로맨스(Bad Romance), 베드룸 앤츠(Bedroom Ants)가 아니라."

카챠가 멍한 얼굴로 리나트를 쳐다보더니 얼굴을 찡그린다. "구찌에 다시 가고 싶어. 그 가방이 다시 좋아졌단 말이야. 핑크색 뱀가죽 가방."

리나트에게 그보다 더 하기 싫은 일은 없다. 거만하기 짝이 없는 산마르코 상점 직원들. 시종일관 미소를 짓다가 돈을 우려내고 나면 개똥 취급을 한다.

"지금 가야 돼, 리나트. 문 닫기 전에."

"너나 가. 슬라바 데리고 가면 되잖아."

카챠가 뾰로통하게 입을 내민다. 그가 가면 가방 값을 내줄 테니까 카챠는 그가 같이 가주길 원한다는 걸 리나트도 알고 있다. 경호원이 데리고 가면 가방 값은 카챠의 용돈에서 나갈 것이다. 그런데 그 용돈 또한 리나트가 주는 돈이다.

"나랑 하고 싶어?" 카챠의 눈빛이 부드러워진다. "구찌에 갔다 돌아오면 가짜 거시기 차고 엉덩이에 해줄게."

리나트는 카챠의 말을 들은 체도 하지 않는다. 그가 정말 원하는 것은 여기 말고 다른 곳에 있는 것이다. 금빛 실크 커튼 너머 세상, 오후가 서서히 밤으로 바뀌고, 곤돌라와 수상 택시가 석호를 가로지르며 하얀 선을 그리는 세상에 흠뻑 빠지고만 싶다.

"리나트?"

리나트는 침실로 들어가 문을 닫는다. 샤워를 하고 옷을 입는 데는 10분이 걸린다. 응접실로 돌아가자, 카챠가 그 자리에 그대로 있다.

"지금 날 여기 이렇게 버려두고 가려는 거야?" 카챠가 믿기지 않는다는 얼굴로 묻는다.

얼굴을 찌푸린 채, 리나트는 육각형 모양의 은도금 거울에 비친 자신의 모습을 살핀다. 스위트룸 문을 닫는 순간 20킬로그램에 달하는 무라노 유리 광대 조각상이 고풍스러운 테라초 타일 바닥 위에서 쨍그랑 부서지는 소리가 들린다. 그런대로 인상적인 소리다.

호텔 꼭대기 층에 있는 바는 다행히 조용하다. 시간이 지나면 손님들로 북적거리겠지만 지금은 두 커플밖에 없는데 양쪽 모두 말없이 앉아만 있다. 테라스에 자리를 잡고 의자에 느긋하게 기대앉은 리나트는 반쯤 감은 눈으로 정박 중인 곤돌라들이 물결에 가볍게 오르내리는 모습을 지켜본다. 그리곤 생각에 잠긴다. 머지않아 오데사를 떠야 할 때가 올 것이다. 그러면 돈을 우크라이나보다 안정적인 지역으로 빼돌려야 할 것이다. 지난 10년 동안, 섹스·마약·인신매매가 궁극의 3대 우량주임이 입증되었지만, 터키 범죄 조직 같은 신규 세력이 끼어들고 러시아 놈들의 탄압이 가혹해지면서 판도가 바뀌고 있다. 현명한 사람은 모름지기 치고 빠질 때를 아는 법이라고 리나트는 스스로에게 되뇐다.

카챠는 자나 깨나 마이애미의 골든 비치에 갈 날만 기다리고 있다. 거기선 1200만 달러 이하로 미국 이민국에 뇌물도 찔러주고 개인 선착장 딸린 고가의 해안가 주택도 살 수 있기 때문이다. 그런데 리나트는 카챠도, 이거 사달라 저거 사달라는 카챠의 끊임없는 요구도 없으면 스트레스가 덜한 인생을 살 수 있겠다는 쪽으로 생각이 점차 기우는 중이라서, 지난 며칠 동안 서유럽으로 가는 것을 고려하게 되었다. 그중에서도 특히 이탈리아를 염두에 두고 있다. 부도덕 범죄를 관대한 시각으로 보는 경향이 있기 때문이다. 이탈리아라는 나라도 고급스럽지만(스포츠카며 옷, 맛이 간 구닥다리 건물들까지) 이탈리아 여자들도 끝내준다. 점원들조차 영화 배우처럼 생겼다.

짙은 색 정장 차림에 진지하기 이를 데 없는 표정을 한 웨이터가 옆에 나타나자 리나트가 몰트위스키 한 잔을 주문한다.

"그건 취소해줘요. 저 신사 분께 네그로니 스발리아토 한 잔. 그리고 내 것도."

리나트가 돌아보자 검은 시폰 칵테일 드레스를 입은 여자가 재미있어 죽겠다는 눈빛으로 뒤에 서있다.

"결국 베니스에 오셨군요."

"그렇죠." 약간 어안이 벙벙했지만 맞장구를 치고는 웨이터에게 고개를 끄덕여 보인다. 그러자 웨이터가 조용히 물러난다.

여자가 저녁 어스름에 백금처럼 반짝이는 석호를 건너다본다.

"베니스를 보면 죽어도 여한이 없다는 말이 있죠."

"아직 죽을 계획은 없소만. 게다가 매장 말고는 베니스를 제대로 보지도 못했는걸요."

"이런, 그것 참 안됐네요. 여기 매장엔 관광객용 쓰레기 아니면 다른 도시에서도 파는 흔해 빠진 물건만 잔뜩 있는데. 훨씬 비싸다는 점만 빼고요. 베니스는 현재의 도시가 아니라 과거의 도시죠."

리나트가 여자를 빤히 바라본다. 여자는 정말 끝내주게 아름답다. 호박색 눈동자, 한쪽 입꼬리만 살짝 올라가는 은근한 미소, 티안 나게 차려입은 비싼 옷. 뒤늦게 여자한테 의자를 권해야겠다는 생각이 떠오른다.

"Sei gentile(친절하시군요). 하지만 제가 당신의 저녁 시간에 방해가 되는 건 아닌지 모르겠네요."

"전혀 아닙니다. 그 술을 빨리 마셔보고 싶군요. 뭐라고 하셨죠?"

여자가 앉으면서 다리를 꼬자 실크 팬티스타킹이 살랑거리는 소리가 난다. 리나트가 그걸 놓칠 리 없다. "네그로니 스발리아토요. 네그로니인데 진 대신 스파클링 와인이 들어가죠. 다니엘리에서는 natualmente(당연히) 샴페인으로 만들고요. 제 경우엔 해질 때 마시기에 완벽한 칵테일이랍니다."

"싱글 몰트위스키보다 낫다는 말인가요?"

희미한 미소. "제 생각은 그래요."

과연 여자의 말대로 술은 완벽했다.

리나트는 누가 봐도 잘생긴 남자는 아니다. 빡빡 깎은 머리는 꼭 크림반도산 감자 같고 실크 수제 정장도 그의 험악한 체구를 감춰주지 못한다. 그럼에도 그가 쌓은 부는 이목을 끌기 마련이고, 그에게 섹시한 여자들과 함께 있는 게 그렇게 낯선 일도 아니다. 그리고 마리나 팔리에리는, 방금 이름을 알아냈다, 무엇보다도 아주 섹시하다.

특히 그녀의 입술에서 눈을 뗄 수가 없다. 윗입술의 활처럼 휜 부분에 보일 듯 말 듯 흉터가 하나 있는데 그 때문에 생긴 비대칭이 그녀의 미소에 알쏭달쏭한 특징을 부여한다. 그 안의 포식자 본능에 소리 없이 그러나 끈질기게 호소하는 어떤 나약함이 느껴진다. 마리나가 리나트의 모든 말에 우쭐해질 정도로 관심을 보이는 바람에 리나트도 신이 나서 어느새 이말 저말 가리지 않고 장황하게 늘어놓고 있다. 마리나에게 오데사 얘기도, 자신이 꼬박꼬박 나가고 있는 역사적인 그리스도 변용 성당 얘기도, 열렬한 예술 후원자로 수백만 루블을 기부한 바 있는 웅장한 오페라&발레 극장 얘기도 모조리 쏟아놓고 말았다. 자신에 대한 설명을, 전부 허위는 아니지만, 화려하면서 납득이 갈 정도로 자세히 하는 동안 마리나의 눈은 초롱초롱 빛난다. 심지어 리나트를 설득해서 러시아어를 몇 마디 가르치게 하더니 어설프게나마 몇 번이고 반복하는 모습이 사랑스럽기까지 하다.

그런데 너무 순식간에 그 밤이 끝나버린다. 마리나가 자신은 산탄젤로에서 열리는 공식 만찬에 참석해야 한다며 미안한 얼굴로 설명을 한다. 보나마나 지루할 것이므로 계속 있으면 좋겠지만 마리나가 베니스 비엔날레의 운영 위원이라서…….

"Per favore(실례했습니다), 마리나. Capisco(알겠어요)." 리나트가 이탈리아인답다고 생각되는 기질을 호탕한 미소에 최대한 담아 분출한다.

"어머나 억양이, 리나트. Perfezione(완벽해요)!" 마리나가 뜸을 들이더니 리나트에게 은밀한 미소를 보낸다. "혹시 내일 점심때는 시간이 되실까요?"

"그게, 마침 시간이 비는군요."

"잘됐네요. 내일 11시 호텔 강 쪽 입구에서 만나요. 제가 뭔가 보여드릴 수 있게 돼서 너무 기쁘네요……. 진짜 베니스를."

두 사람이 일어서고 마리나가 나간다. 흰색 리넨 테이블보 위에는 빈 칵테일 잔이 네 개 있는데, 그 중 세 개를 리나트가 비웠고 하나를 마리나가 비웠다. 하늘에 낮게 걸려있는 태양은 핑크빛이

감도는 새털구름에 반쯤 가려져있다. 손짓으로 웨이터를 부르려 몸을 돌리니 웨이터가 이미 와서 장의사처럼 눈에 띄지 않게 조용히 서있다.

토트넘 코트 로드를 향해 달팽이처럼 기어가고 있는 버스 안에서, 이브에게 한 번 더 눈길을 준 유일한 사람은, 끈질기게 그녀에게 윙크를 해대고 있는 어딘가 모자라 보이는 남자밖에 없다. 포근한 저녁이라 버스 안에서는 축축한 머리카락과 향이 다 날아간 데오도란트 냄새가 난다. 《이브닝 스탠더드》를 펼쳐 뉴스 페이지와 이런저런 파티 묘사와 프림로즈 힐에서 발생한 연쇄 간통 사건을 휙휙 넘겨보던 이브는 즐거운 마음으로 부동산 섹션에 눈길을 고정한다.

신문에 그토록 보기 좋게 나온 주거 공간 조감도 중 이브와 니코가 구매할 여력이 되는 매물은 하나도 없다. 기가 막히게 멋지고 빛이 가득한 공간으로 재창조해 놓은 그 모든 빅토리아 양식 창고들과 산업 단지들. 유리창 프레임 너머 보이는 그림 같은 탁 트인 강 조망. 이브가 그런 집들을 정말로 탐내는 건 아니다. 이브가 마음을 빼앗기는 이유는 그런 집들엔 사는 사람도 없고 그럴듯해 보이지도 않기 때문이다. 그런 공간은 이브가 살았을지 모르는 상상 속의 어떤 삶의 배경 역할을 한다.

이브가 니코와 함께 살고 있는 침실 하나짜리 임대 아파트에 도착한 것은 8시 45분을 막 넘긴 때다. 신발, 자전거 보조 용품, 아마존 포장재, 바닥에 떨어진 외투를 헤치고 음식 냄새를 따라 부엌으로 향한다. 금방이라도 무너질 듯한 수학 교과서 더미와 슈퍼마켓에서 파는 리오하 와인병을 이고 있는 테이블에 식사 2인 분이 차려져있다. 욕실에서 쉬익 소리와 음정이 맞지 않는 휘파람 소리가 들려오는 걸 보니 니코가 샤워 중인 모양이다.

"늦어서 미안." 이브가 소리쳐 말한다. "음, 맛있는 냄새. 오늘 메 뉴는 뭐야?"

"굴라시. 와인 좀 따줄래?"

이브가 서랍에서 와인 병따개를 막 꺼냈을 때, 뒤쪽 바닥에서 미친 듯이 딱딱거리는 소리가 나기에 돌아보니 동물 같은 형상 두 개가 쏜살같이 날아 테이블에 착지하고는 수학 교과서를 공중으 로 날려 보낸다. 이브는 충격이 너무 심해서 꼼짝도 할 수가 없다. 테이블에서 리오하 병이 구르더니 타일 바닥에서 박살이 난다. 회 록색 눈 두 쌍이 놀란 얼굴로 이브를 지켜본다.

"니코."

니코가 허리에는 수건을 두르고 발에 실내화를 신고서 몸을 말 리지도 않은 채 욕실에서 어슬렁어슬렁 나온다. "여보. 자기도 델 마와 루이스 만났구나."

이브가 니코를 노려본다. 니코가 점점 넓게 번지고 있는 리오하 와인 웅덩이를 넘어 이브에게 키스를 해도 이브는 가만히 있기만 한다.

"루이스가 좀 덤벙대는 녀석이야. 보나마나 그 녀석이……."

"니코. 내가 자기 죽이기 전에……."

"쟤네들 나이지리아 드워프 염소야. 이제 우리는 우유나 크림, 치즈, 비누를 다시는 사지 않아도 될 거라고."

"니코, 내 말 잘 들어. 난 지금 주류 판매점에 갈 거야. 왜냐하면 오늘 정말 거지 같은 하루를 보냈는데 우리한테 있는 알코올 한 방울 한 방울이 모조리 바닥에 있기 때문이거든. 돌아왔을 때 당신이 만든 굴라시 앞에 앉아서 괜찮은 레드 와인 한 병, 아니 가능하면 두 병 마시면서 푹 쉬고 싶어. 식탁에서 저 동물 두 마리 얘기 꺼내지도 않을 거야. 그땐 쟤네들이 애초에 존재한 적도 없던 것처럼 사라지고 없을 거거든, 알아들었지?"

"어… 알았어."

"좋았어. 10분 뒤에 봐."

잠시 후 이브가 리오하 두 병을 들고 돌아오자, 부엌 분위기는 표면적이기는 해도 어느 정도 바뀌어있다. 즉 염소도 보이지 않고 니코도 옷을 제대로 입고 있다. 니코 때문에 마음이 들떴다가 바닥으로 곤두박질치던 와중에 이브가 알아차린 것은 니코에게 아쿠아 디 파르마 향수 냄새가 나고 그가 디젤 청바지를 입고 있다는 것이다. 두 사람 다 말로 내뱉은 적은 없지만 니코가 그 청바지를 입고 저녁 6시 이후에 그 향수를 뿌린다는 건 연애하는 기분을 내고 싶으니 그날 저녁은 섹스로 끝내고 싶다는 의미라는 걸 이브는 알고 있다.

이브한테는 이브가 정한 별칭처럼 니코의 섹스 청바지에 해당하는 옷이 없다. 한번 해줘요 구두도, 작정하고 꼬시는 드레스도, 레이스가 달린 새틴 속옷도 없다. 이브가 출근할 때 입는 옷은 별다른 특징 없이 그냥 실용적인 옷 일색이고, 혹시라도 색다른 옷을 입으면 바보 같은 느낌이 나고 자꾸 의식하게 된다. 니코는 이브한테 아름답다는 말을 주기적으로 하지만 이브는 그 말을 진짜로 믿는 것은 아니다. 니코가 자신을 사랑한다는 건 인정하지만(너무 자주 말해서 입에 발린 말 같지만) 니코가 왜 그래야 하는지는 이브로서도 도통 알 수가 없다.

두 사람은 각자의 일 얘기를 한다. 니코는 지역 학교 교사인데 형편이 좀 어려워서 쇼핑할 때 늘 현금으로 계산하는 10대 아이들은 신용 카드를 받은 부잣집 아이들보다 암산 능력이 훨씬 뛰어나다는 가설을 세우고 있다.

"애들이 나더러 보랏[〈보랏〉이라는 영화 속 주인공으로 사샤 배런 코언이 보랏으로 나옴]이래. 그거 칭찬일까?" 니코가 말한다.

"키 크고, 동유럽 억양에 콧수염까지…… 딱이네. 하지만 자기는 애들하고 아주 잘 지내잖아, 자기도 알 거 아냐."

"착한 애들이야. 난 걔네들이 좋더라. 자기 하루는 어땠어?"

"해괴망측했지. 어떤 사람한테 음성변조기로 전화를 걸었거든."

"진짜 목소리를 못 알아보게 하려고, 아니면 재미로?"

"못 알아보게 하려고. 그 남자가 내가 여자란 걸 몰랐으면 했거든. 다스 베이더 목소리를 내고 싶었어."

"그런 건 상상하고 싶지도 않아……." 니코가 이브를 바라본다.

"난 자기가 그 애들을 좋아하게 될 것 같아. 진심으로."

"무슨 애들?"

"델마와 루이스. 염소 말이야. 얼마나 귀여운데."

이브가 두 눈을 꼭 감는다. "걔네들 지금 어디 있는데?"

"자기들 집에. 바깥에."

"걔네들한테 집도 있어?"

"집이랑 같이 왔어."

"그러니까 걔네들을 정말로 샀단 얘기구나. 앞으로 계속 데리고 있을 거야?"

"내가 계산을 해봤거든, 자기야. 나이지리아 드워프 염소의 젖이 모든 종 중에서 유지방이 가장 많고, 염소가 다 자라도 25킬로그램 정도밖에 안 돼. 그러니까 건초도 제일 적게 먹는단 얘기지. 우리 집은 유제품을 100퍼센트 자급자족하게 될 거라고."

"니코, 여긴 핀칠리 로드 구석탱이지 빌어먹을 코츠월드[영국 서남부 글로스터셔 주에 있는 언덕으로 양의 방목지]가 아니야."

"또, 나이지리아 드워프는……."

"나이지리아 드워프란 말 좀 그만해. 걔넨 그냥 염소야, 그걸로 끝. 내가 매일 아침, 어느 아침이 됐든 염소 두 마리의 젖을 짤 거라 생각한다면, 당신 정말 미친 거야."

대답이라도 하듯, 니코가 테이블에서 일어나 남들이 정원이라 부르는 코딱지만 한 포장된 땅뙈기로 나간다. 잠시 후, 델마와 루이스가 좋아 죽겠다는 듯 폴짝폴짝 뛰며 부엌으로 들어온다.

"세상에." 이브가 한숨을 쉬며 와인 쪽으로 손을 뻗는다.

식사를 마친 후, 니코가 설거지를 하더니 욕실로 가서 아쿠아 디 파르마를 다시 뿌리고 손을 씻고는 젖은 손으로 머리를 쓸어 넘긴다. 니코가 욕실에서 나와보니 이브는 소파에서 잠이 들어있다. 한 손에는 숟가락이 쥐어져있고 나머지 손에는 아이스크림 통이 간당간당 들려있다. 델마는 이브 옆에서 흡족한 얼굴로 누워있고, 루이스는 앞다리를 소파에 얹은 채 녹고 있는 초콜릿 칩을 남김없이 먹기 위해 기다란 핑크색 혓바닥으로 아이스크림 통을 핥고 있다.

리나트 예브투크는 오전에 있을 만남을 위해 정성스레 옷을 차려 입었다. 고민 끝에 베르사체 폴로 셔츠와 생견 바지, 산토니 타조 가죽 로퍼를 골랐다. 시계는 순금 롤렉스 서브마리너 시계로, 점잖은 취향의 소유자이지만 절대 만만하게 볼 수 없는 남자라는 인상을 완성했다.

마리나 팔리에리는 리나트를 다니엘리 호텔의 강 쪽 출입구 철제 차양 아래에서 30분이나 기다리게 하고 있다. 몸에 꼭 끼는 정장 차림의 경호원 둘이 지루해 죽겠다는 눈으로 좁은 운하를 감시하면서 리나트 뒤에서 어슬렁거리고 있다. 카챠의 부아는 가라앉지 않았지만 《플레이보이》 러시아판에, 그것도 어쩌면 커버에 사진이 실리게 해주겠다는 약속으로 누그러뜨린 참이다. 그런 건 리나트의 능력 밖이지만 미리 공연한 걱정을 하지는 않을 것이다. 그동안 카챠는 호텔 미용실에 안전하게 모셔놓았다. 흰송로버섯 에센스와 다이아몬드 가루가 들어가는 활력 시술을 받을 예정이다.

11시 반이 조금 지나자 어떤 멋들어진 흰색 대형 Motoscafo(쾌속정)가 난간 있는 낮은 다리 아래에서 휙 돌더니 호텔 전용 부두로 다가온다. 마리나가 줄무늬 티셔츠에 청바지 차림으로 타륜을 잡고 있다. 짙은 색 머리가 어깨 주위에서 찰랑거린다. 마리나는 부드러운 장갑도 끼고 있었는데, 리나트는 왠지 모르게 이 장갑이 너무 섹시하다.

"자, la vera Venezia(진짜 베니스를) 구경할 준비가 되셨나요?" 마리나가 선글라스를 들어올린다.

"그럼요." 새 로퍼를 신은 발로 니스칠이 되어있는 마호가니 후갑판에 오르려던 리나트가 순간 비틀거린다. 경호원들이 반사적으로 다가가지만, 리나트는 휘청거리며 마리나 옆 조타실로 가서는 마리나의 어깨에 두툼한 손을 얹어 균형을 잡는다.

"실례했습니다."

"괜찮아요. 당신이 데리고 있는 사람들인가요?"

"제 경호 담당이지요."

"뭐, 저랑 있으면 꽤 안전하실 테니까요. 하지만 원하시면 얼마든지 경호원도 타라고 하셔도 괜찮아요."

"그럴 리가요." 리나트가 두 사내를 러시아 특유의 빠른 말투로 부르더니 카챠를 감시하라 이르면서 카챠에게 자신은 동업자와 점심 식사를 할 거라고 전하라고 한다. 동업자란 당연히 남자일 것이다. 이 devushka(여자)가 아니라.

두 사내는 히죽히죽 웃으며 물러간다.

"러시아어를 꼭 배우고야 말겠어요." 마리나가 쾌속정을 다리 아래로 몰며 말한다. "굉장히 표현력 풍부한 언어처럼 들리거든요."

마리나는 곤돌라와 다른 수상 교통수단 사이 물길을 능숙하게 요리조리 빠져나간 다음 산조르조마조레 섬을 지나 주데카 섬의 동쪽 만곡부로 보트를 조종한다. 쾌속정이 석호의 고요한 표면을 천천히 나아가자 150마력 엔진이 호수 표면을 가르며 뒤로 새하얀 자국을 남긴다. 마리나가 옆으로 스쳐가는 궁전이며 교회들을 지나가며 일일이 알려준다.

"그래서 사는 데가 정확히 어디신가요?" 리나트가 묻는다.

"저희 가족이 치코냐 궁전 옆에 아파트를 하나 가지고 있어요. 팔리에리 가문은 원래 베니스 출신이지만 주거주지는 밀라노에 있죠."

리나트가 타륜을 가볍게 말아 쥐고 있는 장갑 낀 왼손을 흘끗 본다. "결혼은 안 하셨고요?"

"가까운 사람이 있었는데 그 사람이 죽었답니다."

"유감이군요. 조의를 표합니다."

마리나가 쾌속정의 가속 레버를 당긴다. "정말 슬펐죠. 그이 임종을 봤거든요. 참담하기 이를 데 없었어요. 하지만 산 사람은 살아야죠."

"그럼요, 그렇고말고요."

마리나가 뒤돌아 선글라스를 밀어 올리자 짧은 순간 리나트가 호박색 눈동자 안에 들어온다. "뒤쪽 아이스박스를 보면 셰이커와 유리잔이 있을 거예요. 한잔 드시는 게 어때요?"

리나트가 살얼음이 낀 셰이커와 기다란 유리잔을 꺼낸다. "한 잔 드려도 될까요?"

"전 섬에 도착할 다음에 할게요. 먼저 드세요."

리나트가 잔에 따른 후 마시더니 고개를 끄덕여 호감을 표한다. "이거…… 정말 좋군요."

"리몬첼로 칵테일이에요. 오늘 같은 아침에 더없이 좋다고 늘 생각하죠."

"맛이 좋군요. 자, 이제 우리가 가고 있다는 그 섬 얘기 좀 해주시죠."

"오타고네 팔리에리라는 섬이에요. 적의 침략을 막기 위해 지어진 요새였죠. 더 이상 그곳에 가는 사람도 없고 폐허나 다름없지만 저희 가문이 아직 소유하고 있답니다."

"굉장히 낭만적으로 들리는군요."

마리나가 모호한 미소를 짓는다. "두고 보면 알겠죠. 흥미로운 곳인 건 분명해요."

두 사람은 이제 흔들림 없는 항로를 가고 있다. 저 멀리 뒤쪽으로 주데카가 보이고 앞으로는 회녹색 물만 보인다. 리몬첼로가 빙하처럼 서서히 리나트의 혈관을 통해 스며들고 있다. 그가 기억하기로는 난생 처음 평온한 기분이 든다.

갑자기 희뿌연 안개 속에서 요새가 어렴풋이 보이기 시작한다. 다듬돌로 쌓은 장벽, 그 너머로 나뭇가지 끝이 가뭄에 콩 나듯 드문드문 보인다. 곧이어 선착장이 시야에 들어온다. 선착장에 마리나의 쾌속정보다 작고 선체가 검은색인 보트가 묶여있다.

"우리한테 동행이 있나 봅니다."

"제가 점심을 미리 갖다놓아 달라고 부탁해놓은 사람이 있답니다." 세상에서 가장 자연스러운 일이라는 듯, 마리나가 말한다.

리나트가 고개를 끄덕인다. 이해가 간다. 이 여자의 모든 면이 리나트를 사로잡고 리나트에게 좋은 인상을 준다. 지난 몇 시간 동안 코앞에서 호시탐탐 살필 수 있었던 색다른 미모는 말할 것도 없다. 부를 누리는 태도도 자연스럽기 그지없다. 대대로 물려받은 부, 과시하지 않아도 확연히 존재가 드러나는 종류의 부다. 부만으로는 충분하지 않다는 건 리나트도 알고 있다. 인맥이 있어야 하고 권력자들이 자기들끼리 알아보는 은밀한 신호도 알아야 한다. 마리나 팔리에리 같은 권력자 말이다.

카챠를 보내버려야 한다는 사실이 점점 분명해지고 있다.

마리나가 쾌속정을 묶어놓은 후, 두 사람이 햇빛에 바랜 선착장 널빤지를 따라가는데 희미하게 챙그렁거리는 소리가 들린다. 장

벽에 아예 계단이 딸려있고, 계단 꼭대기에는 팔각형의 부지가 있는데 이 끝에서 저 끝까지 길이가 100미터쯤 되는 듯하다. 한쪽 끝에 벽돌과 타일로 지은 건물의 잔해가 남아있고 그 위로 자라다 만 나무가 그림자를 드리우고 있다. 부지의 나머지 부분에는 관목이 간간이 있고, 부지는 좁다란 통로로 갈려있다. 계단에서 가장 멀리 있는 부지 끝에, 바싹 짧게 깎은 머리에 다부진 체격의 젊은 여자가 곡괭이를 이리저리 휘두르면서 돌바닥을 후려치고 있다. 비키니 탑에 군용 반바지를 입고 군화를 신고 있는 여자는 흔치 않은 외모를 가지고 있다. 리나트가 여자를 지켜보는데 여자가 고개를 돌려 짧은 순간 리나트의 시선을 맞받더니 곡괭이를 바닥에 떨어뜨리고 잔해만 남은 건물 쪽으로 어슬렁어슬렁 걸어간다.

마리나는 여자를 본체만체하더니 리나트를 부지 한가운데 하얀 천으로 덮어놓은 테이블로 데리고 간다. 테이블 양쪽에 야외용 철제 의자가 놓여있다. "앉을까요?" 마리나가 권한다.

두 사람이 앉는다. 석조 장벽 너머로 육지는 보이지 않고 광활하고 고요한 석호만 이어진다. 리나트 뒤에서 트레이가 덜컹거리는 소리가 들려온다. 곡괭이 여자다. 차가운 와인과 생수, 전채 요리, 아담하고 오밀조밀한 페이스트리를 가지고 왔다. 땀 때문에 여자의 근육질 몸에 희미하게 광택이 나고 있고, 종아리와 군화는 먼지투성이다.

마리나가 여자를 본체만체하더니 리나트에게 미소를 짓는다.

"Buon appetito(맛있게 드세요)."

모타델라[이탈리아식 소시지]를 한 점 삼키려던 리나트는 왠지 입맛이 없어지더니 가벼운 구역질까지 난다. 그래도 꾸역꾸역 모타델라를 씹어 삼킨다. 곧이어 챙그렁대는 곡괭이 소리가 다시 들려온다.

"저 여자는 뭘 하고 있는 건가요?" 리나트의 목소리가 다른 데 정신이 팔려있는 듯 멍하게 들린다.

"아, 정원을 좀 가꾸고 있는 것뿐이에요. 전 저 여자가 계속 바쁜 게 좋거든요. 하지만 일단 이 와인부터 좀 따라드리도록 하죠. 이 지역 와인인 비앙코 디 쿠스토차예요. 분명 마음에 드실 거예요."

지역 와인이건 아니건, 와인은 리나트한테 전혀 내키는 술이 아니지만, 예의상 어쩔 수 없이 잔을 내민다. 마리나가 와인을 따르는 동안 잔을 똑바로 들고 있기가 힘들다. 얼굴과 등에서 땀이 줄줄 흐르고 있다. 수평선이 아른거리더니 흔들린다. 그에게 아직 남은 관찰력이 곡괭이의 챙그렁대는 소리가 주기적으로 쿵쿵거리는 소리로 바뀌었다는 사실을 알아차린다. 생수를 마셔 보려는데 목이 막히더니 속에서 와인과 모타델라가 올라와 테이블보 위로 쏟아진다. "내가⋯⋯." 일어나려던 리나트가 의자로 픽 하고 쓰러진다. 심장이 마구 뛰더니 불개미가 피부 아래에서 기어 다니고 있기라도 한 것처럼 양팔과 가슴이 따끔거리고 화끈거리기 시작했다. 가슴속에서 극심한 공포가 치밀어 오른 리나트가 자기 몸을 쥐어뜯는다.

"그런 느낌을 감각 이상이라고 하는 거야." 마리나가 와인을 홀짝이며 러시아어로 설명한다. "아코니틴 중독 증상이지."

리나트가 동그랗게 뜬 눈으로 마리나를 빤히 응시한다.

"아까 배에서 마신 리몬첼로에 들어있었어. 한 시간도 안 돼서 심부전이나 호흡 정지로 죽을 텐데, 지금 상태로 봐서는 심부전 쪽에 걸겠어. 그때까지 넌⋯⋯."

철제 의자에서 절박하게 몸을 비틀고 있는 리나트가 두 번째로 토하면서 자신의 상아색 실크 바지에 창자를 요란하게 비운다.

"바로 그거야. 앞으로 어떻게 될지 미리 말해서 초치지는 않을게." 마리나가 고개를 돌려 다른 여자에게 손을 흔든다. "라라, detka(자기야), 이리 와봐."

라라가 삽을 내려놓더니 슬렁슬렁 다가온다. "무덤 파는 건 거의 다 했어." 이렇게 말하더니 약간의 고민 끝에 상자에서 페이스트리를 하나 고른다. "세상에, kotik(우리 야옹이), 너무 맛있다."

"천국의 맛이지 않아? 산마르코에 있는 크림 케이크 먹었던 제과점에서 산 거야."

"거기 다시 한번 가야겠다." 라라가 의자에서 떨어져 땅바닥에서 경련하고 있는 리나트를 흘낏 본다. 피로 얼룩진 그의 바지 주변으로 검정파리[죽은 지 얼마 안 된 사체의 살만 먹는다고 함]가 윙윙거리고 있다. "저 자식 진짜 죽을 때까지 얼마나 걸릴 것 같아?"

마리나가 코를 찡긋한다. "한 30분쯤? 바닥에서 끝장내 버리면 좋겠다. 저 냄새 때문에 점심 생각이 없어지려고 하네."

"냄새가 좀 고약하긴 해."

"만약 우리가 알고 싶은 걸 알려주면 저 놈 목숨을 구해줄 수도 있을 텐데. 나한테 아코니틴 해독제가 있거든."

리나트의 눈의 휘둥그레진다. "Pozhaluysta(물론이지)." 눈물과 토사물이 줄줄 흘러 얼룩진 얼굴로 리나트가 겨우 말한다. "제발. 뭐든 말할게."

"지금 당장 내가 알고 싶은 걸 말해볼게." 라라가 또 다른 페이스트리를 신중하게 고르며 말한다. "오늘 아침 내내 머릿속에서 맴도는 노래가 있는데, 그것 때문에 진짜 돌아버릴 것 같거든. 다 다 다다 다다 다다 다 다다다다⋯⋯."

"Posledniy raz(마지막으로)." 고통에 겨워 태아 자세로 웅크리며 리나트가 겨우 말한다.

"세상에, 맞아, 그거야. 진짜 쪽팔려 죽겠네. 우리 엄마가 그 노래를 따라 부르곤 했는데. 너희 엄마도 그랬을걸, detka(자기야)."

"솔직히 우리 엄마는 노래할 일이 별로 없었어. 말기 암도 노래할 일에 속한다면 모를까." 마리나가 혀끝으로 윗입술에 난 흉터를 건드린다. "그나저나 우리 때문에 지금 리나트가 피 같은 마지막 순간을 허비하고 있잖아." 마리나가 리나트의 시선이 향하는 방향에 맞게 몸을 웅크린다. "내가 너한테 필요한 건, ublyudok(이 개자식아), 대답이고, 그것도 빨리 내놔야 할 거야. 거짓말 한 번, 우물쭈물 한 번이면 넌 뒈질 수 있어."

"사실만 말할게. 맹세해."

"좋아 그럼. 오데사에서 납치한 남자 말이야. 왜 납치했어?"

"SVR한테 명령을 받았어, 러시아 정보⋯⋯."

"SVR이 뭔지는 나도 알아. 이유가 뭐야?"

"날 자기들 건물로 불러들였어. 나한테 말하길⋯⋯." 또 다시 경련이 일어 몸이 뒤틀리고 누런 거품 같은 침이 입가에 고인다.

"시간이 똑딱똑딱 가고 있다고, 리나트. 그 사람들이 뭐랬다고?"

"그⋯ 남자를 잡아오라고, 콘스탄틴. 폰탕카에 있는 저택으로 잡아오라고."

"넌 왜 그 사람들이 시키는 대로 했어?"

"왜냐하면⋯ 오, 세상에, 제발⋯⋯." 지각 이상이 공격을 재개하자 리나트가 양손으로 자기 팔과 가슴을 쥐어뜯는다.

"왜냐하면?"

"그 놈들이… 알고 있는 게 있었어. Zolotoye Bratstvo, 황금 형제단에 관해서. 우리가 우크라이나에서 여자들을 터키, 헝가리, 체코 공화국에 매춘부로 보냈다는 걸 알고 있었어. 면접 본 거, 서류 다 가지고 있어서 날 완전 망하게 할 수 있었다고. 그 모든 게……."

"그리고 SVR이 폰탕카에 있는 너희 집에서 그 남자, 콘스탄틴을 심문했고?"

"그래."

"그쪽에서 원하는 답을 얻었어?"

"나는 몰라. 남자한테 질문을 했지만, 그 사람들… 윽……."

리나트가 구역질을 하더니 담즙을 뱉어 쓸개를 비운다. 악취와 검정파리의 윙윙거림이 점점 더 심해진다. 테이블 반대편에서는 라라가 페이스트리를 세 개째 먹는 중이다.

"그 사람들……?"

"그 사람들이 난 근처에 얼씬도 못 하게 했어. 내가 들은 거라곤 계속 큰 소리로 물어본 질문 딱 하나였어. 'Dvenadtsat, 12사도 정체가 뭐야?'"

"남자가 말했어?"

"나는 몰라, 그 사람들… 그 사람들이 남자를 꽤 심하게 팼어."

"그래서 남자가 불었어, 안 불었어?"

"나는 모른다고. 그 사람들 이 질문만 계속 해댔어."

"그래서 12사도가 뭐야, 뭔데?"

"나도 몰라. 맹세코 몰라."

"Govno. 젠장."

다시 구역질을 하는 리나트의 얼굴 위로 눈물이 줄줄 흐른다.

"제발." 리나트가 훌쩍이며 애원한다.

"제발 뭐?"

"아까 그랬잖아……."

"내가 뭐라고 했는진 알아, 멍청한 새끼야. 12사도에 대해서 말해봐."

"내가 들은 건 전부 소문이야."

"그래도 해봐."

"12사도는 일종의…… 비밀조직이야. 굉장히 막강하고 인정사정 봐주지 않는. 내가 들어본 건 그게 다야, 맹세코."

"그 조직이 원하는 게 뭔데?"

"그걸 대체 내가 어떻게 알겠어?"

마리나가 생각에 잠긴 표정으로 고개를 끄덕인다. "그럼 그 여자애들은 몇 살이었지? 황금 형제단이 유럽으로 보냈다는 여자애들이?"

"최소 열여섯. 그래도 우린……."

"애들은 안 보낸다고? 그래서 페미니스트라도 된다는 거야?"

입을 열어 대답을 하려던 리나트가 경련을 일으키는 바람에 등이 활처럼 굽어 순간 거미처럼 사지로 몸을 지탱한다. 잠시 후, 발하나가 그의 가슴 위에 놓이더니 그를 천천히 최대한 고통스럽게 바닥으로 찍어 누른다. 그가 마리나 팔리에리로 알고 있는 여자가 흑발 가발을 잡아당겨 벗고 호박색 콘택트렌즈를 뺀다. "이거 다 태워버려." 라라에게 명령한다.

변장을 벗으니 완전히 다른 사람처럼 보인다. 짙은 금발, 도무지 속을 알 수 없이 텅 빈 차가운 회색 눈동자. 손에 쥔 소음기 달린 CZ 자동권총은 말할 것도 없다. 이제 끝이라는 걸 리나트도 알고 있다. 왠지 몰라도 그걸 알고 나니까 고통이 조금 가라앉는다.

"너 누구야? 대체 누구냐고?" 리나트가 기어들어 가는 목소리로 묻는다.

"내 이름은 빌라넬이다." 여자가 CZ를 리나트의 심장에 겨눈다. "12사도의 암살자다."

빤히 노려보는 리나트에게 빌라넬이 두 발을 발사한다. 후덥지근한 한낮에 소음기를 거친 폭발음 소리는 죽은 나무가 딱 소리를 내며 부러지는 것처럼 들린다.

리나트를 미리 파놓은 무덤으로 끌고 가는 데는 얼마 걸리지 않는다. 날도 덥고 기분 좋을 것도 없는 일이라, 빌라넬은 라라에게 맡긴다. 그동안 빌라넬은 테이블, 의자, 남은 점심을 쾌속정에 싣는다. 돌아올 땐 연료통과 함께다. 빌라넬이 티셔츠와 청바지를 벗어 휘발유에 적시더니 라라가 피워놓은 불 위, 불에 그을린 가발 더미 위에 올린다.

리나트 매장을 끝마친 라라에게 빌라넬은 반바지와 비키니 탑을 벗으라고 명령한다. 뒤처리가 한 시간 가까이 잡아먹지만, 결국 옷은 남김없이 탔고 재를 뒤적여 타지 않은 단추와 징, 핀은 석호로 던져진다.

"배에 양동이가 하나 있어." 빌라넬이 호수를 보며 속삭인다.

"그건 왜?"

"맞춰볼래?" 빌라넬이 코를 찌르는 냄새를 풍기는 리나트의 체액을 가리킨다.

마침내 빌라넬이 만족하자, 두 사람은 선착장으로 가서 라라가 가져온 새 옷으로 갈아입고 배를 묶어놓은 밧줄을 푼 다음 북동쪽 항로로 출발한다. 베니스의 석호는 평균 10미터 정도로 얕지만, 경사가 가파른 지점의 깊이는 그 두 배가 넘는다. 포벨리아 섬에서 그리 멀지 않은 지점에서 쾌속정의 수심측정기가 급경사 지점을 지나고 있다고 가리킨다. 빌라넬이 이 기회를 이용해 철제 테이블과 철제 의자, 곡괭이, 삽을 물속으로 투하한다.

18세기와 19세기에 포벨리아 섬은 전염병에 걸린 선박 선원들의 격리 장소였다. 20세기 초에는 정신 병원이 들어섰는데, 베니스 사람들에 따르면, 그곳 환자들은 험악한 실험을 당했다고 한다. 이제 버려져 귀신 섬으로 알려져있는 섬은 그 자체로 삭막해 보여서 유람선이 그 섬에 가는 일은 거의 없다.

위에 나뭇잎이 드리워진 좁은 운하 하나가 포벨리아 섬을 반으로 나눈다. 지나가는 배 한 척 보이지 않는 이곳에서, 두 여자는 배를 정박한다. 빌라넬의 꼼꼼한 감독 하에, 라라가 쾌속정 표면을 DNA 제거 스프레이로 구석구석 닦은 다음 배수 플러그를 빼버린 후, 빌라넬이 두 번째 배에 오른다. 쾌속정이 조용히 물 밑으로 가라앉아 운하 바닥에 안착하기까지는 20분이 걸린다.

"배는 발견될 거야. 지금 당장은 아니겠지만. 우린 호텔로 가야 돼. 우리 자매라고 한 거 맞지?"

"응, 마르코폴로 공항으로 언니를 데리러 간다고 말해뒀어."

"나한테 짐이 있어야 되는 거 아니야?"

"라커에 있어."

빌라넬이 송아지 가죽 페라가모 가방을 점검한다. "그래서 우린 누군데?"

"율리아와 알료나 핀추크 자매, 키예프에 본사가 있는 데이트 주선업체 마이슈거베이비닷컴(MySugarBaby.com) 공동 대표야."

"멋진데. 내가 어느 쪽이야?"

"율리아."

빌라넬이 보트의 크림색 가죽 조수석에 몸을 파묻는다. "가자. 여기 일은 끝났으니까."

리도에 있는 엑셀시오르 호텔 식당에서 빌라넬과 라라는 메르시에 로제 샴페인을 조금씩 홀짝이며 3단 실버 스탠드에 올라간 차가운 해산물을 먹는 중이다. 흰색과 아이보리색이 주를 이루고 무어 풍의 아치형 기둥이 있는 방은 만실이 안 되었다. 성수기 끝물이어서 여름 인파가 다 물러가고 난 뒤기 때문이다. 활기차게 웅성거리는 대화 소리 사이로 이따금 웃음소리가 터져 나온다. 테라스 너머, 어스름에 희미하게 보이는 것은 하늘보다 색이 시커먼 호수다. 바람 한 점 없는 날이다.

"오늘 수고 많았어." 빌라넬이 포크로 작은 바닷가재를 찍으며 말한다.

라라가 손등을 빌라넬의 따뜻한 어깨에 댄다. "내 멘토가 돼줘서 고마워, kroshka(자기야). 이번 일은 처음부터 끝까지 전부 이루 말할 수 없을 만큼 소중한 경험이었어. 배운 게 정말 많아. 정말로."

"옷차림은 확실히 세련돼지고 있어. 이제 레즈비언 포르노에 나오는 사람 같지 않다."

라라가 미소를 짓는다. 실크 시폰 드레스에 바싹 깎은 머리, 맨살이 드러난 근육질 팔뚝 때문에 꼭 신화에 나오는 전쟁의 여신처럼 보인다.

"머지않아 널 단독 작전에도 내보낼 것 같니?" 빌라넬이 묻는다.

"아마도. 문제는 언어야. 내가 아직 영어를 러시아어처럼 하잖아. 그래서 나한테 오페어[외국 가정에 입주하여 아이 돌보기 등의 집안일을 하고 약간의 보수를 받으며 언어를 배우는 여성]라는 임시직을 맡긴 거야."

"영국에서?"

"응. 치핑 노턴이란 데야. 거기 가봤어?"

"아니, 들어는 봤어. 루빌료브카[모스크바의 부촌]같이 더럽게 돈 번 사람들이 많은 교외 지역인데, 코카인 흡입하고 테니스 코치랑 자는 한심한 가정주부들이 넘쳐나는 곳이지. 마음에 들 거야. 그 집 남편은 직업이 뭐야?"

"정치가야. 국회 의원."

"그러면 모르긴 몰라도 콤프로마트[러시아의 정치 전술로서, 협박용으로 정적에 대한 약점 자료를 수집하는 공작] 때문에 그 남자가 네 걸 빨게 만들어야 될걸."

"차라리 네 걸 빨고 말겠다."

"나도 알아, 그래도 일은 일이지. 애들은 몇 명이야?"

"쌍둥이 여자애들, 열다섯 살."

"그럼, 조심해. 웬만하면 걔네들 때리지 말고, 때리더라도 표 안 나게 때려. 영국인들은 그런 데 되게 민감하거든."

라라가 손에 든 굴 껍데기를 바라보다가 타바스코 소스 한 방울을 떨어뜨리고는 작은 굴이 꿈틀거리는 걸 지켜본다. "물어보고 싶은 게 있어. 오늘 일에 대해서."

"말해봐."

"독약은 굳이 왜 쓴 거야? 총이 있었는데?"

"그 놈한테 안 불면 총으로 쏘겠다고 협박만 했어야 했다고 생각하는구나?"

"왜 안 그러겠어? 훨씬 쉽잖아."

"생각해봐. 머리로 그 시나리오를 돌려보라고."

라라가 굴을 꿀꺽 삼킨 후 가만히 그윽한 땅거미를 응시한다.

"그러면 승자 없이 게임이 끝나게 되니까?"

"바로 그거야. 그런 놈들이 얼마나 냉혹한데. 구닥다리 vory(도둑놈들)도, 심지어 예브투크같이 개똥 같은 놈도 다 그래. 그 세계에선 얼굴이 다야. 그런 놈한테 불지 않으면 죽이겠다고 협박할 수야 있지. 그런데 불기는커녕 너한테 엿이나 먹으라고 하면 그땐 어쩔래? 죽이면 네가 필요한 정보를 못 듣잖아."

"손이나 발처럼 죽지는 않지만 죽고 싶을 만큼 고통스러운 데에다 총알을 먹인 다음, 불지 않으면 반대쪽에도 총알을 먹이겠다고 협박하는 건 어때?"

"그것도 똑똑한 방법이야. 하지만 사실을 알아내야 되는데, 네 먹잇감이 총상 때문에 쇼크 상태에 빠지면 안 되겠지. 사람은 쇼크가 심하면 이상한 말들을 지껄인단 말이야. 독약-해독제 연극의 요점은 상대방한테 공격 전략을 쓸 수 있다는 거야. 힘든 선택을 해야 할 사람은 네가 아니라 상대가 되는 거지. 상대가 널 믿을 수도 있고 안 믿을 수도 있어. 치사량의 아코니틴에 해독제 같은 건 없지만, 상대는 자신이 입을 열어야 그나마 목숨을 부지할 가능성이 있다는 걸 알게 되는 거지. 입을 안 열면 당연히 죽는 거고."

"궁지에 몰리는 거구나."

"바로 그거야. 모든 건 타이밍에 달려있어. 독이 효력을 발휘하게 해야 돼. 그래야 네가 아니라 독이 압력을 가하는 게 되거든. 결국 상대가 너무 절박해져서 입을 다물게 할 수도 없게 될 거야."

한참 후, 두 사람은 침대에 함께 누워있다. 희미한 밤바람에 커튼이 살랑거린다.

"오늘 나를 안 죽여서 고마워." 라라가 빌라넬의 머리카락에 대고 속삭인다. "네가 날 죽일까 생각했었다는 거 알아."

"왜 그런 말을 해?"

"이제 네 작업 방식이나 네 사고 방식이 좀 이해가 가기 시작했거든."

"내가 어떤 식으로 생각하는데?"

"음, 네 물음에 답을 하기 위해서 말해보자면, 네가 아까처럼 리나트를 쏜 다음 날 쏘고, 시체 둘을 그 배에 놓고 폭파시켜버리는 거지……."

"계속해봐."

"경찰이 폭파 사건을 조사하다가 리나트와 한 여성의 유해를 발견하겠지. 그런 다음에는 리나트가 투숙했던 호텔 사람들하고 얘기를 나눠본 끝에 오늘 아침 배로 어떤 여자랑 나갔었다는 사실을 알아내는 거야."

"좋아."

"그리고 경찰은 내 유해를 그 여자 거라고 추측할 거야. 무슨 치명적인 사고가 일어났을 거라고 짐작하겠지."

"내가 뭐 하러 귀찮게 그렇게까지 하는데? detka(자기야)?"

"그거야, 네가 죽었다고 생각하면 경찰이 널 찾지 않게 될 테니까. 난 진짜로 죽게 되고. 네 정체를 아는 유일한 사람 말이야. 네가 페름 출신의 옥사나 보론초바였다는 사실을 아는 유일한 사람이 사라지잖아."

"난 널 안 죽일 거야, 라라. 진심이야."

"하지만 그런 생각은 했었잖아."

"아주 잠깐 동안 했을지 모르지." 빌라넬이 라라 쪽으로 돌아누워 눈과 눈, 입과 입을 마주하고 서로의 숨결을 들이마신다. "하지만 진지하게 생각했던 건 아니야. 넌 이제 곧 12사도를 위해 싸울 정식 병사가 될 거잖아. 내가 널 날려버리면 12사도가 별로 안 좋아할걸, 안 그래?"

"그게 유일한 이유야?"

"음…… 이 모든 게 그리워질 테니까." 빌라넬이 손을 아래로 내려 라라의 탄탄한 배에 가져가 손가락으로 따뜻한 피부를 어루만진다.

"넌 참 아름다워." 잠시 후, 라라가 말한다. "두 눈으로 직접 보고 있어도 어쩜 저렇게 완벽할까 믿기지가 않아. 그런데 그런 네가……."

"내가 뭐?"

"그런 끔찍한 짓을 해."

"너도 하게 될 거야, 내 말 믿어."

"난 병사야, kroshka(자기야). 너도 그렇다고 했었잖아. 난 싸우기 위해 태어난 사람이라고. 하지만 넌 어떤 인생이든 네가 원하는 인생을 살 수 있을 거야. 그냥 떠나버릴 수도 있고."

"떠나버리는 일은 없어. 떠나버릴 수 있다고 해도 안 떠날 거고. 난 내 인생이 좋아."

"그럼 넌 죽을 거야. 조만간 그 영국 여자가 널 찾아낼 테니까."

"이브 폴라스트리? 그 여자가 날 찾아줬으면 좋겠다. 그 여자랑 재미를 좀 보고 싶거든. 고양이한테 잡힌 쥐처럼 그 여자를 손톱 밑에 놓고 이리저리 굴리고 싶어. 내 손톱으로 찌르고 싶다고."

"너 미쳤구나."

"나 안 미쳤어. 게임을 좋아하는 거지. 이기는 것도. 폴라스트리도 게임을 좋아해. 내가 그래서 그 여자를 좋아하는 거야."

"그게 유일한 이유야?"

"몰라. 아마 아니겠지."

"내가 질투해야 하는 거야?"

"질투하고 싶으면 해도 돼. 그러거나 말거나 난 상관없으니까."

라라가 한동안 말이 없다. "넌 한번도 의심한 적이 없어? 조금이라도?"

"의심해야 되는 거야?"

"방아쇠를 당기기 전, 바로 그 순간. 대상이 이미 죽었는데 자기가 죽은 걸 모를 때. 그러고 나서 밤에 눈을 감는데 그 사람들이 나타나는 거야. 죽은 사람들이 모두 널 기다리고 있지……."

빌라넬이 미소를 지으며 라라의 입술에 키스를 하고는 손을 다리 사이로 살그머니 넣는다. "그 사람들은 저세상으로 가버렸어, detka(자기야). 모두." 빌라넬의 손가락이 우아하게 춤추기 시작한다. "널 기다리고 있는 단 한 사람은 나야."

"넌 그 사람들을 한 번도 본 적이 없어?" 라라가 속삭인다.

"전혀 없어." 빌라넬이 손가락을 라라의 몸속에 넣으며 말한다.

"그러니까 넌 그 사람들한테…… 아무 느낌이 없다는 거야?"

라라가 빌라넬의 손 쪽으로 바짝 움직이며 묻는다.

"자기야, 이제 그만. 닥쳐."

약 30분 후, 두 사람이 잠에 들락 말락 하는데 침대 옆 테이블에서 휴대 전화 진동이 울리기 시작한다.

"누구야?" 빌라넬이 라라 너머로 손을 뻗자 라라가 몽롱한 얼굴로 묻는다.

"일."

"설마 농담이겠지."

빌라넬이 라라의 코끝에 키스를 한다. "악당은 쉴 시간도 없는 법이야, detka(이 아가씨야). 지금쯤이면 그 정돈 알아야지."

2

자신을 데리러 집에 온 이브를 보고 놀란다고 해도, 크레이들은 그걸 아주 잘 숨길 것이다. 차는 MI6 차량 보관소에서 고른 8년 된 폭스바겐 골프로 퀴퀴한 방향제 냄새가 난다. 크레이들이 말없이 조수석에 자리를 잡는다. 함께 차를 타고 가는 동안 이브가 라디오4의 〈투데이〉 프로그램을 틀자 두 사람 모두 그 프로그램을 듣는 척한다.

크레이들은 데버까지 가는 동안 내내 침묵을 지킨다. 처음에 이브는 이런 침묵을 일종의 권위를 내세우기 위한 필사적인 시도라고 해석한다. MI5에서 일하던 시절 크레이들이 까마득한 상사였기 때문이다. 그러다 그의 태도에 대한 좀 더 암울한 해석이 퍼뜩 떠오른다. 이브가 여기서 무엇을 하려는지 크레이들도, 크레이들이 수하로 들어간 조직도 정확히 알고 있기 때문에 크레이들이 아무 말도 하지 않고 있는 것이다. 그렇다면, 그 조직은 이브에 대해 얼마나 더 알고 있는 걸까? 니코에 대해서는? 남편이 적의 감시 대상일지 모른다는 생각, 아니 그보다 훨씬 더한 일의 대상일지 모른다는 생각에 이브는 죄책감이 들어 괴롭고 고통스럽다. 게다가 작금의 상황을 초래한 것도 바로 자신이다. 사이먼 모티머가 상하이에서 살해당한 뒤 이브가 그만두는 쪽으로 결정을 내렸어도 리처드는 이해했을 것이다. 사실 리처드는 그만두라고 권했었다. 하지만 이브는 그만둘 수도 없고, 그만두지도 않을 것이다.

답을 찾고 싶은 열망 때문인 것도 있다. 살벌한 첩보 세계에 그토록 새빨간 핏자국을 새겨놓은 이름 모를 여자는 누구인가? 그 여자를 고용한 자들은 누구고, 그 자들이 원하는 건 무엇이며 그토록 무시무시한 권력과 영향력을 어떻게 획득했는가? 미스터리와 그 미스터리의 중심에 있는 여자가 한번도 탐색해보지 않은 이브의 일면을 자극한다. 이브가 스스로 다른 사람으로 변신하여 자신의 표적처럼 행동할 수 있게 될 날이 과연 올까? 한 치의 망설임이나 연민도 없이 사람을 죽이는 사람이 될 수 있을까? 만약 그렇게 된다면 어떤 대가를 치르게 될까?

런던을 벗어나려는 차량이 많지만 고속도로에서 시간을 벌 수 있을 것이다. '작업 차량 외 접근 금지'라는 표지가 있는 진입로를 탈 무렵 시계가 8시 45분을 막 지난다. 그 길을 따라가면 나무가 띄엄띄엄 있는 벌판이 나오는데 그 벌판을 통과하면 꼭대기에 가시철조망이 놓인 높다란 철책선에 연결된 강철 출입문이 나온다. 정문 앞에는 위병소가 있고, 거기서 무장 헌병 하사가 이브의 보안 출입증을 확인한 후 턱을 들어 가리키면 정문을 통과할 수 있다. 일단 들어가고 나면 세월의 흔적이 여실한 낮은 이전 정부 연구기지 건물들이 모인 소규모 단지가 나온다.

주차장에 진입 중인 이브의 눈에 대여섯 명이 운동복을 입고 울타리가 쳐진 운동장을 몇 바퀴째인지 모르지만 돌고 있는 게 보인다. 자동 화기(火器)를 가지고 다 쓰러져가는 건물들 사이를 한가로이 걸어 다니는 이들도 보인다.

안내처에서 이브와 크레이들을 맞이한 사람은 기지에 주둔 중인 E중대[A, B, C, D, E, F지원 중대가 있고 E중대는 근접 항공 지원을 맡고 있다] 대원이다. 대원은 이브의 출입증을 쓱 보더니 두 사람에게 자신을 따라오라고 손짓한다. 심문실은 기다란 형광등 조명을 밝힌 지하복도 끝에 있다. 최소한의 가구만 놓여있고 겉으로 드러난 CCTV는 없다. 가대식 테이블 위에는 전기 주전자 하나, 생수 반 병, 얼룩 있는 머그 두 개, 비스킷 한 상자, 티백과 일회용 설탕과 가루우유가 담긴 상자 하나가 놓여있다. 실내 온도는 이브가 선호하는 것보다 낮으며, 에어컨이 덜컹거리며 윙윙거리는 소리가 희미하게 들린다.

"차라도 따라드릴까?" 크레이들이 테이블 쪽으로 다가가며 싸늘하게 말한다.

"좋을 대로 하세요." 이브가 먼지 쌓인 플라스틱 의자에 앉으며 말한다. "저도 여기서 낭비할 시간 같은 건 없고, 부서장님도 마찬가지잖아요."

"지켜보는 사람이 있나? 도청은? 녹음은?"

"장담컨대 없습니다."

"그래야 할 거야……. 젠장, 이 비스킷 6개월은 됐겠군."

"기본 원칙은 이겁니다. 저한테 거짓말을 하거나 발뺌을 하거나 수작을 부리면, 거래는 없던 걸로 하겠습니다."

"좋아." 크레이들이 주전자에 생수를 붓는다. "우유, 설탕 하나?"

"방금 제가 한 말 알아들으셨습니까?"

"폴라스트리 양. 이브. 내가 10년 넘게 전략적 심문을 해온 사람이야. 원칙을 모를 리가 없지 않나."

"잘됐네요. 그럼 처음부터 시작해보죠. 그쪽에서 어떤 식으로 접근해왔죠?"

하품이 나오자 크레이들이 서두르려는 기색 없이 입을 가린다. "한 3년 전쯤인가, 휴가 중이었지. 말라가 근처 테니스 캠프였어. 네덜란드에서 온 커플이 있었는데 우리 부부랑 정기적으로 테니스를 치기 시작했지. 이름은 렘 바커, 가이트 바커라고 했고, 델프트에서 왔는데, 남자는 IT 컨설턴트고 여자는 진단 방사선사라고 했어. 지금 와서 생각해 보니까 다 사실이 아니었겠군. 하지만 당시엔 안 믿을 이유가 전혀 없었고, 휴가 중에 으레 그러하듯 우린 친구 비슷한 사이가 되었지. 밥 먹으러 같이 가기도 하고 그랬으니까. 아무튼 어느 날 저녁, 페니랑 가이트가 다른 집 부인들하고 여자들끼리만 논다고 나갔어. 상그리아 마시면서 플라멩코 추고 이것저것 하는 그런 밤 있잖나. 아무튼 난 렘이랑 시내에 있는 바에 갔지. 스포츠 얘기가 나오니까 렘이 자기는 페더러 열혈 팬이라고 했고 그러다 정치 얘기로 넘어갔어."

"그럼 그 렘이란 남자한테 부서장님 직업은 뭐라고 하셨죠?"

"렘한테는 딱히 누구한테 연결되지 않는 본부 대표 번호를 줬지. 정치 얘기를 하다보니까 아니나 다를까 이민 문제로 왈가왈부하게 됐어. 그래도 렘은 정치 문제를 강요하는 사람은 아니었지. 결국 와인 얘기로 그날 저녁을 마무리했던 것 같아. 렘이 와인을 꽤 많이 알고 있더군. 내 생각엔 그날 저녁은 휴가 때 있을 법한,

세상이 망조니 큰일이다 뭐 그런 얘길 하면서 즐겁게 보낸 그냥 그런 날이었어.

"그 다음에는요?"

"그러다 집에 돌아온 지 한 달쯤 됐는데 렘이 메일을 보낸 거야. 며칠 동안 런던에 있을 건데 내가 자기 친구를 만났으면 한다고 썼더군. 셋이 함께 자기 친구가 회원으로 있는 팰멜 가의 어떤 와인 클럽에 가서 희귀한 와인 몇 가지를 시음해 보자는 거였어. 내 기억에 렘이 리쉬부르고 에세조를 언급했던 것 같은데, 그 와인은 제 아무리 부서장이더라도 내가 받는 템스 하우스 봉급으론 어림도 없는 와인이었지. 자네, 우유랑 설탕 다 넣는다고 했던가?"

"아무것도 넣지 않겠습니다. 그 남자가 다시 연락해왔을 때 어떤 생각이 드셨죠?"

"영국인답게, 너무 친밀하게 구는 것 같다는 생각이 살짝 들었던 기억이 나는군. 휴가 때 같이 한잔 하러 가는 것하고 휴가 후에 친분을 쌓으려 드는 건 완전 별개니까. 메일 주소를 교환하기는 했지만 진짜 연락할 마음은 없었거든. 하지만 그런 훌륭한 부르고뉴 와인을 마실 수 있는 평생 단 한 번의 기회를 퇴짜 놓기엔 너무 아깝다는 생각이 들어서 가겠다고 했지."

"바꿔 말하면, 그쪽이 부서장님을 완전히 꿰뚫어 봤다는 거네요."

"그런 셈이지." 크레이들이 이브에게 머그잔을 하나 건네며 말한다. "막상 갔더니, 정말이지, 가길 정말 잘했더군."

"그 친구란 사람은 누구였죠?"

"세르게이란 러시아 사람이었어. 서른 정도에 어마어마하게 세련된 청년이었지. 브리오니 양복, 흠잡을 데 없는 영어, 소믈리에

한테는 완벽한 억양의 프랑스어, 정말이지 더없이 매력적인 사람이었어. 그리고 테이블 위에는 DRC가 세 병이나! 믿기지 않았지."

"도대체 그게 뭐길래요?"

"도멘 드 라 로마네 콩티. 세계에서 가장 질 좋고, 희귀하고, 단연코 가장 비싼 부르고뉴 레드 와인이지. 그건 1988년산이었으니까 정가가 1만 2000파운드 정도쯤 나갔을 거야. 난 너무 황홀해서 기절하는 줄 알았지."

"그 정도 액수에 넘어가신 건가요? 비싼 와인을 마실 기회에?"

"함부로 단정하지 말게, 이브. 그건 자네답지 않아. 그리고 그 정도 액수에 넘어간 것도 아니었고. 그건 악수에 불과했다네. 와인이 훌륭했다고 했는데, 내가 훌륭하다고 할 때 그건 신급이라는 뜻이야. 내 체면을 떨어뜨렸다는 느낌은 전혀 들지 않았어. 정상적인 상황이었다면 렘과 세르게이한테 기꺼이 감사 인사를 건네고 악수를 한 다음 두 사람 모두 다시는 볼 일이 없었겠지."

"그날 저녁은 어떤 점이 비정상이었다는 거죠?"

"대화가. 본명인지 모르겠지만 아무튼 세르게이는 국제 전략을 훤히 꿰고 있었는데, 그 정도 식견은 정말 우수한 두뇌 집단과 정부 최고위층 밖에서는 거의 접해볼 수 없는 거였어. 그런 사람이 어떤 사안을 분석해서 제시하면, 저절로 귀가 기울여지는 법이지."

"그 세르게이란 남자가 부서장님이 어떤 사람인지 정확히 알아봤다는 말로 들리네요."

"세르게이가 하는 말을 몇 분 듣고 나니까 의심이 말끔히 사라지더군. 세르게이와 렘이 첩보계의 중요한 주역이라는 말도 전혀 의심하지 않게 됐어. 처음부터 끝까지 굉장히 능수능란했기 때문에 어떤 제안을 할지 궁금할 정도였어."

"제안이 들어올 걸 알고 있었군요?"

"그런 셈이지. 하지만 그 사람들은 돈 얘기부터 꺼내지는 않았어⋯⋯. 믿든 말든 자네 마음이지만, 돈이 중요한 게 아니었다네. 그 돈 말이야. 중요한 건 발상이었어."

"발상이라." 이브가 야멸차게 말한다. "이번 일이 프랑스 님부의 아파트나 부서장님 요트에서 태닝을 하고 있는 세르비아 출신 20대 체육관 강사, 뭐 그런 거랑은 무관하다고요. 이번 일이 신념에 관한 거였다고요."

"말했다시피, 믿든 말든 그건 자네 마음이야."

"그래서 토니 켄트는 누구입니까?"

"나도 몰라."

"그 사람이 배후 조정자였어요. 흔적을 덮으려고 엄청 애를 썼지만 결국 부서장님한테 돈을 준 건 그 사람이었죠."

"뭐라고 하든 난 몰라."

"확실한가요? 토니 켄트. 생각해 보세요."

"100퍼센트 확실해. 내가 알아야 할 필요가 없는 말은 아예 듣지도 못 했으니까. 아무도 이름을 알려주려 하지 않았어, 장담할 수 있다니까."

"지금 저한테 부서장님이 그 조직의 대의명분을 믿었다고 말씀하시려는 건가요? 진심으로?"

"이브, 내 말 들어보게나. 내 부탁하지. 자네도 알고, 나도 알고 있어. 이 세상이 엉망이 되어가고 있다는 걸. 유럽은 붕괴되고 있고, 미국은 멍텅구리가 통치하고 있고, 남쪽 이슬람 세력은 자살

폭탄 조끼를 입고 북상하고 있어. 도무지 중심을 잡을 수가 없지 [The center cannot hold: 윌리엄 버틀러 예이츠의 시 「재림(The Second Coming)」의 구절 일부]. 이대로 가다간 우린 망할 거야."

"부서장님 눈엔 그렇게 보이나 보죠?"

"내 눈에만 그렇게 보이는 게 아니야. 이젠 서구권의 손해가 동구권의 이득이고, 동구권이 우리의 내부 분열을 기회로 이용한다고 해도 무방할 거야. 하지만 길게 보면 세상은 그렇게만 돌아가지 않을 거라고. 머지않아, 우리 문제는 그네들 문제도 될 테니까. 어떤 식으로든 안정을 유지할 수 있는 유일한 길은, 또 우리가 모두 살아남을 수 있는 유일한 길은, 강대국끼리 협력하는 걸세. 무역 협정이나 정치적 동맹만을 의미하는 게 아니야. 우리의 가치관을 수용하게 하고 지키기 위해서는 적극적으로 뭉쳐야 한다는 거지."

"그 가치관이란 게 구체적으로 뭐죠?"

크레이들이 의자에서 몸을 앞으로 내민다. 크레이들이 이브의 눈을 똑바로 바라보며 말한다. "이보게, 이브. 지금 여긴 우리 둘밖에 없네. 지켜보는 사람도, 엿듣는 사람도, 우리가 여기서 나눈 대화를 아는 사람도, 또 거기에 신경 쓸 사람도 없지. 자네도 미래에 가담할 수 있어. 가담하지 않으면 자네도 잿더미로 변한 과거의 잔해에 틀어박히겠지."

"그 가치관이란 게 뭔지 알려 주신다면서요."

"무용지물인 게 탄로 난 것들을 말해주지. 다문화주의, 우중 민주주의. 그런 것들은 다 실패로 끝났어. 끝장이 났다고."

"그럼 그 자리에는요?"

"새로운 세계의 체제가 들어서야겠지."

"반역자와 암살범이 조종하는 체제 말씀인가요?"

"난 내가 반역자라고 생각하지 않아. 암살범으로 말할 것 같으면, 자네는 E중대가 왜 있다고 보는가? 모든 사회에는 무장 조직이 필요한 법이고, 알다시피, 우리 사회에도 우리의 무장 조직이 있는 거야."

"그럼 빅토르 케드린은 왜 죽인 건가요? 케드린의 정치 사상이야말로 그 조직하고 딱 맞아떨어지는 것 같은데."

"그랬지. 하지만 빅토르는 너무 어린 여자애들만 밝히는 주정뱅이이기도 했어. 세상에 알려지는 건 시간 문제였지. 그렇게 되면 메시지가 더럽혀졌을 거야. 그런 식으로 케드린은 신념 때문에 비극적인 죽음을 당한 순교자가 되는 거지. 최근에 러시아에 가본 적이 있는지 모르겠지만 빅토르 케드린은 러시아 어디에나 있어. 포스터, 신문, 블로그……. 그 자는 생전 그 어느 때보다 사후에 훨씬 더 큰 인기를 얻었다네."

"그 여자 이름을 알려주세요."

"어떤 여자?"

"내 담당이었던 케드린을 죽였고, 사이먼 모티머를 죽였고, 그밖에 누굴 얼마나 더 죽였는지 모르는 그 암살범 말이에요."

"나는 몰라. 그건 관리부 사람하고 얘기해봐야 할 거야."

잠시 후, 자신도 모르는 사이 이브는 자동 권총을 권총집에서 꺼내 크레이들의 얼굴에 겨누고 있다. "저한테 수작 부리지 말라고 했을 텐데요. 그 여자 이름이 뭐죠?"

"모른다고 했잖아." 크레이들은 그런 이브를 아무렇지도 않게 대한다. "사고 치기 전에 그거 치우는 게 좋겠어. 내가 죽는 것보단 살아있는 게 자네한테 훨씬 이롭잖나. 저지르고 나서 해명할 일을 생각해 봐."

이브가 분한 마음을 억누르며 권총을 내린다. "반역죄로 체포당하는 대신 저한테 입을 여는 조건으로 여기 앉아있다는 걸 잊지 마시기 바랍니다. 부서장님은 오늘 접선책 이름 전부, 언제 어떻게 연락하는지까지 모조리 털어놓을 겁니다. 그 조직을 위해 어떤 역할을 수행했는지, 어떤 정보를 건네줬는지도 털어놓을 겁니다. 돈을 준 사람이 누구고 어떤 방법으로 줬는지도 조목조목 털어놓을 거고요. 보안국 구성원 이름도 빠짐없이, 이 조직에 자기 조국을 팔아넘긴 보안국 직원의 이름은 말할 것도 없고요."

"12사도."

"뭐라고요?"

"그게 그 조직 이름이라네. 12사도. Le Douze. Dvenadtsat."

누군가 문을 두드리는 소리가 나더니 대답할 틈도 없이 문이 열리고 아까 두 사람을 심문실로 데려다준 그 대원이 얼굴을 쑥 들이민다. "상관께서 전할 말씀이 있다고 합니다. 잠깐 나와 주시겠습니까?"

"잠깐 기다려 주세요." 이브가 크레이들에게 말한 다음 대원을 따라 1층으로 올라가보니 콧수염이 있고 다부진 체격의 장교가 기다리고 있다.

"남편 분께서 전화하셨습니다. 가택 침입이 있었으니 집에 와 달라고 하십니다."

이브가 장교를 빤히 바라본다. "다른 말은 없었나요? 남편은 괜찮대요?"

"그 부분은 제가 잘 모르겠습니다. 죄송합니다."

이브가 고개를 끄덕이고는 더듬더듬 휴대 전화를 찾는다. 니코에게 전화를 걸어보니 곧바로 음성사서함으로 넘어가고 잠시 후 니코가 전화를 되건다. "나 지금 아파트야. 경찰도 와있어."

"어떻게 된 거야?"

"되게 묘해. 길 건너에 있던 칸 부인이 어떤 여자가 우리 거실 창문에서 나오는 걸 보고 911에 신고했대. 자기가 하던 짓을 숨기려는 노력도 안 하다니 뻔뻔하기 짝이 없지 뭐야. 나도 경찰관 두 분이 학교로 태우러 왔을 때 들려줘서 알았어. 내가 볼 땐 없어진 건 없는데, 다만……."

"다만 뭐?"

"그냥 집에 와봐, 알았지?"

"그 여잔 도망갔겠지?"

"응."

"인상착의는?"

"젊고 날씬하고……."

이브는 안다. 그냥 안다. 몇 분 후, 이브는 크레이들을 조수석에 태운 채 A303을 타고 남쪽으로 향하는 중이다. 크레이들과 너무 가까이 있는 것도 싫고 희미한 와중에 역겨운 그의 애프터쉐이브 로션 냄새도 싫지만 뒤에서 지켜보는 건 더더욱 싫기에 조수석에 태운 것이다.

"자네한테 제안을 해도 될 정도의 권한은 나한테도 있어." 차가 미셸데버 휴게소를 지날 때 크레이들이 말한다.

"저한테 제안을 한다고요? 지금 장난하세요?"

"이봐, 이브. 자네 현재 직위가 뭔지도 모르고 어떤 부서에서 일하는지도 모르지만 불과 얼마 전까지만 해도 템스 하우스에서 푼돈이나 받으면서 말단 연락담당관이었다는 건 알고 있네. 공무원으로서의 보람이니 뭐니 그런 것도 좋겠지. 하지만 예전하고는 비교도 안 될 정도로 달라졌다네. 적어도 재정적으로는 말이야."

"젠장!" 이브가 급브레이크를 밟아 자신을 추월하려 1차로에서 저속차로로 차선을 변경한 포르쉐를 피한다. "운전 똑바로 해, 이 멍청아!"

"상상이라도 해보게. 은행에 몇 백만 파운드가 있어서 적당한 때가 왔을 때, 자네와 자네 남편 둘 다 일을 그만두고 따뜻한 곳으로 훌쩍 떠날 수 있다고 가정해보란 말이야. 여생을 일등석으로 여행하면서 보내는 거지. 비좁은 아파트나 만원 지하철에도, 지겨운 겨울에도 안녕을 고할 수 있다고 생각해봐."

"부서장님한테는 아주 제대로 먹혔나봐요?"

"결국 그리 될걸세. 자네 머리 정도면 자네한테 내가 필요하다는 걸 깨달을 날이 올 거야. 국가라는 배가 침몰 중이 아니라 이미 침몰했다는 것도 깨달을 날이 올 거고."

"설마 그걸 진짜 믿으시는 거예요?"

"이브, 내가 제안하고 있는 건 반역 행위가 아니라 상식이야. 진심으로 조국에 봉사하고 싶으면 우리와 함께 새 세상을 만드는 데 힘을 보태게나. 우린 도처에 있어. 우린 대군이야. 그리고 우린 자네한테 보상을……."

"아, 진짜, 너무하네." 파란색 경광등을 깜빡이고 있는 경찰 오토바이가 이브의 사이드미러에서 점차 커지고 있다. 오토바이가 지나가길 빌며 속도를 줄여보지만 오토바이는 이브 앞으로 휙 끼어들더니 팔을 흔들어 갓길에 차를 세우라고 지시한다.

이브가 차를 세우자 경찰관이 이브의 차 앞에서 힘 좋은 BMW 오토바이를 멈춘 후 세워놓더니 느릿느릿 차 쪽으로 와서는 운전석 쪽 창문을 들여다본다.

이브가 창문을 내린다. "무슨 문제라도 있나요?"

"면허증 좀 보여 주시겠습니까?" 여자 목소리다. 흰색 헬멧의 얼굴가리개에 햇빛이 반사된다.

이브가 보안국 출입증과 함께 면허증을 건넨다.

"차에서 내려 주십시오, 두 분 다."

"진심이세요? 저희 집에 가택 침입이 있었다고 해서 런던으로 가는 중이에요. 경찰청에 조회해 보셔도 좋아요. 그리고 그 출입증을 눈여겨봐 주십사 강력히 권고하는 바입니다."

"지금 당장 내려 주십시오."

"이런 젠장." 이브가 천천히, 그러나 짜증을 대놓고 드러내며 차에서 내린다. 차들이 바로 옆에서 쌩하고 지나간다.

"양손은 후드 위에 올리고, 다리 벌려."

식별이 거의 불가능한 억양, 경찰관치고는 굉장히 이상하다. 이브의 마음속에 슬슬 의심이 들기 시작한다. 능숙한 손이 몸수색 끝에 이브의 휴대 전화를 가져가고 글록 권총을 권총집에서 꺼낸다. 탄창이 찰칵 빠지는 소리가 희미하게 들리더니 권총이 권총집에 다시 들어오는 게 느껴진다. 이 사람은 경찰관일 리 없다는 역겨운 확신이 든다.

"뒤돌아."

이브가 순순히 따른다. 형광 조끼, 가죽 바지와 부츠를 입고 있는 마른 여자다. 여자가 손을 올려 얼굴가리개를 올리자 얼음처럼 차갑고 잔혹한 회색 눈동자가 드러난다. 전에 한 번 본 적 있는 눈이다. 상하이의 번화가에서 머리가 거의 잘리다시피 한 사이먼 모티머의 시신이 발견되던 날 밤.

"너였군." 이브가 말한다. 숨을 거의 쉴 수가 없다. 심장이 철렁 내려앉는다.

"그래, 나야." 여자가 헬멧을 벗는다. 헬멧 밑에 얼어붙은 듯 차가운 회색 눈동자를 제외하고 얼굴의 나머지를 다 가린 라이크라 안면 보호구를 쓰고 있다. 여자가 헬멧을 땅바닥에 내려놓고 크레이들을 손짓으로 부르자 크레이들이 다가간다. "폭스바겐 타이어는 바람을 빼놓읍시다, 데니스. 차 열쇠는 당신 주머니에 챙기세요. 그런 다음 오토바이 옆에 가서 기다리고 계세요."

크레이들이 이브를 보며 씩 웃더니 어깨를 으쓱한다. "유감이야. 이번 판은 자네가 진 것 같군. 우린 우리 편은 챙긴다네."

"그렇네요." 이브가 침착하려고 애를 쓰며 말한다.

여자가 이브의 위팔을 잡더니 몇 발자국 끌고 가, 암기하려는 듯이 이목구비를 하나하나 자세히 살펴본다. "네가 보고 싶었어, 이브. 네 얼굴도."

"나도 그렇게 말할 수 있었으면 좋겠군."

"그러지 마, 이브. 그렇게 비꼬지 마."

"크레이들도 죽일 거야?"

"왜? 그래야 할까?"

"그게 네가 하는 일이잖아, 아냐?"

"부탁인데 그 얘긴 하지 말자. 우리가 언제 또 만난다고." 여자가 손을 들어 올려 손가락 하나로 이브의 얼굴을 어루만진다. 그러는 동안 여자의 손목에서 상하이에서 자신이 잃어버린 팔찌를 본 이브가 너무 놀라 할 말을 잃는다.

"그거…… 그거 내 거잖아. 그거 어디서 났어?"

"씨버드 호텔 네 방에서. 어느 날 밤 벽을 타고 네 방에 들어가서 자는 모습을 지켜보다가 너무 못 참겠더라고."

이브가 무표정한 얼굴로 여자를 노려본다. "네가…… 지켜봤다고, 내가 자는 걸?"

"베개 여기저기에 머리를 산발하고 자는 모습이 어찌나 사랑스럽던지. 정말 연약해 보이던데." 여자가 이브의 귀 뒤에 삐져나온 머리카락을 동그랗게 만다. "몸조심 좀 해야겠더라. 너를 보면 전에 알던 사람이 생각나. 너처럼 눈이 예쁘고 미소가 슬펐지."

"그 여자 이름이 뭐였는데? 네 이름은 뭐고?"

"이런 이런, 이브. 내가 이름이 얼마나 많은데."

"넌 내 이름을 알면서 나한텐 네 이름을 안 알려 주겠다고?"

"그럼 재미없어질 거야."

"재미가 없어져? 오늘 아침에 남의 집에 쳐들어가 놓고, 지금 재미없을까 봐 걱정해주는 거야?"

"너한테 뭘 좀 남겨주고 싶었거든. 깜짝 선물이랄까." 여자가 손목에 찬 팔찌를 흔든다. "팔찌에 대한 답례야. 이렇게 수다 떠는 거 정말 좋은데, 그만 가봐야겠네."

"크레이들을 데려갈 거야?" 이브가 턱을 들어 크레이들을 가리킨다. 크레이들은 스무 걸음 쯤 떨어진 지점, 오토바이 옆에서 어슬렁거리고 있다.

"데려가야 돼. 언제 꼭 다시 한번 이렇게 수다 떨자고, 너한테 물어보고 싶은 게 너무 많거든. 너한테 할 말도 많고. 그러니까 à bientôt(잘 가), 이브. 곧 또 보자고."

함께 오토바이를 타고 초가을 햇빛에 아직도 선명하게 빛나는 나무와 생울타리가 있는 시골길을 나는 듯 달리면서 크레이들은 마음이 새털처럼 가벼워지는 기분을 느낀다. 발각될 경우 출동해 주겠다고 입버릇처럼 약속을 하더니 조직에서 정말 그를 위해 출동해 주었고, 지금 이렇게 어딘가 안전한 곳으로 그를 데려가고 있다. 어딘가 12사도의 말이 곧 법이 되는 곳으로. 다시는 가족을 못 보게 되겠지만 희생이 불가피할 때도 있는 법이다. 페니의 경우에는 그 희생이 그렇게 힘겹지 않다. 애들로 말할 것 같으면 아버지로서 금수저를 쥐어 주었으니 그만하면 됐다. 런던 북부의 사립학교, 트루아 발레에서의 스키 휴가, 시티에서 한 자리 차지하고 있는 대부모들.

여자가 와줄 거라고는 예상하지 못했지만 이 여자의 실력을 보고 나니까 불평할 생각은 전혀 들지 않는다. 이 여자는 폴라스트리라는 년한테 주제 파악을 확실하게 시켜주었다. 교통 경찰로 변장한 여자를 보내다니 이 얼마나 천재적인가!

거의 한 시간을 달린 끝에 서리의 웨이브리지 마을 외곽에 있는 강 위 다리 옆에서 멈춘다. 여자가 BMW를 세운 다음 헬멧과 재킷을 벗고 안면 보호구를 잡아당겨 벗은 후 머리를 풀어헤친다. 크레이들도 빌린 헬멧을 벗고 나서 여자를 찬찬히 뜯어본다.

크레이들은 자신이 여자에 있어서는 감정가 뺨치는 안목을 가지고 있다고 자부했고, 이 여자에게는 단연 높은 점수를 주고 싶다. 땀에 젖은 짙은 금발 빼고는 손댈 데가 없다. 눈동자가 약간 차갑고 희한하지만 저 입술은 성적 잠재력이 무한한 영역이다. 가슴은? 몸에 딱 붙는 티셔츠 아래 앙증맞게 자리 잡고 있다. 게다가 가죽 바지와 바이커 부츠 차림의 여자를 보고 팬티 속이 꿈틀거리지 않는 남자가 있을까? 저렇게 입은 이상, 저 여자는 하고 싶다고 광고한 거나 다름없다. 때마침 크레이들은 다시 싱글이 되었다.

"좀 걷죠." 여자가 BMW 내비게이션을 흘낏 보며 말한다. "다음 여정을 위한 접선 장소가 이 위쪽에 있어요."

길은 도로에서 강변 아래로 이어진다. 올리브색 강물은 유속이 어찌나 느린지 표면이 고요해 보일 정도다. 강둑에는 나무 그늘이 드리워져 있고 카우파슬리[아주 작은 흰 꽃이 많이 피는 유럽산 야생화]가 무성하다. 정박 중인 거룻배와 바지선이 띄엄띄엄 보인다.

"나는 이제 어디로 가는 겁니까?"

"그건 알려줄 수 없어요."

"혹시 다시 만나게 되면……." 크레이들이 말을 꺼낸다.

"네?"

"저녁이나 할까요? 그 비슷한 거라도?"

"그럴 수 있으면요."

두 사람은 그 누구와도 마주치지 않은 채 햇빛이 쏟아지는 길을 계속 가다가 부들과 꽃창포가 나있는 폭 넓은 보에 다다른다.

"여기가 접선 장소예요." 여자가 말한다.

크레이들이 주변을 둘러본다. 유속이 빨라지는 보 쪽으로 강물이 잔잔히 흐르고 있는 강에서는 그런 장소답게 형용할 수 없이 코를 찌르는 냄새가 풍긴다. 진흙, 식물, 부패. 그에게 어린 시절을 떠올리게 하는 그 풍경에는 세월이 흘러도 변하지 않는 무언가가 있다. 『버드나무에 부는 바람(The Wind in the Willows)』[케네스 그레이엄이 쓴 아동 문학으로 아름다운 버드나무 숲을 배경으로 새로운 것을 좋아하는 두꺼비 토드, 영리한 물쥐 래티, 마음이 따뜻한 오소리 배저, 호기심 많은 두더지 모올이 펼치는 모험을 그린 작품]에 나오는 래티, 모올, 토드를 떠올리게 한다. 그 책에는 그가 전혀 이해하지 못한 장이 있었다. 새벽녘에 피리 부는 목신. 크레이들이 그 수수께끼를 곰곰이 생각 중일 때 경찰봉이 있는 힘껏 휘둘러지면서 그의 두개골에 타격이 가해진다. 크레이들이 찍소리도 못 내고 강물로 고꾸라진다. 반쯤 물에 잠긴 그의 시체는 잠깐 그 자리에 머무르는가 싶더니, 빌라넬이 지켜보는 가운데, 보 꼭대기를 향해 흘러가다가 금세 깊은 물속으로 끌려 내려간다. 빌라넬은 그 자리에 서서 크레이들의 시체가 유리 같은 수면 훨씬 아래 소용돌이 속에서 빙글빙글 도는 걸 상상해본다. 잠시 후, 경찰봉을 홀더에 넣고 왔던 길을 따라 느긋하게 돌아간다.

랜스가 집에 내려줄 즈음, 이브는 완전히 녹초가 되어있다. 열을 받기도 했고 걱정도 되는 와중에 랜스의 차에 밴 니코틴 냄새 때문에 구역질까지 난다. 리처드와의 무시무시한 대면(오후 6시에 사무실에 올 예정이다)이 기다리고 있지만, 이브가 시인하기 가장 부끄러운 대상은 바로 자기 자신이다. 얼마나 손쉽게, 순식간에, 모욕적으로 농락을 당했는가! 순진해도 너무 순진했다. 보안국 직원이란 사실이 무색할 정도로.

크레이들의 재수 없는 태도에서 그 작자가 일종의 비상벨 같은 걸 울렸고 구출을 기다리고 있었다는 걸 진작 눈치 챘어야 했다. 그의 배반 행위를 알아냈다고 뿌듯해할 것이 아니라 자신을 상대로 펼쳐진 대담한 작전, 바로 그런 작전을 예상하고 있어야 했다. 어쩌면 그렇게 대비를 하나도 안 할 수가 있었을까? 그러다 A303에서의 비현실적인 조우가 떠오른다. 그 이후 뭐라 규정할 수 없는 감정이 자꾸만 엄습하고 있다.

그런 이유로 이브는 니코가 문을 열어 아파트에 들어설 때, 니코와 다툴 기분이 전혀 아니다. "내가 전화한 게 네 시간 반 전이었잖아." 니코가 불안함을 억누르느라 창백해진 얼굴로 따진다. "정오쯤 도착한다더니 지금 세 시가 다 됐어."

이브가 심호흡을 한다. "미안해, 니코. 그런데 해명을 들으려면 좀 기다려야 할 거야. 자기 일진이 사나웠다면, 농담이 아니라, 내 일진은 악몽 그 자체였거든. 자기랑 통화 후에 차 열쇠도 휴대 전화도 다 도둑맞는 바람에 한 시간 동안 차가 붐비는 도로에서 차 좀 세워달라고 얼마나 손을 흔들어댔는지 몰라. 그건 시작에 불과했지. 그러니까 화내지 말고 무슨 일이 있었는지만 말해줘."

니코가 입술을 앙다물더니 고개를 끄덕인다. "전화로 얘기했다시피, 칸 부인이 오늘 오전 10시 반쯤 어떤 여자가 우리 집 창문에서 나오는 걸 목격하고 경찰에 신고를 했어. 경찰 두 명이 학교에서 날 여기로 데리고 왔지. 경찰에서 그 사건을 굉장히 심각하게 받아들인 모양이야. 도착해서 보니까 감식반에서 나온 사람이 밖에서 기다리고 있더라고. 자기가 예전에 MI5에서 일을 했기 때문인지 뭐 때문인지 모르겠지만 파일에서 우리 주소를 봤나 보더라고. 아무튼 경찰이 나랑 같이 방마다 다니면서 아파트를 살펴봤고, 감식반 여자가 지문을 찾으려고 문 손잡이랑 거실 창문이랑 이런저런 표면에다 뭘 했는데 아무것도 못 건졌어. 그 여자 말이 침입자가 장갑을 끼고 있었을 거래. 범인은 창문 걸쇠를 푼 것 말고 다른 건 건드린 게 없었고, 내가 본 바로는 가져간 것도 없어."

"델마랑 루이스는?"

"괜찮아, 밖에 잘 있어. 짐작이 가겠지만 걔네들 경찰한테 굉장히 깊은 인상을 남겼다니까."

"그래서 갔어, 그 경찰들은?"

"아까 갔지."

"자기 생각엔 침입자가 어떻게 들어온 것 같아?"

"현관으로. 경찰이 현관 자물쇠를 자세히 살피더니 그 여자가 자물쇠를 딴 것 같대. 그러니까 그 여자는 휴대 전화나 노트북 같은 걸 노린 10대가 아니라 전문가란 얘기지."

"맞아."

"그러면…… 그 여자가 누군지 짐작 가는 사람 없어?"

"전문 털이범은 나도 하나도 모르거든."

"제발, 이브, 내 말이 무슨 말인지 알잖아. 이번 일 혹시 자기 일하고 관련 있는 거 아니야? 이 여자가 특별히 찾는 게 있었던 거 아니냐고? 뭔가……." 니코의 말꼬리가 흐려지는가 싶더니, 이브가 지켜보는 사이, 시커먼 의혹의 그림자가 드리운다. "이번 일 말이야…… 그 여자 아냐? 자기가 쫓는 여자 말이야. 모르긴 몰라도 지금도 쫓고 있겠지? 만약 그런 거라면……."

이브가 니코의 시선을 침착하게 마주한다.

"사실대로 말해줘, 이브. 나도 알아야지. 이번 한번만 나한테 거 짓말하지 말아줘."

"니코, 솔직히 누구였는지 나도 전혀 모르겠어. 정말이지 이번 일을 내 일이나 자기가 말하는 그 수사하고 연관시킬 이유도 전혀 없고. 작년에 런던에서 신고된 가택 침입이 몇 건인 줄 알아? 6만 건 가까이 돼. 6만. 그 말은 통계적으로……."

"통계라." 니코가 눈을 감는다. "지금 내 앞에서 통계 얘기를 하 는 거야, 이브."

"니코, 부탁이야. 내가 자기한테 거짓말을 한다고 생각한다니 나 도 유감이야. 어떤 강도가 우리 집에 침입한 것도 유감이고, 우리 집에 훔쳐갈만한 물건이 없는 것도 유감이야. 하지만 이번 일은 그 냥 이 빌어먹을 런던 어느 집에서나 일어날 수 있는 사건이야, 알 겠어? 이유 같은 건 없어. 그냥…… 어쩌다 그렇게 된 거라고."

니코가 벽을 뚫어져라 응시한다. "어쩌면 경찰이 뭔가……."

"아니, 경찰은 아무것도 안 할 거야. 가져간 게 아무것도 없다면 더더욱. 경찰이 일지에 기록할 거고, 파일에도 들어가겠지. 이제 나도 집안 좀 살피고 아무것도 없어진 게 맞는지 확인 좀 해볼게."

니코가 씩씩거리며 자리에서 일어선다. 마침내, 천천히 고개를 숙이며 말한다. "차 좀 끓여올게."

"오, 부탁해. 혹시 그 케이크 조금이라도 남았으면 좀 주라, 배 고파 죽겠어." 이브가 니코 뒤로 가 니코의 허리를 감싸 안고 등에 얼굴을 기댄다. "미안해, 내 평생 가장 악몽 같은 날이었어. 설상가 상으로 이런 일까지 생기고. 경찰 응대도 그렇고 여러모로 자기한 테 참 고마워. 진심 나라면 그렇게 못 했을 거야."

뒷문을 여니 델마와 루이스가 그녀를 향해 깡충깡충 뛰어와 호기심 어린 얼굴로 손 냄새를 맡는다. 미소가 지어진다. 이 녀석들은 정말이지 뿌리치기 힘든 녀석들이다. 집 뒤쪽 아담한 테라스에 접한 담장 저 끝에서 지상으로 난 철도 선로까지의 높이는 약 20미터 가량 된다. 이브와 니코가 이사를 들어올 때 부동산 업자가 해준 설명에 따르면 철로와 가까운 것이 이 아파트가 근처 다른 아파트보다 싼 이유였다. 이브한테는 더 이상 열차 소리가 들리지 않는다. 열차가 덜컹거리고 치이익 나아가는 소리는 벌써 오래 전에 런던의 주변 소음과 합쳐졌다. 가끔 여기 나와 앉아 열차가 지나가는 걸 보면서, 열차가 끊임없이 오고가는 것을 눈으로 확인하고 나면 오히려 마음이 편안해지곤 한다.

"우리가 마지막으로 평일 오후를 같이 보낸 게 언제였더라?" 니코가 접시 위에 잘 세워진 케이크 한 조각과 차를 건네며 묻는다.

"100만 년은 된 것 같네."

"맞아, 정말 그래." 희미한 도시의 지평선을 응시하며 이브가 말한다. "뭐 좀 물어봐도 돼?"

"말해봐."

"러시아에 대해서." 이브가 케이크를 한 입 베어 문다.

"러시아가 뭐?"

"사람이든 물건이든 12랑 관련된 말 아무거나 들어본 적 있어?"

"그 시를 말하는 거야?"

"무슨 시?"

"Dvenadtsat. 알렉산드르 블로크의 〈열둘〉이란 시 말이야. 러시아의 성스러운 운명을 믿었던 20세기 초 작가였어. 꽤 별난 사람이었지. 대학 때, 혁명 시에 꽂혔던 시기에 읽었어."

목덜미가 서늘해진다. "뭐에 관한 시인데?"

"12명의 볼셰비키[1917년 혁명 후 정권을 잡은 러시아 사회 민주 노동당 일원]가 페트로그라드[현 페테르부르크] 거리를 통과하면서 무슨 신비한 탐험을 한다는 내용이야. 내가 기억하기로는 자정에 눈보라를 맞으면서. 왜?"

"오늘 사무실에서 누가 12사도라는 조직을 언급했거든. 무슨 정치 집단이래. 러시아나 러시아 관련 조직이라나."

니코가 어깨를 으쓱한다. "가방끈 긴 러시아인이라면 대부분 그 시를 알 거야. 그 시에는 정치 신념을 막론하고 소비에트 시절에 대한 향수가 있거든."

"그게 무슨 말이야?"

"한밤중에 일단의 사람들이 소요(騷擾)한다는 블로크의 시 제목을 집단 이름으로 삼았다는 건 신공산주의자부터 노골적인 파시스트까지 중에 그 어디에도 속할 수 있다는 거거든. 그 이름만으론 알 수 있는 게 별로 없다는 뜻이야."

"그러면 혹시 내가 어디서…… 니코?"

델마와 루이스가 니코의 무릎을 머리로 들이받으며 관심 좀 가져달라고 매애 울고 있다.

차를 손에 든 채, 이브는 아파트를 살펴본다. 좁은 공간이고, 이런저런(대개 니코의) 물건으로 미어터질 지경이지만, 뭔가가 옮겨졌거나 도둑을 맞은 것 같지는 않다. 침실을 마지막으로 들러 베개 밑과 서랍 안을 확인한 다음 얼마 없는 보석류를 주의 깊게 살핀다. 팔찌를 도둑맞아 열을 받은 것도 있지만, 자신이 자는 동안 전문암살범이 자신의 상하이 호텔방에 침입했었다는 사실은 믿기지도 않는다. 속을 알 수 없고 냉담한 그 두 눈으로 자신을 바라보고, 심지어 건드렸을지도 모른다고 상상하니 기절할 것만 같다.

'머리를 산발하고 자는 모습이 어찌나 사랑스럽던지.'

이브는 옷장을 열고 옷걸이를 하나씩 밀어가며 원피스, 윗옷, 스커트를 획획 훑어본다. 그러다 믿을 수 없는 광경에 동작을 뚝 멈춘다. 벨트, 장갑, 작년 여름에 산 밀짚모자를 올려둔 선반 위에 박엽지로 포장한 작은 상자가 하나 있다. 맹세코 전엔 본 적이 없던 물건이다. 장갑 한 짝을 꺼내 낀 다음 조심스럽게 꾸러미를 집어 들어 한 손으로 무게를 가늠해 보고는 포장을 벗긴다. 비둘기 색 상자에는 반 디에스트라는 이름이 쓰여있다. 상자 안, 회색 벨벳 쿠션 위에는 정교한 로즈골드 색 팔찌가 놓여있고, 팔찌의 걸쇠에는 똑같은 다이아몬드 두 개가 박혀있다.

두근두근 심장이 두어 번 뛰는 동안 노려본다. 왼쪽 장갑을 획 잡아당겨 뺀 후, 팔찌에 손목을 쏙 집어넣고 걸쇠를 채운다. 맞춘 듯 딱 맞는다. 잠시 무기력하게 팔찌 낀 팔을 쭉 뻗고는, 팔찌의 외관과 찬 듯 안 찬 듯한 무게에 황홀감을 느낀다. 접힌 박엽지 안, 간신히 보이는 한쪽 구석에 카드가 있다. 친필 카드다.

몸조심 해, 이브 — V가

팔찌를 차고 장갑 낀 손에 카드를 쥔 채, 이브는 그 자리에 꼬박 일 분 동안 서있다. 저 말을 어떻게 해석해야 하는 걸까? 장난스러운 인사말일까, 아니면 노골적인 협박일까? 충동적으로 고개를 숙여 카드에 코를 대고 냄새를 맡아보니 비싸고 여성스러운 향기가 난다. 덜덜 떨리는 손으로 카드를 상자에 다시 넣으면서 이브는 자신을 사로잡은 감정이 어떤 감정인지 분간하지 못한다. 당연히 공포심도 있겠지만 거의 숨이 막힐 듯한 흥분감도 있다. 아름답고 여성스러운 저 물건을 고르고 저 메시지를 직접 쓴 여자는 살인자다. 냉혈한 전문암살범으로 한마디 한마디가 거짓이며, 상대를 동요시키고 조종하기 위해 계산된 행동만 한다. 이브가 불과 몇 시간 전에 그랬듯, 그 여자의 눈을 똑바로 쳐다본다는 건 심장이 얼어붙는 공동(空洞)을 들여다보는 것과 같다. 두려움도, 연민도, 인간적인 따스함도 없이 오로지 무(無)만이 존재하는 눈동자.

불과 몇 미터 떨어진 뒤 테라스에서 기뻐 어쩔 줄 모르는 얼굴로 염소들에게(그렇다. 염소들이다) 횡설수설을 하고 있는 사람은 이브가 지금껏 알았던 그 누구보다도 다정하고 좋은 사람이다. 밤이 되면 이브는 익숙하지만 아직도 불가사의한 저 남자의 따뜻한 몸속으로 쏙 들어간다. 이브에 대한 저 남자의 수수께끼 같은 사랑에 한계란 없다. 이제는 습관처럼 함께 눕게 된 저 남자는 이브에게 너무나 익숙한 존재다.

이브가 목숨을 내놓아야 할 정도로 위험한 이 여자한테 그토록 설레는 이유는 뭘까? 그녀의 말이 마음속 깊이 파고드는 이유는 뭘까? 저 아리송한 V는 절대 아무 뜻 없이 쓴 게 아니다. 한 글자밖에 없지만 이름이다. 팔찌와 마찬가지로 선물처럼 던져준 것이다. 친밀하고 관능적인 동시에 완전히 적대적인 제스처. 물어보면 답해주겠다. 연락하면 찾아가겠다.

어쩌다 두 사람은 서로의 삶에 그토록 필연적으로 맞물리게 된 걸까? 괴상하기는 하지만 설마 V가 그녀에게 관심이 있어서 이러는 걸까? 팔을 들어 올려 매끈한 금을 볼에 갖다댄다. 깜찍하지만 고급스러운 이 물건은 대체 얼마나 나갔을까? 5000 파운드? 6000? 정말이지, 이브가 너무 갖고 싶었던 그런 물건이다. 그냥 아무 말도 안 하면 안 될까? 애초에 선물 포장을 벗김으로써 전혀 전문가답지 않은 행동을 저질러 법의학적 증거를 꽤나 훼손했으니, 그냥 가지는 게…… 더 수월하지 않을까?

수치심과 후회가 솟구치자 이브는 팔찌를 벗어 상자에 도로 넣는다. 빌어먹을! 이브는 딱 상대가 원하는 대로 반응하고 있다. 눈부시게 노골적인 유혹에 넘어가 이 상황을 완전히 비이성적으로 받아들이고 있는 것이다. 자신이 V라는 사람의 애정인지 욕망인지의 대상이라고 생각하다니 이 얼마나 자기중심적인 과대망상인가! 그 여자는 의심의 여지 없이 자기애성 반사회적 인격장애자이며 수동-공격적 우롱을 통해 이브를 무너뜨리려 하고 있다. 순간이나마 그 반대로 생각을 하다니, 범죄학자이자 정보 요원으로서 그동안 배운 모든 것을 무용지물로 만들어 버리다니! 이브는 옷장 바닥에서 여행 가방을 꺼낸 다음 장갑 낀 손으로 상자와 카드와 박엽지를 쑤셔 넣는다.

"없어진 거 있어?"

"없어, 아무것도."

유로스타[영국·프랑스·벨기에 세 나라가 공동 운영하는 고속 열차] 내에 검은색 후드티를 입은 젊은 여자를 눈여겨보는 이는 아무도 없다. 머리는 떡이 지고 안색은 병색이 완연한 데다 묘하게도 어딘가 더러운 구석이 있다. 여자는 굽이 닳은 검정색 바이커 부츠를 신고 있는데 그녀의 건방진 태도는 섣불리 자신에게 접근하는 사람한 테는 그런 태도를 언제든 써먹을 것임을 암시하고 있다. 맞은편에 앉아 《데일리 텔레그래프》에 실린 수수께끼 같은 십자 퍼즐을 풀고 있는 중년 부부에게 여자는 기차 여행을 한없이 불쾌하게 만드는 전형적인 부류다. 씻지도 않고 기차에 타다니. 주변 사람들에 대한 배려도 전혀 없고, 휴대 전화를 손에서 내려놓질 않는다.

"힌트 하나만 더 주지." 남편이 투덜거린다.

"가로 13: '소매를 제거하는 것'." 부인이 읽자 두 사람 다 얼굴이 찌푸려진다.

빌라넬은 이브의 휴대 전화 위치 찾기 기능을 망가뜨린 후 실망스럽게도 지루하기 짝이 없는 문자메시지와 이메일을 읽고 나서, 지금은 사진을 획획 넘겨보는 중이다. 부엌에 있는 polskiy(폴란드) 놈팡이 니코. 안과에서 새 안경을 써 보는(예뻐 씨, 제발 그 안경테는 쓰지 말아주길) 이브의 셀카. 이번에는 염소와 함께 있는 니코(이 동물로는 대체 뭘 하려고 그러는 거지? 잡아먹으려고?). 그러다 유명 인사 사진만 쭉 나온다. 빌라넬이 짐작하기에 이브가 미용사에게 보여주려고 잡지에 나온 사진을 찍은 것 같다. 이건 누구지? 아스마 알아사드(영국 태생의 시리아 영부인)? 설마, 그 머린 너무 아닌데.

빌라넬은 고개를 들어 고층 건물과 그래피티가 있는 벽을 보고 열차가 파리 외곽에 진입하고 있음을 알아차린다. 이브의 휴대 전화를 주머니에 넣은 후 자신의 휴대 전화를 꺼내 친구인 앤로르에게 전화를 건다.

"어디 갔다 온 거야? 통 안 보이더라." 앤로르가 묻는다.

"일했지. 출장도 가고. 하나도 재미없었어."

"그래서 오늘 저녁엔 뭐 할 거야?"

"아직 모르겠는데."

"프레타포르테 쇼가 내일 시작되는데, 오늘 밤엔 신진 디자이너 몇몇이 볼테르 부두에 있는 내 친구 마고의 배에서 파티를 할 거야. 재미도 있을 거고, 다들 올 거야. 예쁘게 차려입고 르그랑 베푸르[파리 최초의 대형 식당으로 19세기 프랑스의 정치가, 문학가, 예술가들의 삶을 공유하던 곳]에서 저녁 먹고, 우리 둘이서만, 그 후에 파티에 가자."

"재밌겠다. 마고 귀엽더라."

"갈 마음 있어?"

"당연하지."

열차가 파리 북역에 들어선다. 열차가 도착하면서 갑자기 간이 커졌는지, 중년 부부가 빌라넬에게 혐오감을 대놓고 드러낸다.

"그 십자말 힌트 말인데요." 빌라넬이 부부에게 말한다. "소떼를 죽이는 것. 답은 알아내셨어요?"

"음…… 못 알아냈소." 남편이 말한다. "우리 둘 다."

"그거 '살인'이에요." 빌라넬이 손가락을 흔든다. "그럼 파리에서 즐거운 시간 보내세요."

"다시 한번 말해봐요." 리처드 에드워즈가 말한다. 리처드는 구시대의 정보 요원으로 숱이 줄어들고 있는 머리에 옛날에는 멋있었을 것이 분명한 벨벳 칼라가 달린 롱 코트를 입은 모습이 왠지 귀족적이다. "오토바이를 탄 경찰인 줄 알았던 사람한테 제지를 당했다고요?"

리처드, 이브, 빌리, 랜스는 구지 스트리트 사무실에 앉아있다. 기다란 형광등이 창백한 빛을 발하고 있다. 이따금 사무실 아래 지하철역에서 웅웅거리는 전철 소리가 낮게 들려온다.

"네." 이브가 말을 시작한다. "미셸데버 근처 A303번 도로였어요. 진짜 경찰복에 진짜 경찰 오토바이였습니다. 견장과 명찰도 모두 진짜고요. 햄프셔 지구대 고속도로 순찰대에서 쓰는 겁니다."

"슬쩍하기 쉽지 않았을 텐데, 나라도 생각 못 했을 것 같네요." 빌리가 이제는 거의 한 몸이 되어버린 컴퓨터 의자에 기대앉아 입술 피어싱을 무심코 만지작거리며 말한다.

"해당 경찰서 내부에 누군가 있지 않는 한 불가능하지."

"랜스 말이 옳아요." 리처드가 말한다. "MI5에 침투했으니 분명 경찰에서도 사람을 섭외하려 들 겁니다."

리처드와 이브가 서로 얼굴을 쳐다본다. 아까 이브가 느꼈던 들뜬 기분은 벌써 사라지고 없다. 내가 무엇에 홀렸던 걸까? 이브는 궁금하다. 이 상황 자체가 하나의 재앙이다.

"좋아요, 그래서 이 여자가 당신의 몸을 수색해서 휴대 전화와 글록의 탄약 클립을 가져간 다음, 데니스 크레이들한테는 당신의 차 열쇠를 챙기고 타이어에 펑크를 내라고 시킵니다. 그 후 아까 나한테 말했던 대로 당신과 그 여자가 대화를 나누는데, 그 과정에서 그 여자가 당신 것이었던 팔찌를 차고 있는 걸 알아차리고요."

"그 팔찌는 저희 어머니 거였는데, 이 여자가 말하길 상하이 제 호텔 방에서 그걸 가져갔다더군요."

"그 여자한테 중국에 다녀온 얘긴 한 적이 없고요."

"당연히 없죠."

리처드가 고개를 끄덕인다. "그런 다음 그 여자가 크레이들한테 여분의 헬멧을 주고 그를 오토바이에 태우고 가버립니다."

"요점만 말하면 대충 그렇습니다."

"그 후 당신은 손을 흔들어 가까스로 지나가는 차를 세운 후, 전화를 빌려서 랜스에게 연락합니다. 랜스는 본인 차로 당신을 집까지 태워다 주고요. 당신이 집에 도착한 건 오후 3시 경이고, 그때 가택 침입이 오전 10시 반 경 발생했다는 걸 들어서 알게 됩니다."

"아뇨, 그 얘긴 이미 들어서 알고 있었어요. 제 남편이 전화로 알려줬거든요. 그 일 때문에 데버에서 데니스 크레이들을 데리고 집에 일찍 가려고 했던 겁니다."

"아, 그래요. 그런데 집을 뒤진 흔적이나 가져간 게 아무것도 없었다고요?"

"네, 뒤지지도 않았고 가져간 것도 없었습니다. 대신 이 반 디에스트 팔찌하고 카드가 제 옷장에 놓여 있었고요."

"그 팔찌를 어디서 샀는지 알아낼 방법은 없겠지요?"

"이미 조회해 봤는데요. 반 디에스트 부티크와 매장이 전 세계에 68개 있답니다. 그 중 어디서든 살 수 있었어요. 전화나 인터넷으로 구입했을 수도 있고요. 질문을 다르게 해보면⋯⋯."

"가택침입한 여자와 이브를 A303에서 제지하고 크레이들을 납치한 여자가 동일 인물이라고 100퍼센트 확신하고 있고요?"

"의심의 여지가 없습니다. 팔찌로 벌인 일 전체가 그 여자 스타일과 부합해요. 그 여자는 자기가 제 아파트에서 나오는 걸 누가 보면 경찰에 신고를 할 테고, 그 소식이 한 시간 이내에 제게 전달될 공산이 크다고 계산했을 겁니다. 제가 크레이들을 곧바로 런던으로 데리고 갈 테니 그동안 자신이 A303 도로에 와서 크레이들과 절 가로막으면 되겠다고 생각했을 거예요. 빠듯한 감은 있지만 가능은 하죠, 경찰 오토바이를 타면."

"좋아요, 당신 말이 다 맞고, V라는 서명을 남긴 이 여자가 우리가 그동안 내내 상대하던 여자라고 칩시다. 케드린, 사이먼 모티머 외 나머지도 모두 죽인 여자라고 쳐요. 나아가 그 여자가 크레이들이 말한 조직, 12사도라 불린다고 했던 조직의 조직원이라고 칩시다. 우리한테는 아직 핵심 의문 두 가지에 대한 답이 없어요. 하나, 그 여자는 우리가 크레이들의 부정을 적발했다는 걸 어떻게 알았는가? 둘, 그 여자는 크레이들을 어떻게 했는가?"

"첫 번째 질문의 경우, 크레이들이 직접 12사도에 연락한 것 같다는 느낌이 강하게 들었습니다. 모르긴 몰라도 크레이들이 비상 연락처 같은 걸 가지고 있었고, 정체가 탄로 날 경우, 현장 요원과 마찬가지로 철수시켜줄 거라고 믿고 있었던 것 같아요. 두 번째 질문의 경우에는 그 여자가 크레이들을 죽였을 겁니다. 다른 건 몰라도 그 점은 확신해요. 그게 그 여자가 맡은 일이니까요."

"그 말인즉슨……." 리처드가 말을 꺼낸다.

"맞아요. 우리 MI5의 고위직 한 명이 죽었다는 얘기죠. 해명할 데는 줄을 섰는데 단서가 전혀 없어요. 케드린 사건 직후로 되돌아오다니, 모두 제 불찰입니다."

"그렇지 않아요."

"아뇨. 밴에 있던 크레이들과 통화할 때, 제가 너무 궁지로 몰았어요. 크레이들이 우리한테 자기 죄가 들통 난 걸 자기 쪽 사람들한테 알리리라고는 생각도 못 했거든요. 크레이들은 조직이 어떻게 해줄 줄 알았던 걸까요? 앞으로도 잘 먹고 잘 살 거라고 진짜 믿기라도 한 걸까요?"

"크레이들과의 대화는 나도 들었잖아요. 우리 모두 들었죠. 당신은 적당히 했어요. 사실, 우리가 크레이들의 정체를 밝힌 순간, 크레이들은 그쪽 사람들한테 이미 골칫거리가 됐을 것이기 때문에 우리가 어떻게 했어도 달라질 건 없었다고 봅니다."

갑자기 천정의 형광등이 나가면서 네 사람 모두 어둠 속에 빠진다. 랜스가 프린터 뒤에 있는 비품 수납장에서 빗자루를 가져다 손잡이를 형광등에 대고 톡톡 치자 잠깐 깜빡거리는가 싶더니 불이 다시 들어온다. 아무도 형광등 얘기는 하지 않는다.

"MI5 쪽은 어때요?" 이브가 리처드에게 묻는다.

"그쪽은 내가 처리할 겁니다. 남프랑스 부동산이며 요트 등 모두 알려야지요. 우리도 크레이들한테 돈을 준 게 누군지는 모르지만 그 사람이 거물이었다고 할 겁니다. 크레이들을 심문했다는 사실은 MI5에서 조만간 알아내겠지요, 크레이들이 줄행랑을 쳤다고 설명하는 겁니다. 그렇게 되면 이번 일은 몽땅 MI5의 문제가 됩니다. 크레이들이 살아서든 죽어서든 나타나기는 할 텐데, 십중팔구 이브 말대로 죽어서 나타날 것 같지만, 아무튼 MI5는 통상적인 방식으로 전말을 덮어버릴 겁니다."

"그럼 우리는 하던 일 계속 하는 건가요?" 이브가 묻는다.

"우리는 계속 합니다. 감식반 사람 중에서 믿을만한 사람한테 그 팔찌와 카드를 맡길 겁니다. 또 이브하고 이브 부군께서 안전가옥에 들어가기 싫다고 하면 추후 지시가 있을 때까지 24시간 이브의 아파트를 감시하라고 사람을 보낼 생각입니다."

"니코가 엄청 열 받을 거예요. 그 점 유의해 주세요."

"알겠습니다. 당분간 유예하도록 하죠. 또 다른 사안 있나요?"

"아직 크레이들의 돈을 추적 중인데요. 추적하다 보니까 굉장히 이상한 데로 가더라고요. 12사도 관련해서 GCHQ(정부통신본부) 쪽도 접촉 중입니다. 어딘가에서 누군가 입을 잘못 놀려서 발설하게 되길 바라는 마음에서요. 크레이들이 그 이름을 알고 있다면, 다른 사람들도 알고 있겠죠."

"랜스?"

랜스의 설치류다운 특징이 더 또렷해진다. "전 이스틀리에 있는 햄프셔 지구대 본부에 가서 건질 거 없나 보려고요. 순경 두어 명한테 맥주 좀 사주면서 오토바이랑 경찰복 빌려준 일은 없는지 물어볼까 합니다."

"전 그냥 머릿속을 좀 정리하고 싶어요." 이브가 창가로 가서 토트넘 코트 로드를 지나는 차들을 내려다보며 말한다. "우리 팀의 목표는 여전히 전문암살범을 찾아내는 걸까요? 아니면 표면상 국제적 음모인 듯한 일에 관한 정보를 얻으려 노력 중인 걸까요? 왠지 임무를 변경해야 할 것 같은 느낌이 들려고 하네요."

"다른 무엇보다도 나는 우리의 살인범을 잡고 싶습니다. 케드린이 우리 본거지에서 살해당한 만큼, 나한테는 모스크바에 넘겨줄 범인의 목이 필요합니다. 게다가 이 여자는 우리 쪽 사람인 사이먼 모티머도 죽였는데, 그걸 용납할 순 없죠. 그런데 점점 분명해지고 있는 건, 그 여자를 잡고 싶다면 우리가 그 여자가 속한 조직을 어느 정도 파악해야 한다는 겁니다. 그 조직에 대해서 보고 듣는 게 많아질수록, 그 조직이 점점 더 만만찮은 강적처럼 보이고 있어요. 하지만 침투할 방법이 분명 있을 겁니다. 아주 작은 틈만 있어도 와해시킬 수 있을 거예요. 이를테면 이브에 대한 이 여자의 관심같이 아주 사소한 틈 말입니다."

랜스가 지나치게 활짝 웃더니 먼 산을 보며 딴청을 부린다.

이브가 그런 랜스를 정색하며 바라본다. "부탁인데, 무슨 생각을 하고 있는지 몰라도 혼자만 간직해 줄래요?"

"인정할 건 인정해요, 지금은 미인계를 써야 할 때라고요."

"랜스, 랜스가 뛰어난 현장 요원이란 건 내가 믿어줄게요, 그런데 인간으로서는 정말 애잔하기 짝이 없네요."

"이런 말 들어 봤을라나 모르겠네요, 이브. 제 버릇 개 못 준다."

"여러분, 지금 이럴 때가 아닙니다. 그 여자가 이 팔찌로 하려는 말이 뭐겠습니까? 거기에 어떤 메시지가 있는 것 같나요?"

"자기한테 주도권이 있다는 거죠. 어느 때고 자기 마음이 내킬 때마다 제 인생에 끼어들 수 있다는 뜻이에요. '넌 내 손바닥 안이고, 나에 비하면 넌 하수다', 그런 말을 하려는 거예요. '네가 원하지만 가질 수 없는 것도 난 다 줄 수 있어. 은밀하고 여성적이면서 값비싼 물건들까지 전부 다.' 이건 여자들만 아는 거예요."

"교활한 여자네요." 빌리가 자기도 다 안다는 듯 말하더니 등을 구부려 밴드 메가데스가 그려진 후드티를 뒤집어쓴다.

"교활하다는 말 가지고는 어림도 없어요. 하지만 나도 그 여자를 지켜봐 왔다고요. 그 여자는 점점 무모해지고 있어요. 특히 나를 대할 때 더더욱. 그 오토바이 경찰 코스프레만 봐도 알 수 있거든요. 어느 때고 선을 넘고 말 거예요. 그때 우리가 잡으면 돼요."

랜스가 턱을 들어 팔찌가 들어있는 여행 가방을 가리킨다.

"어쩌면 그 여자를 찾으러 굳이 밖에 나가지 않아도 될지 몰라요. 때를 기다리면서 버티면 그 여자가 우리한테 올지 모르죠."

리처드가 고개를 끄덕인다. "마음에는 안 들지만 자네 말이 맞을지도 모르겠군. 그렇기는 해도 우리가 위험한 고비를 넘겼다는 점은 인정할 필요가 있다고 봅니다. 따라서 역감시 대책에 만전을 기해주세요. 정보 활동에 필요한 기술도 잊지들 마시구요. 이브하고 빌리는, 랜스 말을 잘 듣고 랜스의 지도를 따르도록 하세요. 랜스가 수상한 냄새가 난다고 하면 물러나는 겁니다."

이브가 랜스를 흘끗 쳐다본다. 랜스는 토끼를 잡으러 토끼굴에 들어가려는 족제비처럼 영리하고 약삭빨라 보인다.

"이브, 그 동안 나는 데버에서 지휘관과 얘기를 좀 나눠야겠습니다. 이브의 아파트 감시 관련해서 작전을 좀 세부적으로 짜달라고 부탁할 생각입니다. 이브 눈에 감시팀이 띄는 일은 별로 없겠지만, 필요하면 와줄 거예요. 이 V라는 여자 몽타주 사진은 만들 수 없나요?"

"그건 힘들 것 같아요. 상하이에 있을 때 그 여자라고 생각되는 사람을 아주 잠깐 보기는 했지만, 오늘은 그 여자가 헬멧 아래 라이크라 안면 보호구까지 쓰고 있어서 눈밖에 못 봤거든요. 그래도 한번 해보겠습니다."

"좋아요. 우린 지켜보면서 기다릴 겁니다. 그 여자가 나타날 때, 우린 맞설 준비가 되어 있을 거예요."

3

남자는 에메랄드 빛 실크를 덧씌우고 조각 무늬를 넣은 참나무 의자에 발목을 포개어 앉아있다. 진회색 정장 차림의 남자가 매고 있는 핏빛 샤르베[프랑스 유명 남성복 브랜드] 넥타이는 호텔 스위트룸이라는 단조로운 공간에서 극적인 분위기를 풍긴다. 얼굴을 잔뜩 찌푸린 채 생각에 잠겨있던 남자는 고급 귀갑테 안경을 벗어 실크 손수건으로 윤이 나도록 닦더니 다시 걸친다.

그런 남자를 물끄러미 보며 빈티지 모엣 샹동을 한 모금 삼킨 빌라넬이 이번엔 여자 쪽으로 시선을 돌린다. 남편 옆에 앉아있는 여자의 눈동자는 갈색이고 머리카락은 여름 햇빛에 익은 밀 색깔이다. 여자는 추측컨대 30대 후반쯤 되는 것 같다. 빌라넬이 샴페인 잔을 사이드 테이블 위 백장미 옆에 놓은 다음, 여자의 가느다란 손목을 붙잡아 일으켜 세운다. 두 사람이 잠깐 춤을 추는 동안 들리는 소리라고는 저녁 시간 콩코드 광장을 지나는 차량이 웅웅거리는 소리밖에 없다.

빌라넬의 입술이 부드럽게 상대편 여자의 입술을 스치자, 여자의 남편이 의자에서 자세를 바꾸며 감상한다. 빌라넬이 여자의 주름 잡힌 원피스 단추를 하나하나 풀자 원피스가 스르륵 바닥으로 떨어진다. 여자의 손이 위로 올라와 빌라넬의 얼굴에 이르자, 빌라넬이 여자의 손을 내린다. 빌라넬이 원하는 건 완전한 통제다.

곧 여자는 알몸이 되고 기대에 부푼 채 살짝 떨며 서있다. 빌라넬이 두 눈을 감고 여자의 머리카락을 쓸어 넘기고, 여자의 냄새를 들이마시고, 여자의 몸이 이루는 곡선을 더듬는다. 손가락을 아래쪽으로 움직이는 빌라넬의 귀에 자신이 오랫동안 입 밖에 내지 않던 이름을 속삭이고 반쯤 잊고 있던 애정 표현을 러시아어로 중얼거리는 소리가 들린다. 세월과 주변 환경이 서서히 사라지더니 자신이 어느새 콤소몰스키 대로에 있는 아파트에 와있고, 안나가 슬픈 미소를 지으며 곁에 있다.

"더러운 년이라고 욕해봐." 남자가 말한다. "Une vraie salope(걸레 같은 년)."

빌라넬이 눈을 뜬다. 벽난로 위 선반에 놓인 거울에 비친 자기 모습이 보인다. 매끄럽게 뒤로 빗어 넘긴 머리, 도드라진 광대뼈, 동토처럼 얼어붙은 눈빛. 빌라넬이 얼굴을 찡그린다. 이래가지고는 소용이 없다. 자신이 다리를 벌려놓은 여자는 낯선 사람이고, 여자의 남편이 추구하는 쾌락은 역겹다. 별안간 몸을 뗀 빌라넬이 장미꽃에 손가락을 문질러 닦자 꽃잎이 바닥에 흩어진다. 빌라넬이 스위트룸에서 걸어 나간다.

택시에 탄 빌라넬은 조명을 환히 밝힌 빛나는 리볼리 거리의 상점들이 미끄러지듯 지나가는 것을 바라본다. 갑자기 자신이 무성 영화 속에 들어가기라도 한 듯, 주변 환경에서 동떨어지고 경험과 감각과도 분리된 기분이다. 영국에서 돌아온 이후 이런 기분을 느낀 지 벌써 몇 주째다. 슬슬 걱정이 되지만, 걱정 자체는 뭔가 막연한 것, 또렷하게 집중할 수 없는 감정이다.

어쩌면 콘스탄틴을 죽인 데 대한 반응이 뒤늦게 나타난 것인지 모른다. 자기 연민 같은 건 빌라넬 사전엔 없지만, 자신의 담당자를 죽이라는 명령을 받으면, 게다가 그 담당자가 자신을 발탁하고 훈련시켰을 뿐만 아니라 친구이기도 하다면, 친구라는 게 가능한지 모르겠지만, 괴로울 수밖에 없다. 결국 그녀도 인간에 불과하기 때문이다. 콘스탄틴이 사라진 지금, 빌라넬은 그가 그립다. 판단이 가혹할 때도 있었고 경솔하다며 빌라넬을 거듭 꾸짖었을지 몰라도, 콘스탄틴은 적어도 그런 판단을 내릴 정도로 빌라넬을 신경 써준 사람이었다. 게다가 콘스탄틴은 빌라넬을 아꼈다. 눈 하나 깜빡이지 않고 잔인할 수 있고 죄책감 따위는 느껴본 적이 없는 그녀가 얼마나 희귀한 존재인지 알아봐준 사람이기도 했다.

12사도의 암살자로서 빌라넬은 자신이 조직의 원대한 계획을 절대 알 일이 없으며, 앞으로도 쭉 자신이 알아야 할 것만 듣게 될 거라는 사실을 받아들여 왔다. 하지만 콘스탄틴이 재차 말했다시피, 빌라넬은 자신의 역할이 필수적이란 사실 또한 인식하고 있다. 자신은 노련한 청부살인업자 이상의 존재, 운명을 실현시킬 수단이란 것을.

콘스탄틴의 후임인 안톤은 여태껏 빌라넬을 부하 이상의 존재로 여긴다는 인상을 전혀 남기지 못했다. 그는 늘 하던 대로, 평범해 보이지만 암호가 담긴 메일을 통해 예브투크와 크레이들의 살인 지령을 내려놓고, 콘스탄틴과는 달리 일이 끝난 후 고맙다는 인사를 하지 않았다. 빌라넬은 그게 무례하기 짝이 없다고 여기고 있다. 이브를 상대로 누리고 있는 재미조차 안톤이 하나부터 열까지 마음에 안 드는 담당자가 되어가고 있다는 사실을 상쇄하지 못할 정도다.

택시가 빅토르위고 대로 인도 옆에 다가가 정차한다. 빌라넬의 베스파 스쿠터는 빌라넬이 아까 그 부부를 만났던 클럽 맞은편에 세워져있다. 클럽은 아직 영업 중이고, 입구 측면에 놓인 등도 아직 희미하게 빛나고 있지만, 빌라넬은 클럽에 눈길조차 주지 않는다. 스쿠터를 좌우로 흔들어 세운 빌라넬은 시동을 걸고 느긋하게 미끄러지듯 차들 사이로 들어간다.

곧장 집으로 향하는 대신 라 뮈에트로 향한다. 10분간 비좁은 거리를 요리조리 빠져나가는 동안 빌라넬은 사이드 미러와 앞서 가는 차들을 번갈아 주시하며 경계를 게을리하지 않는다. 속도에 변화를 주기도 하고, 녹색 신호에서 정지하는 체하기도 하고, 한 지점에서는 일부러 엉뚱한 방향으로 스쿠터를 몰아 비좁은 일방통행로인 앵파스 드 라비슈로 들어가기도 한다. 미행이 없다는 사실에 마음을 놓고, 마침내 서쪽 포르트 드 바시로, 집이 있는 쪽으로 방향을 돌린다.

스쿠터를 지하 주차장 안 자신의 은회색 아우디 옆에 세워놓은 후, 6층까지 엘리베이터를 탄 다음 몇 단 안 되는 계단을 올라 꼭대기 층 아파트로 들어간다. 전자식 잠금장치를 열려는 찰나, 뒤쪽 계단에서 아픈 고양이가 우는 소리가 희미하게 들려온다. 5층에 살고 있는 건물 관리인 마르타가 데리고 있는 새끼 고양이 중한 마리다. 조심스럽게 그 자그마한 생명체를 손 안에 주워 담아 쓰다듬어 진정시킨 후, 마르타의 초인종을 울린다.

관리인은 고맙다며 호들갑을 떤다. 자신은 늘 sixième étage(6층)에 사는 얌전한 젊은 아가씨가 마음에 들었단다. 집을 자주 비우는 것으로 보아 굉장히 바쁜 사람임이 분명한데도 아가씨는 마르타에게는 늘 미소를 지어준다는 말도 잊지 않는다. 요즘 젊은이들 같지 않고 배려할 줄 아는 사람이라나.

온갖 칭찬이란 칭찬은 다 듣고, 다른 새끼 고양이들과 어미까지 보고 귀여워해준 다음에야 빌라넬은 6층으로 돌아간다. 아파트에 들어가 문을 잠근 뒤, 마침내 침묵에 잠긴다. 빛바랜 청록색과 군청색 벽이 있는 아파트는 널찍하고 편안하다. 20세기 중반의 가구는 낡았지만 세련됐으며, 가구 몇 점은 디자이너의 작품이다. 별로 유명하지 않은 후기 인상파 그림 몇 점이 군데군데 걸려있다. 한번도 눈여겨본 적은 없지만 그런대로 봐줄만한 그림이다.

이 아파트에는 아무도 찾아온 적이 없다. 앤로르는 빌라넬이 베르사유에 살고 있으며 외환 딜러라고 생각하고 있다. 같은 건물의 이웃들은 그녀를 예의 바르지만 붙임성 없으며 집을 자주 비우는 사람으로 알고 있다. 관리비와 재산세는 제네바 소재 법인 계정에서 빠져나가고 있으며, 혹시라도 누군가 이 계좌를 조사하려 든다면, 너무 복잡하게 얽혀있어서 실질적으로 뚫고 들어가는 것이 불가능한 이런저런 유령 회사와 중개인들 사이에 말려든 자신을 발견하게 될 것이다. 하지만 그런 사람은 지금까지 한 명도 없었다.

부엌에서 방어회와 버터 바른 토스트를 접시에 담은 후, 그레이 구스 보드카를 냉장고에서 꺼내 독한 보드카를 한 잔 따른다. 동쪽으로 난 기다란 유리창 앞에 놓인 테이블에 앉아, 저 아래 펼쳐진 눈부신 도시를 내려다보며 이브와 벌이고 있는 게임을 곰곰이 생각해본다. 이거야말로 콘스탄틴이 귀에 못이 박일 정도로 주의를 주었던 무모한 행동이다. 무모한 행동은 실수를 초래하고, 실수를 하면 넌 죽는다. 하지만 판돈이 크지 않으면 게임을 하는 게 무슨 소용이 있겠는가? 빌라넬이 원하는 것은 이브의 보호막을 산산조각 낸 다음 그처럼 연약한 존재의 속을 마음대로 조종하는 것이다. 빌라넬은 추적자인 이브가 자신은 그녀보다 한 수 아래며 그녀 발뒤꿈치도 못 따라온다는 사실을 깨닫고 항복하는 걸 똑똑히 보고 싶다.

이에 못지않게 중요한 것은 빌라넬이 새로운 임무를 원한다는 것이다. 예브투크나 크레이들처럼 초보 수준의 작업 말고 훨씬 까다로운 작업이 필요하다. 철통 경호를 받고 지위도 높은 표적이 필요하다. 도전 의식을 마구 북돋우는 계획이 간절하다. 안톤한테 자신의 실력을 보여주어야 할 때다.

부엌 조리대에서 노트북을 펼쳐 열고 평범해 보이는 소셜미디어 계정 홈페이지를 연 다음 선글라스를 낀 고양이 사진을 올린다. 안톤의 스파이 기술은 종종 놀라울 정도로 감상적인 성향을 보이곤 한다.

A303 도로에서 납치당한 지 3일 뒤, 데니스 크레이들은 웨이강 보에 쓰러진 나무 한 그루를 치우려던 내셔널 트러스트[시민들의 자발적 모금이나 기부, 증여로 보전 가치가 있는 자연이나 문화 자원을 확보하는 시민 환경 운동] 자원봉사자들에게 변사체로 발견되었다. 현지 신문에 단신이 실리고 웨이브리지 검시관 법원은 사고사로 판결한다. 보도에 따

르면 피해자는 불면증에 시달렸을 것으로 추정되는 재택근무자였다. 강에 빠진 후 머리가 바위나 기타 표면이 단단한 물체에 끼면서 의식을 잃고 익사한 것으로 보인다.

"보다시피 우리의 살인범은 살인을 살인 아닌 것처럼 잘도 꾸몄군요." 리처드 에드워즈가 사인 심문 당일 저녁 구지 스트리트 사무실에 들러 말한다. "모르긴 몰라도 템스 하우스는 사고사라는 결론을 얻으려고 몇 군데 전화를 돌려야 했을 겁니다."

"그 여자가 크레이들을 죽일 줄 알았어요." 이브가 말한다.

"그거야 두말하면 잔소리일 테지요." 리처드가 시인한다.

"그런데 크레이들이 팀장님을 회유해도 좋다는 허가가 떨어졌다고 하지 않았어요?" 랜스가 묻는다. "12사도도 그렇게 되도록 놔두지 않았을까요?"

"12사도가 무슨 말을 했는지 몰라도, 12사도는 크레이들이 성사시킬 거라고 믿지도 않았을 거예요. 12사도가 V를 그렇게 빨리 보낸 걸 보면 조직은 크레이들이 발각되었다는 징후가 나타나자마자 그를 죽이기로 결정한 게 틀림없어요." 이브가 말한다.

"불쌍한 놈." 빌리가 반쯤 먹다 남은 고기 파이 쪽으로 손을 뻗으며 말한다.

"불쌍한 놈은 개뿔. 내가 빅토르 케드린의 경찰 경호를 신청했을 때 막은 게 바로 크레이들이었을걸. 케드린은 크레이들이 죽인 거나 다름없어."

"자, 우리 현황을 좀 짚어봅시다." 리처드가 이브의 책상에 외투를 걸쳐놓으며 말한다. "내가 전혀 근거 없는 추측을 하고 있거나 뭐든 더하고 싶은 게 있으면 말하는 도중에라도 알려주세요."

나머지 세 사람이 음침한 형광등 불빛 아래 각자 자리를 잡고 앉는다. 빌리가 파이를 한 입 베어 물다가 기침을 하는 바람에 부스러기가 무릎에 떨어진다.

　"젠장. 그 안에 든 게 대체 뭐야? 개똥 아냐?" 랜스가 코를 찡긋하며 투덜거린다.

　리처드가 상체를 앞으로 내밀고 양손을 맞대 첨탑처럼 우뚝 세운다. "MI5 재직 중, 이브는 여성임이 분명한 범인이 정치계와 조직범죄계 거물들을 상대로 자행한 일련의 살인 사건을 발견합니다. 살인 동기는 불분명해요. 말도 많고 탈도 많은 모스크바의 활동가, 빅토르 케드린이 런던에 강연을 하러 오기로 되어있어서 이브가 경호를 요청하지만 어떤 상관이 막습니다. 이제 우리에게는 그 상관이 데니스 크레이들이었다고 믿을만한 이유가 생겼지요. 케드린이 예상대로 살해당하고, 이로 인해 이브는 MI5에서 징계를 받습니다. 이 일을 꾸민 것도 역시 크레이들일 겁니다.

　상하이에서 중국 인민군 해커가 살해당하는데, 전하는 바로는 범인이 여성이라고 합니다. 이브와 사이먼 모티머가 진 치앙에게 정보를 제공하자, 진이 답례로 어떤 증거를 제공합니다. 그 증거에 따르면 중동의 어느 은행에서 토니 켄트라는 사람한테 수백만 파운드가 이체되었습니다. 진이 그보다 많이 알고 있는 건 분명해 보이지만, 횡재인지 뭔지, 켄트를 파다가 우린 켄트가 데니스 크레이들의 동료라는 사실을 발견하게 됩니다.

　이브와 사이먼이 상하이에 있는 동안 사이먼이 살해를 당합니다. 이유는 우리도 잘 모르지만 이브에게 겁을 주기 위해서일 수 있습니다. 아무튼 우린 V라고 서명한 여성이 그 당시 상하이에 있었다는 사실을 알 수 있습니다. 나중에 그 여자가 이브의 호텔 방에서 훔친 팔찌를 버젓이 내민 것을 보고 말이죠.

데니스 크레이들을 조사한 결과 그가 불분명한 출처에서 거액의 돈을 받고 있다는 게 드러납니다. 대면한 자리에서 크레이들은 이브에게 베일에 가려져 보이진 않지만 세력이 급성장 중인 12사도라는 조직의 존재를 알리면서 이브를 회유하려고 시도합니다. 그렇게 해도 좋다는 오케이 사인을 받았으니 그리 했을 겁니다. 다시 말해서 그가 자신의 정체가 탄로났다며 12사도에 직접 연락을 했다는 의미가 되겠죠. 하지만 그 조직의 본뜻은 그를 죽이는 것이고, 그 본뜻을 실행에 옮깁니다."

"질문 있습니다." 랜스가 손 담배를 종이에 올리고 돌돌 말면서 말한다. "그러니까 그 조직, 12사도가 크레이들한테 이브를 회유해도 좋다고 허락한 이유가 뭐죠? 그러려면 그 조직에 대한 얘기를 많이 해야 할 텐데?" 랜스가 담배 종이를 혀로 핥은 다음 귀 뒤에 끼운다. "크레이들한테 대충 얼버무리라고 하면 되잖아요? 심문에 버티는 가장 기초적인 수법이 그거 아닌가요?"

"나도 똑같은 의문을 가졌었어요. 내 생각엔 크레이들이 바보가 아니라는 걸 조직도 알고 있기 때문인 것 같아요. 조직이 대충 얼버무리라고 하면, 크레이들이 자길 죽일지도 모른다고 의심하고 튈 거라고 본 거죠. 구체적인 할 일, 그러니까 상황을 반전시켜서 날 회유하라고 시키면 조직이 자길 믿는다고 생각할 테고요. 그 덕분에 조직은 암살범 V를 동원할 시간도 벌게 되잖아요. 결국, 크레이들은 나한테 12사도에 대해서 어느 정도 말한 걸까요? 크레이들 본인은 얼마나 알고 있었을까요? 가짜인 게 분명한 이름

몇 개? 새로운 세계의 체제같이 이상한 사상 조금 정도였겠죠."

"나도 이브 말이 옳다고 봅니다. 데니스는 늘 실익주의자였지 이상주의자였던 적이 없었어요. 그 조직이 크레이들을 회유해서 자기들 편으로 끌어들인 이유는 MI5 내 고위직이 필요했기 때문이었고, 이브한테 뭐라고 했는지는 모르겠지만, 결국 그가 쫓은 건 이념이 아니라 돈이었을 겁니다. 데니스 정도 자리에 오른 사람들은 중간에 노선을 바꾸지 않아요." 리처드가 말한다.

"그나마 진짜 운 좋게 건진 건, 케드린을 골칫거리에서 순교자로 둔갑시키기 위해서 죽였다는 거였어요. 크레이들이 그렇게 말하더라고요. 그로써 우리가 이미 알고 있는 사실이 확인되잖아요. 그 조직이 인정사정 봐주지 않는 건 물론이고 케드린의 비전이 근본적으로 그 조직의 비전과 동일하다는 것도 알 수 있죠. 극우 동맹, 아니 그 사람들 입맛에 맞게 말하자면 보수파들이 군림하는 세상, 러시아가 이끄는 유라시아 세력을 바라고 있는 거예요."

"내 생각도 같습니다. 그건 민족주의와 유럽의 정체성 정치학에 대해 우리가 알고 있는 바와도 일치하지요. 자원을 능수능란하게 동원하고 있고 우리가 확인은 못 했지만 러시아인으로 의심스러운 세력들이 자금을 아낌없이 퍼붓고 있다는 점도 마찬가지고요."

"지금 크렘린 궁의 공식적인 정책을 말하고 있는 건가요?" 빌리가 손가락을 청바지에 쓱쓱 문질러 닦고 파이 포장 종이를 주머니에 쑤셔 넣으며 묻는다.

"그렇진 않을걸세. 요즘 러시아에서 신문 기사로 접하는 사람이나 텔레비전에서 보는 사람들은 대개 허수아비에 지나지 않아. 진짜 권력자들은 은밀히 움직인다네."

슈퍼퓨마 헬기가 해상 기지 공중을 선회하자 빌라넬은 몸을 웅크려 패딩 재킷을 단단히 여민다. 강한 비바람이 헬기 앞 유리를 씻어 내리고, 저 아래 바다에서는 사나운 파도가 높이 솟았다 떨어진다.

"이제 진입해서 착륙할 겁니다." 조종사가 알리자 빌라넬은 엄지손가락을 들어 보인 후 헤드셋을 벗고 배낭을 단단히 붙잡는다.

헬기가 착륙하려는 순간 돌풍이 불어 기체가 이리저리 흔들리자 빌라넬은 헬기에서 뛰어내리고는 배낭을 등 쪽으로 휙 돌린다. 빗물이 얼굴을 때린다. 고개를 숙인 채 기지 갑판을 달릴 때는 하는 수 없이 바람에 몸을 맡긴다. 리퍼 재킷과 터틀넥 스웨터 차림에 마른 체형인 안톤이 빌라넬을 흘끗 보더니 흰색 페인트가 칠해진 강철문 안으로 들어오라고 손짓을 한다. 빌라넬 뒤로 강철문이 휙 닫히자 포효하는 바람 소리가 조금은 낮아진다. 빌라넬은 코에서 빗물이 뚝뚝 떨어지는 가운데 기대에 부풀어 그 자리에 서 있다.

에식스 해안에서 동쪽으로 15킬로미터 정도 떨어진 곳에 있는 기지는 북해 항로를 지키기 위해 제2차 세계대전 당시 건설된 다섯 개 기지 중 하나다. 노크 톰(Knock Tom)으로 알려진 기지는 원래 철근 콘크리트가 떠받치는 고사포[항공기 사격용 포] 진지였다. 종전 후, 진지는 방치되어 황폐해졌다. 다섯 개 중 세 개는 결국 철거되었지만 노크 톰은 개인 소유로 넘어갔다. 현 소유주는 모스크바에 등록된 스베르틀로프스키 푸투라 그룹(Sverdlovsk Futura Group)이라는 회사다. SFG가 노크 톰을 대대적으로 재건한 결과, 기존 포열 갑판에는 현재 사무실과 식당으로 용도를 변경한 화물운송용 컨테이너 세 대가 놓이게 되었다. 기둥은 거주 구역으로 나뉘어졌는데 수직으로 놓인 철제 사다리로 출입할 수 있다. 빌라넬은 안톤을 따라 윙윙거리는 발전실을 지나 콘크리트 벽이 둘러싸고 2단 침대 하나와 의자 하나만 놓인 밀실로 내려간다.

"10분 이내에 사무실로 올 수 있겠나?" 안톤이 말한다.

빌라넬이 고개를 끄덕인 후 배낭을 내리자 뒤에서 문 닫히는 소리가 들린다. 방에서는 녹 냄새가 나고 침구는 눅눅하지만, 창문 없는 콘크리트 벽 밀실 너머에 있는 바다에서는 소리조차 들리지 않는다. 왠지 모르겠지만 노크 톰은 안톤에게 완벽한 장소 같다. 노크 톰은 그녀가 안톤을 상상할 때마다 늘 떠올리던 장소, 철저히 기능만을 추구하는 외진 장소다. 순간 완전히 뜬금없는 옷, 이를테면 하늘하늘한 핫핑크 디올 드레스 같은 옷을 가져와서 안톤을 열 받게 하면 좋았겠다는 생각이 든다.

안톤이 사다리 꼭대기에서 그녀를 기다리고 있다. 함께 기지 갑판을 가로질러 컨테이너 쪽으로 가는 동안, 빌라넬은 요동치는 잿빛 바다를 건너다본다. 황량함 때문인지 뜻밖에도 안나 레오노바가 생각난다. 10년 동안 이 은사의 얼굴을 본 적도 없고 말을 나눈 적도 없지만, 그녀를 떠올릴 때면 이제껏 그 무엇에도, 그 누구에게도 느껴본 적 없던 슬픔이 가슴에 사무친다.

"난 여기 경치를 아주 좋아한다. 인간의 활동과는 아주 무관한 광경이거든." 안톤이 빌라넬에게 말한다.

"우리 둘만 있는 거예요?"

"지금 여기엔 너와 나밖에 없다. 궁금한 게 그거라면 말이지."

사무실이 마련된 화물 컨테이너에는 조향성 마이크로파 안테나가 설치되어 있다. 빌라넬은 그것이 파도 너머 세상과의 유일한 통신 수단일 거라고 짐작한다. 실내는 간소하지만 갖출 건 다 갖추고 있다. 철제 책상 위에 노트북, 위성 전화, 탁상용 스탠드가 놓여있다. 벽에 설치된 붙박이 가구에는 전자 장비도 들어있고 몇몇 선반 위에는 지도와 해도도 놓여있다.

안톤이 손짓으로 빌라넬을 가죽 의자 쪽으로 부르더니 커피메이커에서 커피 두 잔을 따른 후 자신은 책상 뒤로 가 앉는다.

"자, 빌라넬."

"네, 안톤."

"넌 예브투크나 크레이들 건처럼 평범한 작전은 지루해하지. 이젠 다음 단계로 넘어갈 때라고 생각하고 있을 거다."

빌라넬이 고개를 끄덕거린다.

"나한테 연락을 해서 좀 더 복잡하고 까다로운 일을 달라고 했으니까. 나도 자네가 그럴 자격이 충분하다고 생각하고 있어."

"물론이에요."

"음, 열심히 하려는 태도에는 박수를 보내지만 자네 생각이 맞는지는 잘 모르겠다. 기술도 뛰어나고, 무기 다루는 솜씨도 훌륭하지만 넌 무모하고 의문스러운 판단을 내릴 때가 많다. 자네가 성적으로 방탕하든 말든 난 전혀 개의치 않지만, 신중하지 못한 데 대해서는 그렇지 않다. 특히 MI6 요원 이브 폴라스트리에 대한 집착 때문에 자넨 그 요원과 팀원들이 우리한테 끼칠 수 있는 문제를 무시하고 있어. 물론 스스로한테 끼칠 수 있는 문제까지도 무시하고 있지."

"그 여자 때문에 우리가 골치 아플 일은 없을 거예요. 계속 예의주시하면서 그 여자가 어디까지 알고 있는지 확인은 하겠지만, 그 여자는 무슨 일이 벌어지는지 진짜 전혀 모른다니까요."

"그 여자는 데니스 크레이들의 부정을 들춰냈다. 게다가 이대로 꺼져주지도 않을 거야. 그런 부류는 내가 알아. 겉에서 보면 덤벙대는 것 같아도 속에 칼을 품고 있지. 인내심도 무한하고. 새를 노리는 고양이처럼 말이다."

"고양이는 난데요."

"넌 그런 줄 알지. 난 잘 모르겠다."

"그 여자는 멍청해 빠진 남편 때문에 쉬운 상대예요. 내가 마음대로 조종할 수 있다고요."

"빌라넬, 다시 한번 경고한다. 자네는 이미 그 여자의 후배를 죽였다. 남편까지 협박하면 그 여자는 지옥을 만들어놓을 거야. 그 여자는 자네가 시체안치소 안치대에 놓일 때까지 멈추지 않을 거다."

고개를 든 빌라넬은 웃긴 말로 말대꾸를 할까 생각하다가 안톤의 흔들림 없는 시선을 보고 하지 않기로 한다. "그러거나 말거나."

"그러거나 말거나라니. 이미 짐작하고 있겠지만, 얼굴이나 보자고 이리로 데리고 온 건 아니다. 임무가 있어, 원하는지 모르겠지만."

"원해요."

"중요하지만 위험한 일이다. 한 치의 실수도 허용되지 않을 거야."

빌라넬이 혀끝으로 윗입술에 난 흉터를 건드리며 말한다. "원한다고 했잖아요."

안톤이 경멸스럽다는 듯 빌라넬을 본다. "분명히 말하지만, 나는 헤픈 여자들한테 전혀 끌리지 않는다."

빌라넬이 얼굴을 찡그린다. "그래서요?"

이브가 점심에 먹을 샌드위치를 받으러 사무실을 나가려는데 전화가 울린다. 램버스에 있는 런던 경찰청 과학수사연구소 내 이브의 연락원인 애비다. 리처드의 당부를 받고 애비가 반 디에스트 팔찌 분석을 급행으로 처리해 주었다.

"좋은 소식, 나쁜 소식 중에 뭐부터 들을래요?" 애비가 묻는다.

"나쁜 소식이요."

"좋아요. 그 팔찌하고 카드에 증거 채취용 테이프 수법을 써봤지만 추출 가능한 DNA가 하나도 안 나왔어요. 머리카락도, 상피세포도, 쓸만한 게 하나도 안 나왔어요."

"뭐 그런 똥 같은 경우가 다 있대요."

"똥도 안 나왔어요. 유감스럽게도."

"카드는요?"

"거기서도 아무것도 안 나왔어요. 장갑을 꼈겠죠. 복사본으로 필적 감정 의뢰해 놨고요."

"향수에선 운 좀 안 따라줬어요?"

"향수도 분석해 봤어요. 가스 크로마토그래피법하고 질량분석법을 쓰면 대량 생산된 향수의 경우 혼합물 구성을 확인하는 게 가능하거든요. 그것도 샘플 양이 충분히 있어야 가능한 건데 우리한텐 없잖아요. 따라서 운이 안 따라줬다고 할 수 있겠네요."

"아까 좋은 소식도 있다고 했던 것 같은데요."

"음…… 한 가지 흥미로운 걸 발견하기는 했어요."

"말해줘요."

"거의 안 보이지만 얇은 페이스트리 조각이 박엽지 주름 사이에서 나왔어요."

"어떤 페이스트리요?

"분석 의뢰해놓은 상태예요. 식물성 기름, 바닐라 에센스, 가루 설탕 흔적이 나왔어요. 그거 말고 다른 것도 나왔죠. 그라파요."

"그 이탈리아 독주요? 브랜디 같은?"

"바로 그거예요. 그래서 이 성분을 전부 다 모아서 검색을 좀 해봤거든요. 그랬더니 갈라노라는 게 나오더라고요. 갈라노는 튀긴 페이스트리인데 그라파와 바닐라를 넣은 다음 가루 설탕을 뿌려요. 베니스 명물이래요."

"세상에, 너무 고마워요. 진짜 고마워요."

"그게 다가 아니랍니다. 반 디에스트 보석 부티크 베니스 지점은 산마르코 광장 동쪽 끝에 있는 칼레 발라레소에 있거든요. 거기서 세 집 건너에 굉장히 비싼 주케티라는 작은 제과점이 있어요. 무슨 빵 전문이게요?"

"애비, 당신은 정말 끝내주게 천재예요. 죽을 때까지 이 은혜 잊지 않을게요."

"그래요 잊지 말아요, 대신 주케티에서 갈라노 한 상자 갖다 주면 갚은 걸로 쳐줄게요."

"딱 기다려요."

"이번 표적은 막스 린데르다. 들어본 적 있나?" 안톤이 묻는다.

"네. 프로필 몇 개 읽은 적이 있어요."

"프랑스계 네덜란드인 정치 활동가이자 대중매체 유명 인사고 29살이지. 동성애자지만 극우파의 명목상 지도자이고 유럽에 추종자가 어마어마하게 많다. 특히 젊은 층에 인기가 많지. 팝 스타처럼 생겼고, 특이 사항이 있다면, 비만인은 강제노동수용소에 처넣어야 하고, 성범죄자는 단두대에 올려야 한다고 믿고 있다는 거다."

"내가 그 남자를 죽여줬으면 하는 이유가 정확히 뭔데요?"

"그 자가 지껄이는 말 중에 말이 되는 게 있어서다. 전반적으로 세계관이 우리 세계관하고 그다지 다르지가 않아. 하지만 린데르는 나치주의자이기도 한데, 나치주의는 문제의 소지가 되는 낙인이고 각계각층의 불신을 받고 있지. 그런 식의 연관이야말로 우리한텐 불필요한 것이다. 아니 오히려 우리한테 손해만 끼치겠지."

"아까 어려운 일이라고 했잖아요."

"린데르는 자기한테 적이 많다는 걸 인식하고 있다. 그래서 어디를 가든 전직 군인같은 자들로 구성된 친위대를 동반하지. 보안도 철통같고 그 자가 다니는 행사장에는 늘 경찰이 쫙 깔린다. 그렇다고 그 자를 죽이는 게 불가능하다는 건 아니야. 불가능한 건 없어, 방법은 늘 있기 마련이니까. 문제는 얼마나 잘해내느냐 하는 거지."

"뭔가 계획이 있나요? 꽤 오랫동안 이 문제에 대해서 생각했을 거 아니에요?"

"물론 생각했지. 다음 달 린데르는 오스트리아에 있는 펠스나델 호텔에 갈 예정이다. 호혜 타우에른 산맥 설선(雪線)보다 높은 곳에 있는 호텔이지. 매년 친구들, 정치적 동지들과 함께 가는 곳이야. 호화 호텔로 유명 건축가가 설계했다고 하는데, 헬리콥터로만 드나들 수 있다. 거기 정도면 경호원이 없어도 안전하겠다는 게 린데르 생각이지. 자기 손님들을 위해 그 호텔을 며칠간 통째로 예약해 놓았다."

"그럼 난 어떻게 들어가요?"

"오늘로부터 일주일 뒤, 호텔 직원 중 하나가 노로바이러스에 걸려 입원을 해야 할 거다. 그러면 그 호텔에 인력을 공급하는 인스부르크의 업체가 대타를 보내려고 할 거야."

"그게 나군요."

"그렇다."

"눈에 띄는 사람 다 죽일까요, 아니면 린데르만 죽일까요?"

"린데르만 죽이면 된다. 개인 숭배니까 린데르만 죽이면 그 자가 이끌던 운동도 덩달아 사라질 거야."

"난 어떻게 빠져나오나요?"

"그건 자네의 임기응변 능력에 달려있다. 들여보내줄 수는 있지만 빼내줄 수 있다고 보장할 수는 없어."

"스릴 넘치겠어요."

"좋아할 줄 알았다. 다른 사무실에 지도, 호텔 평면도, 린데르와 그 호텔에 나타날 것으로 예상되는 자들에 대한 세부 파일이 있어. 린데르를 어떻게 죽일지는 자네 마음대로 정해도 좋지만 여기서 떠나기 전에 보급품과 무기류 전체 목록은 주고 가야 한다. 헬기 이착륙장에 내릴 때 너한테는 여행 가방이든 가방이든 딱 하나만 있어야 한다는 점을 명심해라. 물론 그 가방은 수색당할 거고 엑스레이 검사도 받겠지. 가방 무게가 10킬로그램을 초과해도 안 된다는 점 또한 잊지 말고."

"잘 알아들었어요. 지금은 배가 고파요. 먹을 거 뭐 없어요?"

"다른 사무실에 있을 거다. 채식주의자는 아니겠지?"

집으로 가는 길에 이브는 토트넘 코트 로드에 있는 세인스버리에서 오리 가슴살 여섯 덩이, 회향, 티라미수 대자를 사 간다. 맞은편 집에 새로운 이웃이 이사를 왔는데, 이브가 니코한테 '저 사람들 좋아 보인다'고 말하고는 다소 뜬금없이 저녁 식사에 초대를 하고 말았다. 이른바 좋아 보인다는 말의 진짜 본질은 남편 마크가 적당히 잘생겼고, 부인(이름이 메이브였나, 메이비스, 메이지?)이 굉장히 탐나는 위슬즈 검정 코트를 가지고 있다는 것이다. 인원수를 채우려고 이브는 니코의 친구들인 츠비그와 클로디아도 초대했다. 재미있고 지적인 저녁이 될 거야, 이브가 혼잣말을 한다. 다양한 배경과 직업을 가진 여섯 명의 젊은(뭐, 아직은 젊은) 전문직 종사자들이 집에서 만든 음식과 잘 고른 와인에 대해 유익한 정보를 주고받을 테니까.

버스에서 자리에 앉으려는 찰나, 이브는 이 메이브? 메이비스? 메이지란 사람이 채식주의자일지 모른다는 생각이 퍼뜩 들면서 갑자기 불안해진다. 채식을 하는 것처럼 보이지는 않지만 말이다. 그 여자를 만났을 때, 작은 금도금 재갈이 달린 코트 슈즈를 신고 있었는데, 그런 구두를 가지고 있는 사람 중에 채식을 하는 사람은 본 적이 없다. 남편 마크도 마찬가지다. 시티에서 일을 하는 사람이니 당연히 육식을 할 것이다.

니코가 이번에는 제시간에 집에 왔다. 그는 학교 컴퓨터실에서 비공식적으로 코딩과 해킹 수업을 하고 식초와 베이킹파우더로 화산 모형 만드는 법을 가르치느라 늘 학교에 더 남아있기 일쑤였다. 그런데 오늘은 싱크대에서 분주하게 감자 껍질을 벗기고 있다 이브가 들어오자 몸을 뒤로 젖혀 어깨 너머 키스를 한다.

"애들한테는 밥 줬어. 바쁘게 놀리려고 건초를 평소보다 더 많이 줬지롱." 니코가 말한다.

"그 감자 껍질은 주면 안 돼?"

"안 돼, 감자 껍질에는 솔라닌이 들어있는데, 솔라닌은 염소 몸에 안 좋거든."

이브가 니코의 허리를 껴안는다. "어떻게 그런 걸 다 알고 있어?"

"염소 도시 포럼에서."

"나한테는 무슨 포르노 사이트처럼 들린다."

"LondonPigOwners.com에 들어가봐."

"변태."

"내가 찾으려고 해서 찾은 건 아니야. 우연히 발견한 거지."

"그래, 그랬겠지. 와인은 사왔어?"

"응. 화이트는 냉장고에 있고, 레드는 테이블 위에 있어."

감자와 회향을 굽기 위해 오븐에 넣고 나서 테라스로 나가자, 델마와 루이스가 저녁 어스름 속에서 다정하게 이브의 손가락을 깨문다. 걱정은 되지만, 이브는 염소들이 좋아졌다.

츠비그와 클로디아가 8시 정각에 도착한다. 츠비그는 니코가 크라크푸 대학 시절부터 알고 지낸 오랜 친구고, 클로디아는 츠비그가 몇 년 동안 사귄 여자 친구다.

"잘지내?" 츠비그가 이브와 니코에게 묻는다. "다음 주, 단기 방학에 무슨 계획이라도 있어?"

"한 2, 3일 서포크 해안에 갈까 생각 중이었어. 이맘때 굉장히 멋있거든. 사람도 없고. 우리 염소들 델마와 루이스 봐줄 사람도 구해 놨다니까."

"거기서 뭐 하려고?"

"걷고. 바닷새도 보고. 피시앤칩스도 먹고."

"밀린 애정 생활도 따라잡고?" 츠비그가 은근슬쩍 제안한다.

"아마도."

"어머나." 이브의 심장이 덜컹 내려앉는다. "헉, 로스트 감자."

니코가 이브를 따라 부엌으로 들어간다. "감자 괜찮네." 니코가 오븐을 흘깃 보며 이브에게 말한다. "그런데 무슨 일 있어?"

"다음 주 말인데. 정말 미안해, 니코. 나 베니스 가야 돼."

니코가 이브를 노려본다. "농담이겠지."

"진담이야. 이미 예약도 했어."

니코가 돌아선다. "젠장, 이브. 제발 한 번만이라도, 빌어먹을 한 번만이라도……."

이브가 두 눈을 질끈 감는다. "약속할게, 내가……."

"그럼 나도 가면 안 돼?"

"음…… 가도 될걸." 눈꺼풀이 파르르 떨리는 게 느껴진다. "아니 뭐, 랜스도 갈 거지만, 그래도 우리끼리……."

"랜스? 인간 바퀴벌레 랜스?"

"내가 누구 얘기하는지 잘 알면서. 일 때문이야, 니코. 나도 어쩔 수가 없어."

"아니, 자긴 어쩔 수 있어, 이브." 니코가 들릴 듯 말 듯 작게 말한다. "인생을 그림자를 쫓으면서 보내든지, 여기서 나랑 진짜 인생을 살든지 선택할 수 있다고."

두 사람이 말없이 서로를 노려보는 가운데 초인종이 울린다. 마크가 부인을 뒤세우고 들어온다. 마크는 딸기색 바지에 건지 스웨

터를 입고 커다란 와인병을 들고 있다. 못 해도 매그넘 사이즈는
되어 보인다.

"안녕하세요, 여러분, 죄송합니다, 길을 건너다 길을 잃었지 뭡
니까." 마크가 와인병을 니코한테 떠넘긴다. "예의상 사왔습니다.
꽤 괜찮다고 느끼실 거예요."

이브가 먼저 평정을 되찾는다. "마크, 반가워요. 잘 마실게요. 그
리고 메이브…… 메이지…… 너무 죄송해요, 제가 기억이 안 나가
지고……."

"피오나예요." 위슬즈 코트를 대수롭지 않다는 듯 벗으며 억지
웃음을 웃는 여자의 입술 사이로 눈부시게 하얀 치아가 보인다.

니코가 마크와 피오나에게 츠비그와 클로디아를 소개하는 동
안에도 이브는 해결하지 못한 문제 때문에 찜찜한 기분을 지울 수
가 없다. 이상한 분위기를 감지한 클로디아가 눈살을 찌푸리자,
이브는 클로디아를 손짓으로 부엌으로 불러낸 다음 방금 있었던
일을 대충 얘기해준다. 재워놓은 오리 가슴살을 꺼내 달군 팬에
올리자 치직 소리가 난다.

"베니스에 가라는 명령이 떨어졌거든요." 이브가 사실과 달리
말한다. "갑자기 통보받기는 했는데 중요한 일이라 단기 방학이든
아니든 빠질 수가 없었어요. 니코는 내가 상사한테 지옥에나 가라
고 말하면 그만이라고 생각하는 것 같은데 그럴 순 없잖아요."

"무슨 말인지 알아요." 클로디아가 말한다. 클로디아는 아주 자
세하게는 아니지만 이브가 무슨 일을 하는지는 알고 있다. "저도
가운데 껴서 아주 죽을 지경이에요. 츠비그한테 내 일을 해명하는
게 그 일을 실제 하는 거보다 더 큰 스트레스라니까."

"내 말이요." 이브가 짜증을 담아 팬을 흔들며 맞장구친다.

나머지 멤버가 있는 자리에 다시 합류한 후, 이브와 클로디아는 마크가 준법 감시 매니저라는 사실을 알게 된다. "지금 있는 은행에서 역대 최고로 젊은 매니저랍니다. 연수 동기 중 1등인 셈이죠." 피오나가 말한다.

"어머나." 클로디아가 나직이 탄성을 지른다.

"준법 감시계의 무서운 신예랄까요." 마크가 빙그르르 돌아 클로디아를 본다. "고향이 어디신가요?"

"토터리지예요. 웸블리에서 자랐지만요." 클로디아가 말한다.

"아니, 어디 태생이시냐고요?"

"조부모님이 자메이카에서 태어나셨어요. 그걸 물으신 거라면요."

"우와, 놀라운데요. 2년 전 휴가 때 자메이카에 갔었거든요. 그치, 자기야?"

"그랬지, 여보야." 피오나가 반짝이는 치아를 드러내며 말한다.

"샌들스라는 리조트였어. 혹시 거기 알아요?"

"아뇨." 클로디아가 말한다.

이 모든 상황이 눈이 핑핑 돌 정도로 버거워진 이브가 츠비그를 씩씩하게 피오나에게 소개한다. "츠비그는 킹스 칼리지에 강의를 나가고 있어요."

"대단하시네요. 과목이 뭔가요?"

"로마사입니다. 실질적으로 아우구스투스부터 네로까지요."

"〈글래디에이터〉 보셨어요? 저희 집에 그 영화 DVD가 있거든요. 마크가 굉장히 좋아하는 장면이 러셀 크로우가 쌍검으로 그놈의 목을 베어버리는 부분이랍니다."

"아 예, 그 장면 물론 명장면이지요."

"그럼 방송 출연 요청도 받고 그러세요?"

"이상한 요청이 들어오기는 하죠. 미국 대통령을 네로 황제랑 비교하거나 세베루스 황제 얘기를 해줄 사람이 필요한 경우같이."

"누구요?"

"셉티미우스 세베루스는 로마 최초의 아프리카 출신 황제였어요. 다른 업적도 많지만, 스코틀랜드를 침략했죠."

"농담하시는 거죠."

"농담 아닙니다. 셉티미우스가 그런 인물이었죠. 이제 피오나 씨 얘기 좀 해주세요."

"홍보 쪽 일을 해요. 정치가를 주로 맡죠."

"흥미롭네요. 어떤 사람들이 의뢰를 하나요?"

"실질적으로 개러스 울프 하원 의원을 모시고 있어요."

"대단하시네요. 굉장히 힘드시겠어요."

"그게 무슨 뜻이죠?"

얼굴을 잔뜩 찡그린 니코가 와인 잔을 창가 쪽으로 들어 올리며 말한다. "저 친구 말은 울프가 거짓말쟁이에 사리사욕에 눈이 먼 데다 자기보다 돈 없는 사람들을 대놓고 무시하고 전반적으로 도덕성이 떨어지니까 힘들겠다는 거죠."

"그건 컵에 물이 반밖에 없다는 식의 부정적인 관점이죠." 피오나가 반박한다.

"그럼 비용 과다 청구 사건은요?" 츠비그가 묻는다.

"아, 그건 사실보다 좀 부풀려진 거였어요."

"울프의 여자 친구 가슴처럼요? 가슴 수술 후, 울프가 그걸 의회

비용 청구라고 주장했잖아요." 클로디아가 말하자 니코가 웃는다.

"의원님은 사우디아라비아와의 무역을 위해 훌륭한 일을 하신 분이에요." 피오나가 핸드백을 소파 위에 툭 떨어뜨리더니 와인을 한 잔 더 따르며 말한다.

"피오나는 틀림없이 일을 아주 잘하실 거예요." 이브가 피오나에게 미소를 지어 보인다.

"그럼요. 내가 얼마나 잘하는데요." 피오나가 대꾸한다.

이브가 실내를 훑어본다. 우리는 왜 굳이 이런 고문을 사서 당하고 있는 걸까? 이브는 의아하다. 디너 파티가 모두의 내면에서 최악을 끌어내고 있다. 보통 때 같으면 친절하기 그지없을 니코도 복수심에 활활 불타고 있는 것 같다. 물론 이브가 단기 방학이 있는 주에 자신과 바람 부는 서포크 해안에서 함께 있지 않고 베니스에 가기로 한 일 때문일 것이다. 한편 마크는 클로디아한테 준법 감시 매니저가 하는 일이 정확히 어떤 일인지에 관해 필요 이상으로 자세히 설명하고 있다. 듣고 있는 클로디아는 너무 지루한 나머지 얼굴이 잔뜩 굳어있다.

"저번에 가택 침입이 있었던 집이 이 집이었죠?" 피오나가 묻는다. "뭐 도둑맞은 거 있어요?"

"우리가 확인해 본 바로는 아무것도 없어요."

"범인은 잡았대요?"

"범인이 여자였다는데 못 잡았어요, 아직."

"그 여자 백인이었나요?" 마크가 묻는다.

이브는 츠비그가 클로디아의 어깨에 손을 얹는 것을 곁눈질로 본다. "칸 부인에 따르면…… 참, 칸 부부는 만나 보셨어요?"

"그 아시아계 가족이요? 아뇨."

"아무튼, 칸 부인에 따르면, 짙은 금발에 운동선수같이 몸이 탄탄한 젊은 여자였대요."

마크가 씩 웃는다. "그런 여자라면 전 창문을 열어놓을 겁니다."

피오나가 살짝 불쌍하게 느껴진 이브가 피오나에게 무슨 말인가 하려던 찰나, 클로디아가 다급하게 손가락으로 가리키는 게 보인다. 이브는 손님들을 제치고 부엌으로 달려가 연기가 피어오르고 있는 오리 가슴살이 든 팬을 급히 들고는 지글거리는 소리가 점점 커지고 있는 것을 싱크대에 반듯이 놓는다.

"괜찮아요?" 클로디아가 묻는다.

"오리가 완전히 타버렸어요." 이브가 새까맣게 탄 오리 가슴살을 주걱으로 떠 올리며 말한다.

"먹을 순 있을 거 같아요?"

"아뇨."

"걱정 마요. 츠비그하고 니코랑 나는 당신이 요리에 젬병이란 거 이미 알고 있고, 저 재수 없는 부부는 다신 안 볼 거니까요. 적어도 나는 그러길 바라요."

"나도 마찬가지예요. 내가 왜 그 사람들한테 오라고 했는지 모르겠어요. 이사 오고 나서 바로였나? 어느 날 아침, 그 부부가 집을 나서는 게 보였는데 이웃으로서 무슨 말이라도 해야 할 것 같더라고요. 그러다 갑자기 머릿속이 하얘지면서 어쩔 줄 모르겠더니 어느새 내가 그 부부한테 저녁 먹으러 오라고 말하고 있었어요."

"이브, 왜 그랬어요!"

"그러게요. 지금은 이 오리고기 내갈 수 있게 좀 도와주세요. 탄

부분을 아래로 하고 야채를 두르면 될 거 같아요."

"혹시 그레이비 소스 없어요?"

"팬에 크레오소트[콜타르로 만든 진한 갈색 액체로 목재 보존재로 쓰임] 같은
게 생기긴 했어요."

"농담하지 말고요. 혹시 잼 없어요? 마멀레이드 잼?"

"잼은 있어요."

"좋아요. 잼을 데워서 고기 위에 뿌려요. 고기는 가죽 신발처럼
질기겠지만 뭐가 됐든 맛은 생길 거예요."

이브와 클로디아가 각자 음식을 올린 접시를 하나씩 들고 부엌
에서 식탁 쪽으로 와보니 나머지 사람들이 옛날 영화의 한 장면처
럼 자리를 잡고 앉아있다. 그들 너머, 액자같이 열린 뒤 테라스 문
틀 사이로 자그마한 델마가 서있다. 소파 위에는 참석자 전원의
시선을 의식한 루이스가 쭈뼛쭈뼛 피오나의 핸드백에 대고 자기
방광을 비우는 중이다.

"그럭저럭 잘 넘어갔네." 몇 시간 후, 니코가 마지막 남은 루마
니아 레드 와인을 자신의 잔에 따라 단숨에 들이켜며 말한다.

"미안해. 형편없는 부인이라서. 게다가 요리 솜씨는 더 형편없
네." 이브가 니코에게 말한다.

"둘 다 맞는 말이지." 니코가 와인 잔을 내려놓고 한쪽 팔을 이
브의 어깨에 둘러 자기 쪽으로 당기며 말한다. "자기 머리카락에
서 탄 오리고기 냄새 난다."

"이러기야?"

"난 괜찮던데." 니코가 잠시 이브를 껴안는다. "다음 주에 베니

스 가, 정 가야 되는 거면."

"진짜 가야 돼, 니코. 어쩔 수 없다니까."

"나도 알아. 랜스는 최고의 여행 동반자가 되어줄 거야."

"니코, 제발. 설마 당신……."

"설마 같은 거 없어. 대신 베니스에서 돌아오면 다 끝나는 거야."

"뭐가?"

"전부 다. 음모 이론도, 가상의 암살범 추적도, 공상 세계도 모두."

"공상 아니야, 니코, 현실이라고. 사람이 죽어 나가고 있어."

니코가 안고 있던 팔을 툭 내린다. "그게 사실이라면, 더더욱 그런 일을 처리하도록 훈련받은 사람들한테 맡겨야지. 그런데 자기도 인정하겠지만, 자긴 그런 사람이 아니잖아."

"내가 있어야 되는 일이야. 우리가 쫓는 사람 말인데, 니코, 여자거든. 그런데 그 여자를 알아낸 유일한 사람이 바로 나란 말이야. 시간은 걸리겠지만 난 그 여자를 잡고 말 거야."

"그게 무슨 뜻이야, '그 여자를 잡는다니'?"

"그 여자를 제지하겠다는 거야. 없애겠다고."

"죽이기라도 하려고?"

"필요하면."

"이브, 지금 자기가 무슨 말을 하고 있는지 알고나 있는 거야? 완전히 정상이 아닌 사람처럼 보여."

"미안하지만, 지금 현실이 그래."

"자기 가방 안에 장전된 권총이 들어있고, 보안국에서 나온 사람들이 우리 집을 감시 중인 게 지금 현실이지. 나는 평범한 부부처럼 우리가 이것저것 같이 할 수 있는 삶을 원해. 대화, 진짜 대화를 나누는 삶 말이야. 서로를 신뢰하고. 난 이렇게는 못 살아."

"무슨 말을 하려는 거야?"

"자기가 베니스에 가면, 그 다음엔 더 이상 따질 것도 없이 끝이란 얘기야. 그만두든, 퇴사를 하든. 그런 다음 처음부터 다시 시작하자."

이브가 주변을 둘러본다. 디너 파티의 잔해, 반쯤 마시다 남은 와인 잔들, 먹다 남은 티라미수. 소파에서 루이스가 용기를 주려는 듯 매애 하고 운다.

"알았어." 이렇게 대답하고는 니코의 가슴 위로 고개를 푹 수그린다. 니코가 두 팔을 이브에게 두르고 꼭 껴안는다.

"내가 자기 사랑하는 거 알지."

"응. 알지." 이브가 대답한다.

4

꼬박 하루 동안 린데르를 연구한 끝에 빌라넬은 그를 어떻게 죽여야 할지 마음을 정했다. 표적이 이리저리 복잡하게 얽힌 허위 정보로 자신을 철저히 에워쌌음에도 불구하고 빌라넬은 그 실체를 차차 파악해 가고 있는 중이다. 그가 한 모든 인터뷰는 모조리 똑같은 거짓을 선전하고 있다. 보잘것없는 시작, 용기와 의무에 대한 고전적 이상을 향한 열광적 지지, 스스로 깨우친 정치 철학, '진정한' 유럽에 대한 적극적인 공감. 이런 신화에 꾸며낸 세부 사항과 일화로 살을 붙였다. 린데르는 어린 시절, 패배할 것이 거의 확실한 테르모필레 전투에서 싸우다 전사한 레오니다스 왕에 굉장한 집착을 보였다. 학교에서 자신을 괴롭히던 아이들에게는 주먹으로 맞섰다. 좌파 지식인들에게는 정치 신념 때문에, 동성애를 혐오하는 보수파와 광신도 집단에게는 성적 정체성 때문에 평생 고소를 당해왔다. 그의 파일에 첨부된 보고서에서는 린데르가 사실 부유하고 진보적인 가정 출신이며, 극단적 인종주의와 여성혐오적 성향을 분출하기 위해 파쇼 정치 쪽으로 전향한 삼류 배우라는 냉정한 평가를 내리고 있다.

"행운을 빈다." 안톤이 손을 내민다. "사냥 재미있게 하고."

"감사합니다. 일 끝나면 보죠."

언제나처럼 작업 모드에 들어선 빌라넬은 조용하고 차분하다. 중력의 힘을 거부할 수 없는 것처럼, 만사가 제자리를 찾아가는 느낌이다. 모든 것은 살인, 절대적 힘이 발휘되는 순간을 위한 서곡이다. 시커먼 황홀감이 존재의 구석구석으로 흘러들며 빌라넬을 완전히 채우고 사로잡는다.

안톤은 사무실 책상 위에 빌라넬의 요청 목록을 앞에 둔 채, 멍든 잿빛 하늘에 비해 한없이 작아 보이는 형상, 빌라넬이 기지 갑판에서 기다리는 모습을 지켜본다. 헬리콥터가 불쑥 나타나 잠깐 착륙하더니 공중에서 방향을 획 틀어 사라진다. 안톤이 헬기가 사라진 쪽을 응시한다. 빌라넬의 손이 닿았던 감촉이 아직도 느껴진다. 안톤은 책상 서랍에서 작은 손 세정제병을 꺼낸다. 그 손으로 뭘 만졌을지 누가 알랴!

비가 내리는 가운데 이브와 랜스가 베니스의 산마르코 광장을 가로지르는 중이다. 이브는 반 디에스트 팔찌와 포장재가 담긴 세인스버리 비닐봉지를 들고 있다. 포석이 물기 머금은 빛을 받아 반짝인다. 비둘기들이 여기저기 떼 지어 날아올랐다 내려앉는다.

"우리가 출국하면서 영국 날씨까지 가지고 왔나봐요. 아침은 어땠어요?" 랜스가 말한다.

"괜찮았어요. 진한 커피하고 빵하고 살구 잼. 랜스 건요?"

"내 것도 마찬가지였어요."

이브는 베니스에는 한번도 와본 적이 없기 때문에 여기저기 돌아다녀 보려고 아침 7시에 호텔에서 나왔다. 돌아다녀 보니 아름답기는 한데 좀 우울했다. 빗물에 씻긴 어마어마한 광장, 바람에 잔물결이 이는 광활한 석호, 석조 부두를 때리는 파도.

발렌시아가와 미소니 매장 사이에 끼어있는 반 디에스트 부티크는 총독 사저였던 건물의 1층에 자리 잡고 있다. 매장은 비둘기색 카펫, 아이보리 색 실크 벽지, 적당한 조명을 받아 보석이 돋보이는 유리 보석 진열장으로 우아하게 꾸며져있다. 옷과 머리에 공을 들였건만, 이브는 점원의 무표정한 시선 앞에서 금방 주눅이 들고 만다. 랜스가 있다고 해서 딱히 도움이 되는 것도 아니다. 어설픈 캐주얼웨어 복장에 그 어느 때보다 설치류처럼 보이는 랜스는 금은보화라도 본 것처럼 입을 헤 벌린 채 매장 안을 두리번거리고 있다. '다시는 재랑 이런 데 오지 말아야지, 이브는 혼잣말을 한다. 이 남자는 지금 완전히 골칫덩이다. 점원 가운데 한 명에게 다가가 지배인하고 얘기하게 해달라고 요청을 하니 나이를 가늠할 수 없는 우아한 여자가 나타난다.

"Buongiorno, signora(안녕하세요, 손님), 무엇을 도와드릴까요?"

"이 팔찌 말인데요." 이브가 비닐봉지에서 팔찌를 꺼내며 말한다. "이 매장에서 산 건지 확인이 가능할까요?"

"영수증이 없으면 불가능합니다, 손님." 지배인이 예리한 눈으로 팔찌를 살핀다. "환불하고 싶으신가요?"

"아뇨, 구입 시기와 판매 당시를 기억하는 사람이 있는지만 알면 됩니다."

지배인이 미소를 짓는다. "경찰 일 때문인가요?"

랜스가 한 발짝 다가선 후 말없이 인터폴 신분증을 보인다.

"잠깐만 기다려주세요." 지배인이 팔찌를 자세히 살핀 후 책상 위 단말기 화면을 터치한다. 손가락을 이리저리 좀 더 움직이더니 지배인이 고개를 든다.

"손님, 이 디자인의 팔찌는 지난달 이 매장에서 구입한 게 맞습니다. 그 팔찌가 딱 이거라고 보장할 수는 없습니다만."

"그 팔찌를 사 간 사람에 대해서 뭐 기억나는 거 없으신가요?"

지배인이 얼굴을 찌푸린다. 곁눈으로 랜스가 사파이어 목걸이와 찰랑거리는 귀걸이를 살피는 게 보인다. 점원들이 미심쩍은 표정으로 그런 랜스를 쳐다보고 있는데 랜스가 그 중 한 명한테 윙크를 한다. 세상에, 이브는 속으로 혀를 끌끌 찬다.

"그 여자 기억이 나요. 한 스무 일고여덟쯤 됐고요. 검은 머리에 굉장히 매력적인 아가씨였어요. 현금으로 계산했는데, 러시아인들은 많이들 그런답니다."

"얼마짜리였는데요?"

"6,250유로였습니다, 손님." 지배인이 얼굴을 찡그린다. "좀 이상한 게 있었어요. 그 여자는 굉장히…… come si dice, insistente(소위 집요하다고들 하죠)……."

"집요하다고요?"

"네, 팔찌를 안 만지려고 하더라고요. 제가 팔찌를 포장해서 쇼핑백에 담아 드렸더니, 그걸 한 번 더 쇼핑백에 넣어달라고 했어요."

"러시아인이 확실했고요?"

"같이 온 사람하고 러시아어로 얘기를 했거든요."

"확실하신 거죠?"

"네, 손님. 저는 러시아어를 매일 듣는답니다."

"그 같이 왔다는 사람 어떻게 생겼는지 알려주시겠어요?"

"나이는 같아 보였고. 키가 조금 더 컸어요. 금발 단발이었고. 건장한 체격에 수영 선수나 테니스 선수처럼 보였죠."

"그 여자들이 찍힌 CCTV 영상 없을까요?"

"찾아드릴 수 있어요. 메일 주소 주시면, 저희한테 있는 게 뭐든 보내드리겠습니다. 하지만 한 달이나 지나서 그렇게 오래 영상을 보관하고 있을지는 잘 모르겠네요."

"알겠습니다. 좋은 소식 있었으면 좋겠네요." 지배인한테 5분 정도 더 질문을 한 다음, 이브는 구지 스트리트 메일 주소 가운데 하나를 주고 고맙다는 인사를 건넨다.

"그 팔찌 말인데요, 손님. 손님 주려고 고른 것 같네요."

이브가 미소를 짓는다. "그럼 안녕히 계세요."

"또 뵙겠습니다, 손님."

비바람이 몰아치는 바깥으로 함께 나온 이브가 랜스 쪽을 돌아본다. "아까 그게 대체 무슨 짓이에요? 세상에. 나는 지배인한테 대답 좀 얻어내려고 쩔쩔매고 있는데, 랜스는 점원들 얼굴이나 빤히 쳐다보면서 베니 힐[영국의 희극인]처럼 굴었잖아요……. 젠장, 진심으로 랜스가 도움이 됐다고 생각하는 거예요?"

랜스가 옷깃을 세운다. "여기 주케티 있네요. 들어가서 커피랑 페이스트리나 좀 먹죠."

제과점은 기분이 좋아지는 공간이다. 빵 굽는 냄새가 스민 따뜻한 공기, 황금빛 롤과 브리오슈, 머랭 쿠키와 마카롱, 밀푀유까지.

"말해봐요." 5분 뒤, 갈라노 한 접시와 평생 마셔본 카푸치노 중 가장 맛있는 카푸치노에 기분이 풀린 이브가 말한다.

랜스가 작은 테이블 위로 상체를 내민다. "V와 함께 있던 여자는 여자 친구가 거의 확실했대요. 아니면 적어도 그냥 친구라도."

이브가 랜스를 노려본다. "그걸 어떻게 알고 있는 거예요?"

"일단 그 매장 아가씨들한테 내가 이탈리아어를 한마디도 못하는 멍청한 놈이라는 확신을 심어주고 나니까, 그 아가씨들이 자기들끼리 수다를 떨기 시작했기 때문이에요. 다들 V하고 V의 친구를 기억하고 있었어요. 그 중 비앙카라는 아가씨가 러시아어를 할 줄 알아서 러시아 손님은 대개 그 아가씨가 상대하는데, 그땐 그 아가씨가 필요 없었대요. V가 완벽한 영어를 구사했기 때문에 당신의 기대주인 지배인 조반나가 V를 응대했다네요."

"계속해봐요."

"비앙카에 따르면, 두 여자가 사랑 싸움을 하는 중이었대요. V가 매장 안에서 음식을 먹는다고 여자 친구한테 호통을 치니까, 여자친구가 V더러 'angliskaya suka(영국 년)'을 위해 예쁜 팔찌를 사려는 거냐면서 막 화를 냈는데, 비앙카란 아가씨는 왜 그러는지 알 수 없었답니다."

"확실한 거예요? '영국 년'을 위해 샀다는 그 말?"

"비앙카가 그렇다고 했어요."

"그러니까 랜스는 이탈리아어도 유창하다는 거네요? 나한테 말해줄 수도 있었잖아요."

"당신이 안 물어봤잖아요. 그나저나 그게 다가 아녜요. 매장 아가씨들은 우리가 어떤 우크라이나 남자가 실종된 사건을 수사하려고 온 줄 알더라고요."

"우린 금시초문인 얘기잖아요, 안 그래요?"

"난 처음 듣는 얘기예요."

"그 사람 이름은 모르고요?"

"몰라요."

이브가 빗물 때문에 흐릿하게 보이는 광장을 내다본다. "한번 가정해 보자고요." 이브가 손가락에 묻은 마지막 가루 설탕을 빨아먹으며 말한다. "V는 그 무명의 우크라이나 남자가 실종된 시기에 베니스에 왔었던 거예요……."

"나도 이미 그 생각을 하던 참이에요."

"사과할게요, 랜스. 아깐 내가……."

"괜찮아요. 한 달 전에 여기서 페이스트리를 사 간 러시아 여자 두 명을 기억하는지 여기 직원한테도 물어 보자고요. 기억 못 한다고 하면 여기서 나가죠. 담배 좀 피우게."

바깥 공기는 수증기를 잔뜩 머금고 있고 하늘은 거무죽죽하다. 랜스와 함께 광장을 가로지르는데 이브는 슬슬 못마땅한 기분이 든다. 그 팔찌를 여자 둘이 함께 샀다는 사실 때문인 것 같다. 이브를 년이라고 부른 여자, 그 여자는 누구며 이 모든 일에서 그 여자가 맡은 역할은 무엇이었을까? 정말 V의 애인이었을까?

이브는 불현듯 수치심을 느낀다. 지금 느끼는 감정이 설마 질투심인 걸까? 그런 걸 자문해 보는 것조차 창피하다. 그녀는 니코를 사랑하며 니코를 보고 싶어 한다. 니코도 그녀를 사랑한다.

하지만 자는 동안 누군가 지켜본다는 것.

팔찌.

말 그대로 눈이 부실 정도의 뻔뻔스러움.

베니스 중앙 경찰서는 자유의 다리[베니스 본섬과 내륙인 메스트레를 잇는 다리] 위쪽, 산타크로체에 있다. 강 쪽과 거리 쪽에 각각 출입구가 있는데, 부두에 파란 경찰선이 정박되어 있는 강 쪽 출입구와 달리 거리 쪽 출입구는 강철 보안장벽이 세워져있고 국가경찰수사관이 지키고 있어 다소 살벌한 분위기다.

현재 시각 오후 5시 반, 이브와 랜스는 현지 경찰서장과 이야기를 하려고 대기실에서 기다리는 중이다. 이 자리를 마련하기까지 전화 통화를 몇 번이나 했는지 모른다. 약속을 잡고 와보니 아르만도 트레비잔 서장이 '회의 중'이란다. 나무 벤치에 등을 구부린 채 몸을 앞으로 내밀고 앉은 이브가 출입문의 방탄유리 너머로 지나가는 차들을 바라본다. 비는 한낮에 그쳤지만 대기에는 여전히 눅눅한 기운이 남아있다.

짙은 정장을 입고 있는 야윈 사람이 복도에서 나타난다. 목적의식이 넘쳐 보이는 그가 나타나자 대기실의 나른한 분위기가 깨진다. 영어로 자신이 트레비잔 서장이라고 소개한 후, 이브와 랜스를 자신의 사무실로 안내한다. 사무실은 문서보관함으로 가득 차 있어 단조로운 공간이다.

"폴라스트리 씨 그리고 그……."

"에드먼즈. 노엘 에드먼즈입니다." 랜스가 말한다.

두 사람은 책상 맞은편에 앉는다. 트레비잔이 폴더를 열어 얼굴 사진 복사본 하나를 꺼내 이브에게 건넨다.

"여기서 실종된 우크라이나인에 대해 알고 싶으시다고요? 저도 알고 싶습니다. 이름은 리나트 예브투크, 지난달 카테리나 고라야 및 경호원 몇몇과 함께 다니엘리 호텔에 투숙 중이었죠. AISE, 그러니까 우리 해외정보보안국에서 그 자의 출현 사실과 그 자에 대한 신상을 자세히 알려줘서 우리도 잔뜩 긴장하고 있었습니다."

"AISE에서도 예브투크를 알고 있었다는 거죠?" 이브가 묻는다.

"알다마다요. 오데사를 본거지로 마약, 매춘, 인신매매, 그밖에 그렇고 그런 관련 활동에 연루된 범죄 조직의 두목이었으니까요. 돈도 많고 인맥도 대단한 자였죠."

폴더에서 트레비잔이 두 번째 서류를 꺼낸다. 딱 필요한 만큼만 움직이고 명민해 보이는 것이 이브에게 이 사람은 한편이자 동료임을 말해준다. 오직 진실에만 만족할 사람. "예브투크가 베니스에 체류했던 당시 활동 내역입니다. 보시다시피, 전형적인 관광객처럼 다녔고 늘 고라야 양과 함께 다녔지요. 곤돌라 투어, 무라노 방문, 산마르코에서의 쇼핑 등등. 그러다, 이날 아침, 고라야 양한테 알리지도 않고 전날 저녁 호텔 바에서 만난 어떤 여성과 함께 쾌속정에 타고 호텔을 떠납니다."

이브와 랜스가 서로 눈짓을 한다.

"웨이터에 따르면, 그 여성은 주문할 때는 이탈리아어를 썼지만 예브투크와 대화할 때는 영어를 썼다고 합니다. 두 언어 모두 유창하게 구사했고요. 웨이터에 따르면, 영화배우같이 생겼다고 해요."

"영화배우 누구요?"

"제 생각엔 그냥 막연히 영화배우라고 한 것 같습니다만, 그 웨이터가 몽타주 작성을 도와주었습니다."

트레비잔이 책상 맞은편으로 또 다른 사진을 슬며시 민다. 이브는 그 사진을 덥석 잡지 않으려고 무진장 애를 쓰지만, 막상 본 이미지는 너무 막연하다. 하트 모양 얼굴, 어깨까지 내려오는 머리,

무표정하고 특징 없는 미간이 넓은 눈. 사진 속 인물은 스물에서 마흔까지도 볼 수 있어 연령조차 특정할 수가 없다.

"그 웨이터가 바에서 그 여자 시중을 든 지 3일 후에 이 몽타주를 만들었습니다. 이게 그 웨이터가 할 수 있는 최선이었어요. 예브투크의 경호원들도 예브투크가 실종되던 날 아침 여자를 잠깐 봤다고 하지만, 그 자들은 더 도움이 안 됐습니다. 듣자 하니 여자가 커다란 선글라스를 끼고 있었다고 하고, 자기들끼리 머리카락 색깔 하나도 의견의 일치를 못 봤으니까요."

"목격자가 있군요." 랜스가 말한다.

"있었지요, 에드먼즈 씨, 목격자가 있기는 있었어요. 말을 계속 이어가자면, 이 여자는 예브투크한테 다음 날 아침 호텔 강 쪽 출입구에서 만나자고 하고는 함께 배를 타고 떠납니다. 예브투크가 그날 밤 돌아오지 않자, 경호원들은 자기들 두목이 여자랑 좋은 시간을 보내고 있는 걸로 여기고 고라야 양한테 아무 말도 하지 않습니다. 그런데 다음 날 아침 고라야 양이 호텔 매니저를 찾아가서 노발대발하니까 매니저가 우리한테 전화를 했어요. 그 시점에서는 경호원들도 사실대로 말하기로 한 거고요."

처음에는 트레비잔도 경호원들한테 예브투크의 실종이 별일 아닐 것으로 여겨지므로 의례적인 조사만 하겠다고 말한다. 그러다 경찰서에 찾아온 어떤 사람이 산텔레나 섬 정박지에서 도난당했다며 설명한 쾌속정이 경호원들이 보았다던 배와 일치하면서 대대적인 수색이 벌어진다. 석호 상공을 비행한 헬리콥터가 포벨리아 운하에서 그 배가 가라앉아 있는 걸 발견했지만, 예브투크의 흔적은 발견하지 못했다. 거기서 수사는 답보 상태에 빠졌다.

"서장님 생각에는 어떻게 된 것 같으신가요?" 이브가 묻는다.

"처음엔 나도 부자와 내연녀들 사건으로 생각했습니다. 하지만 배도 도난당하고 또 그걸 공 들여서 가라앉힌 걸 보고 마음이 바뀌었죠. 그런데, 런던 MI6에서 이렇게 여러분이 오신 걸 보니 이제 이게 단순한 실종 사건이 아니라는 확신이 드는군요."

"시뇨르 트레비잔, 제가 제안 하나 해도 될까요?"

"물론입니다."

"어쩌면 제가 이 사건 수사에 도움을 드릴 수 있을지 모르겠습니다. 대신 서장님은 지금 여기서 저희와 나눈 대화를 발설하지 말아주세요. 아무에게도, 이탈리아 보안국에도 저희 보안국에도 발설하지 않는 겁니다."

"말해 보십시오."

"예브투크는 죽었습니다. 그 점에는 의심의 여지가 없어요. 예브투크가 바에서 만났고 다음 날 대형 쾌속정에 태워 갔다는 여자는 전문암살범이라는 게 거의 확실시되고 있습니다. 여러 외국어에 능통하지만 아마 러시아인일 겁니다. 이름은 알려진 바가 없어요. 그 여자가 다른 여자, 아마도 같은 러시아 국적이며 연인일 것이 분명한 여자와 베니스에 다녀갔습니다. 두 여자는 사건 발생 이틀 전 함께 산마르코에서 쇼핑을 하다가 반 디에스트 부티크, 주케티 제과점, 그 근처 다른 상점에 다녀갔습니다. 둘 다 CCTV에 대해서 빠삭하게 알고 있고 암살범은 변장에 극도로 노련합니다. 그 암살범은 날씬하고, 중간 정도 키에 광대뼈가 튀어나왔으며 짙은 금발로 추정됩니다. 눈동자는 회색이나 회녹색이지만 컬러 렌즈를 자주 장착할 겁니다. 부분 가발이나 전체 가발도 마찬

가지겠죠. 나머지 한 명은 짧은 단발에 운동선수 같다는 증언이
나왔습니다."

"확실한 건가요?"

"확실한 겁니다. 산마르코에서 쇼핑한 날과 예브투크가 사라진
날 사이에 이틀이 비는 걸로 봐서, 두 사람은 함께든 각자든 이 지
역 어딘가에 투숙했을 겁니다."

"뭐가 됐든 두 사람 기록을 찾아내면 분명하게 알 수 있겠군요."

트레비잔이 이브를 응시하자 이브는 갑자기 자신의 차림새, 특
히 구두 가장자리를 따라 삐져나온 흉한 나일론 덧신 양말이 신경
쓰인다. 지금까지는 전문가적 능력에 대한 타인의 인정을 추구했
기 때문에 이브는 남들이 자신을 어떻게 볼지에 대해서는 거의 신
경을 쓰지 않았다. 하지만 이곳 베니스에서 이탈리아 여자들이 어
떻게 행동하는지, 스스로 우아하고 관능적인 존재로 비춰지는 데
얼마나 거리낌이 없는지를 보자 예리한 지성 이상의 무언가로 인
정받고 싶어진다. 산마르코 광장을 걸으며 멋들어지게 재단한 스
커트 자락이 휘날리는 것도, 석호에서 불어오는 바람에 머리카락
이 날리는 것도 느껴보고 싶다. 오늘 아침 반 디에스트에서 봤던
그 점원 아가씨들처럼. 그 아가씨들은 순전히 자기만족과 즐거움
을 위해 옷을 입은 것처럼 보였다. 그 아가씨들의 옷은 비밀을 속
삭였고 자신감과 힘을 부여했다. 축축한 비옷과 청바지 차림의 이
브는 자신감이나 힘이 전혀 느껴지지 않는다. 볼품없이 가라앉은
머리와 겨드랑이 땀만 느껴진다.

대화가 서서히 마무리 단계에 접어든다. "알려주세요." 트레비
잔이 두 사람을 출입구 쪽으로 안내할 때 이브가 말한다. "그렇게

훌륭한 영어는 어디서 배우신 건지."

"턴브리지 웰스에서요. 저희 어머니께서 영국인이셔서 어렸을 때 매년 여름을 영국에서 보냈습니다. 매주 토요일에는 BBC1에서 방영해주던 '신나는 물물교환[Multi-Coloured Swap Shop, 영국 전역을 돌며 아이들끼리 물건을 교환하던 코너로 인기 있던 아동 오락 프로그램. 사회자 이름이 노엘 에드먼즈였다]'을 보곤 했지요. 그런데 노엘 에드먼즈를 이렇게 직접 만나다니 정말 영광이었습니다."

랜스가 움찔한다. "이런."

"직업이 직업이니만큼 신중하게 처신하는 부분 저도 다 이해합니다. 폴라스트리 씨, 우리가 상부상조할 수 있어서 저는 좋았습니다. 요청하신 대로, 공식적으로 이번 만남은 없었던 일로 하겠습니다. 하지만 정말 반가웠습니다."

두 사람이 악수를 한 후, 서장이 들어간다.

"젠장." 랜스와 함께 물기 머금은 저녁 어스름 속으로 나아갈 때 이브가 말한다. "노엘 에드먼즈?"

"알아요, 나도 알아요." 랜스가 말한다.

돌아가는 길에, 두 사람은 바포레토(vaporetto, 수상 버스)를 탄다. 만원이었지만, 이브는 발이 너무 아팠기 때문에 걷지 않아도 되는 것만으로 안도한다. 바포레토는 대운하 구간을 따라 운행한다. 수변 건물 중에는 조명이 들어와 출렁이는 수면을 금빛으로 물들인 건물도 있지만, 태곳적 비밀이라도 지키려는 듯 셔터도 내리고 불 하나 켜지 않은 건물도 있다. 희미한 어둠이 도시의 아름다움에 불길한 기운을 더한다.

랜스는 바포레토를 타고 산마르코까지 쭉 가고 이브는 한 정거

장 전에 내려 페니체 오페라 극장까지 걸어간다. 그 근처에 아까 봐두었던 아담한 부티크가 하나 있기 때문이다. 진열창에 걸어놓은 진홍색과 흰색으로 된 아름다운 라우라 프라치 크레이프[표면이 오톨도톨하여 까슬한 감촉을 주는 직물] 랩 원피스를 가까이서 보지 않고는 견딜 수가 없다. 부티크가 천문학적으로 비싼 곳 같아서 내심 그 옷이 몸에 안 맞기를 바라지만, 입어 보니 맞춘 듯 딱 맞는다. 가격을 눈여겨보지 않고 마음이 변하기 전에 얼른 카드를 내민다.

반 디에스트 매장에 들러 그 두 여자가 찍힌 CCTV 영상을 찾았는지 알아보기로 한다. 하지만 영상이 이틀 전 삭제되는 바람에 없다는 말을 듣는다. 실망한 이브를 보더니 매장 지배인이 뭔가 골똘히 생각하는 표정을 짓는다.

"그 팔찌를 산 여자에 대해서 하나 더 기억나는 게 있어요. 향수요. 전 늘 향수를 귀신같이 알아맞히거든요, 향수를 너무 좋아해서. 저희 어머니께서 예전에 향수 매장에서 일하신 적이 있는데 그때 저한테 가르쳐주신 게 있어요…… 원료 알아보는 법이요. 백단유, 삼나무, 용연[향유고래에서 얻을 수 있는 동물성 향료], 제비꽃, 장미, 베르가못 등등……."

"그럼 이 여자가 뿌린 향수가 무슨 향수였는지는 기억하세요?"

"모르는 향수였어요. 흔한 브랜드의 향수가 아니었던 게 분명해요. 탑 노트는 프리지아인 것 같아요. 베이스 노트는 용연향하고 편백이었어요. 굉장히 독특해서 제가 물어봤죠."

"그랬더니 뭐래요?"

"그 여자가 뭐라고 말해줬는데 제가 그 이름이 기억이 안 나네요. 별로 도움이 못 돼서 죄송합니다."

"별 말씀을요. 정말 큰 도움이 됐습니다. 혹시라도 그 향수나 두 여성에 대해서 기억나는 게 있으면 산타크로체 경찰서의 아르만도 트레비잔 서장님한테 말씀해 주시면 됩니다. 그분이 저한테 전달해주실 거예요."

"그럴게요. 손님 이름을 알려주시겠어요? 휴대 전화 번호랑?"

이브가 진열장에 들어있는 보석을 감탄의 눈으로 바라보며 이름과 번호를 알려준다. 눈부시게 빛나는 사파이어와 다이아몬드 목걸이들. 초록빛 불이 폭포처럼 흘러내리는 것처럼 보이는 에메랄드 목걸이.

지배인이 펜으로 번호를 적다 멈춘다. "보석에 눈길을 빼앗기셨네요, 시뇨리타 폴라스트리."

"보석을 이렇게 본 적이 없었거든요. 손에 닿을 듯 이렇게 가까이에서 본 건 처음이에요. 사람들이 왜 그렇게 보석을 갖고 싶어 하는지, 왜 보석과 사랑에 빠지는지 알 것 같네요."

"제가 제안 하나 해도 될까요? 저는 오늘 밤 포를라니 궁에서 열리는 행사에 갈 예정입니다. 움베르토 제니의 새로운 보석 컬렉션 런칭 행사죠. 원래는 제 동생을 데려가려고 했는데, 조카가 아프다네요. 혹시 시간 되시면 저랑 같이 가주실래요?"

"너무 고마운 말씀이네요. 정말 괜찮으시겠어요?" 이브가 깜짝 놀라 말한다.

"물론이죠. 오히려 제가 고맙죠."

"그럼…… 갈게요. 세상에, 너무 신나요. 그런 궁에서 열리는 파티에는 한번도 못 가봤거든요."

"그 팔찌 차고 가시면 될 것 같은데요."

"그래도 되겠죠, 그쵸?"

"그럼, è deciso(정해진 거네요). 포를라니 궁전은 도르소두로 지구에 있어요. 아카데미아 다리를 건넌 다음에 한 100미터쯤 가면 왼쪽에 있습니다. 반 디에스트의 조반나 비앙키 동행이라고 하시면 됩니다. 전 9시부터 있을 거예요."

"음…… 알겠습니다. 까짓 거 가면 되죠. 고마워요, 조반나. 정말 재미있을 것 같아요."

조반나가 손을 내민다. "Allora a dopo(그럼 이따 봐요), 시뇨리나 폴라스트리."

"이브예요."

"A dopo(이따 봐요), 이브."

호텔에 돌아온 이브는 노트북을 가지고 침대에 앉아 예브투크 리나트, 그리고 V와 V의 러시아 친구 혹은 애인의 예브투크 실종 연루 가능성에 대한 보고서를 암호화하는 중이다. 보고서를 구지 스트리트에 있을 빌리에게 발송한 후, 랜스의 방으로 전화를 건다. 응답이 없더니, 2, 3분 후 랜스가 직접 이브의 방문을 두드린다. 문을 열어보니 랜스가 맥주병과 거대한 피자를 들고 있다.

"이 근처 식당은 다 관광객한테 바가지나 씌우는 허접한 식당이에요. 그래서 그냥 포장해 왔어요." 랜스가 설명한다.

"잘됐네요. 배고파 죽을 것 같았는데."

30분 간, 두 사람은 작은 발코니 앞에 앉아 차가운 아스트로 아주로 맥주를 마시며 감자, 로즈마리, 탈레조 치즈가 올라간 피자를 먹는다.

"장난 아니게 맛있었어요." 더 이상 못 먹을 만큼 배가 찬 이브가 말한다.

"스파이 노릇 하려면 참아야 될 게 많은 법이지만 난 쓰레기 같은 음식은 절대 안 먹어요." 랜스가 말한다.

"랜스가 음식에 그렇게 신경 쓰는 줄은 몰랐어요."

"살다보니 별일이 다 있죠? 발코니에서 담배 좀 피워도 될까요?"

"어서 가서 피워요. 난 남편한테 전화 좀 해 봐야겠어요."

마침내 가방에서 전화기를 찾아 꺼내보니 하루 종일 전원이 꺼져있었다. 경악스럽게도 니코가 여섯 번이나 전화를 걸었고 문자 메시지를 세 개 남겼다.

"젠장. 젠장……."

알고 보니 니코가 사고를 당했었다. 거의 하루 내내 왕립자선병원에 있다가 조금 전에 집에 돌아왔다고 한다. 목발을 짚고서.

"니코, 정말 미안해. 너무 미안해." 마침내 니코와 전화 연결이 되자 이브가 사과한다. "전화기가 하루 종일 꺼져 있었다는 걸 이제야 발견했어. 어떻게 된 거야?"

"학부모가 아들을 차에서 내려주는데, 그 녀석이 달리는 차 앞으로 나가기에 내가 달려 나가서 길에서 빼내다 꽝 한 거야."

"어머, 자기야. 내가 너무 미안해. 많이 다쳤어?"

"발목이 부러졌어. 정강이뼈에 금이 갔고 인대가 찢어졌대."

"많이 아파?"

"이 말만 할게, 자기가 요리를 전보다 많이 해야 할 거야."

"아휴, 뭐 그런 일이. 아니 내 말은 사고 말이야, 요리 많이 해야 한다고 해서 그런 게 아니고. 뭐 그것도 좋은 소식은 아니지만…… 미안, 힘든 하루였겠다."

"정말 힘들었지. 베니스는 어때?"

"하루 종일 비가 내리고는 있지만 그래도 예쁘더라."

"랜스는? 잘 있어?"

"니코, 이러지 마. 랜스도 잘 있고, 일도 잘되고 있고, 난 내일 밤에 돌아갈 거야. 그때까지 괜찮겠어?"

"우리 조상님들은 바르나에서 오스만 제국하고도 싸웠는걸. 나안 죽어."

"델마랑 루이스 먹을 건초도 충분히 있고?"

"자기가 면세점에서 좀 사와도 되고."

"니코, 농담 그만해. 내가 미안하다니까. 전화기 꺼놓은 것도, 베니스에 온 것도, 자기 사고 난 것도. 내가 다 미안해. 병원에서 진통제는 줬어?"

"응. 코데인으로."

"진통제 먹어. 위스키 말고 물이랑. 그리고 자. 그 아이네 부모님이 고마운 줄 알아야 할 텐데 말이야."

"부모님은 아니고 모. 엄마였거든."

"아무튼 자기가 너무 자랑스럽다. 진심이야."

"그래서 오늘 밤엔 뭐 할 거야?"

"이따가 나가서 어떤 사람이랑 CCTV 영상 얘기를 좀 해야 해."

거짓말이 술술 잘도 나온다. "그런 다음 책 읽다가 자는 거지 뭐."

"무슨 책 읽을 건데?"

"엘레나 페란테 소설."

"무슨 내용인데?"

"두 여자 사이의 복잡한 관계."

"안 복잡한 관계도 있나?"

"내 경험상으론 없더라."

이브가 여전히 휴대 전화를 노려보고 있는데 랜스가 담배 연기를 몰고 돌아온다.

"그래서 오늘 계획은 뭐예요?" 이브가 랜스에게 묻는다.

"아까 누구한테 전화를 좀 해놨어요. 로마에서 같이 일했던 놈인데 여기로 올라왔거든요. 그 녀석이랑 사라진 우리의 우크라이나 남자 얘기나 할까 해서요."

"언제 만날 건데요?"

"30분 뒤에요. 아까 갔던 경찰서 근처에서요. 이브는요?"

"보석 가게에서 본 조반나랑 무슨 행사 같은 데 가려고요. 보안 영상은 지워졌다고 하는데 그 여자가 우리한테 말해줄 수 있는 게 더 있을 거 같아요."

"아무렴요."

"무슨 말이 그래요?"

"뭐가요."

"히죽거리고 있잖아요, 랜스."

"히죽거리는 거 아니고 안면 경련인데요. 전 그 부분이 굉장히 예민하답니다."

"있잖아요, 오늘 아침에 랜스 정말 대단했어요. 진짜 훌륭했다고요. 저 피자도 끝내주게 맛있었고요. 하지만 내가 다른 여자 이름을 꺼낼 때마다 히죽거리면 재미없다고요."

"그럼요, 알겠습니다요."

"꺼지세요, 랜스."

"암요. 당장 물러가겠습니다요."

10분 후, 이브는 라우라 프라치 원피스로 갈아입고 그럭저럭 봐줄만하게 프랑스식 소라 모양 머리를 만든 다음 손목에 로즈 골드색 팔찌를 차고 어둠 속으로 나선다. 낮에 내린 비로 공기가 짙어져서인지 습한 하수구 냄새가 난다. 광장을 가로지른 후 요리조리 골목을 빠져나가 서쪽을 향하는 중 어슬렁대는 관광객 무리를 지나쳐 아카데미아 다리로 간다. 다리를 반쯤 건넜을 때, 눈앞의 경치가 너무 황홀해서 걸음을 멈춘다. 캄캄해지고 있는 운하, 불 밝힌 건물들, 저 멀리 석호 어귀로 보이는 산타마리아 델라 살루테 성당의 돔 지붕. 감당할 수 없을 정도의 아름다움, 그 아름다움이 깡그리 죽어가고 있다. 우리도 모두 죽어가고 있다고 머릿속 목소리가 속삭인다. 내일은 없고, 오늘만이 있을 뿐이라고.

인생의 상류와 하류 사이를 아슬아슬 오가고 있는 지금, 가냘프게 빛나는 운하를 건너다보며, 이브는 자신의 적을 생각한다. 이브가 본 것이라고는 적의 눈밖에 없지만, 눈만으로도 충분하다. 그 눈은 '내가 곧 죽음이다'라고, '죽음과 가까이 지내지 못한다면 진정으로 살아있음을 느낄 수 있겠는가'라고 말하는 것 같았다.

이제 이브는 알고 있다. 그런 도전에는 후퇴도, 탈출도 없다는 것을. 그것이 어디로 이끌든, 이브는 따라야 하고, 설사 니코한테 거짓말을 해야 한다고 해도 그렇게 할 수밖에 없다는 것을. 바람이 운하 위를 스치고 지나가면서, 랩 원피스의 부드러운 치맛자락이 허벅지까지 들리는 순간, 가방 안에 있던 휴대 전화가 울린다.

조반나다. 10분이면 이브도 그곳에 도착할 것이다.

인스브루크의 릴리 여관 1층에 있는 비좁은 방 안, 빌라넬은 침대 위에 양반다리로 앉아 앞에 노트북을 놓고 펠스나델의 건축 설계도를 스크롤 해가며 보는 중이다. 꽁꽁 얼어붙은 티롤의 험준한 바위를 빙 둘러 유리와 유려한 곡선을 이루는 강철로 미래 지향적인 분위기를 낸 펠스나델 호텔은 오스트리아에서 고도가 가장 높은 호텔이다. 호텔은 토이펠스캄프 산 동쪽 측면 위, 해발 2,500미터 고도 절벽에서 튀어나온 바위 위에 서있다.

빌라넬은 벌써 몇 시간째 머릿속에서 호텔 여기저기를 돌아다니면서 가능한 출입 지점이 어디일지 가늠해보고, 숙박 구역과 주방 배치도를 외우고, 창고와 휴게 공간을 눈여겨봐 두는 중이다. 마지막 30분 동안은 3중 유리창이 닫히고 잠기는 메커니즘을 분석해 보았다. 콘스탄틴이 각인시켜 준 바에 따르면 이런 세부 사항이 성패와 생사를 가를 수 있기 때문이다. 콘스탄틴 자신이 어딘가에서 이런 세부 사항을 등한시했다고 생각하니 슬퍼진다.

빌라넬이 고양이처럼 이빨을 드러내며 하품을 한다. 언제나 작전 준비 과정을 즐기는 빌라넬이지만 과부하점이라는 게 있기 마련이다. 계획이 흐지부지되는 순간, 컴퓨터 화면 위의 글자가 뒤섞이기 시작한다. 임무를 위한 사전 조사와 동시에, 빌라넬은 한번도 공부해 본 적 없는 독일어도 독학 중이다. 펠스나델 호텔에서 독일인으로 통해야 하는 건 아니다. 꾸며낸 신상에 따르면 그녀는 프랑스인이기 때문이다. 그렇기는 해도 독일어를 써야 할 때가 있을 것이고, 작전을 진행하려면 귀에 들어오는 말을 빼놓지 않고 알아들을 수도 있어야 한다.

이것뿐만 아니라 다른 사항까지 준비하려니 정신적으로 몹시

지친다. 빌라넬은 남들보다 스트레스를 덜 받는 편이지만 오랜 기다림에 직면하면 익숙한 욕구가 표출되는 경향이 있다. 로그인을 시도할 경우 데이터가 완전히 삭제되게끔 노트북을 잠근 후, 일어나서 기지개를 켠다. 검정색 싸구려 체육복 차림에 지난 36시간 동안 샤워도 하지 않았다. 감지 않은 머리는 뒤로 그러모아 대충 묶었다. 도둑고양이처럼 보이고 도둑고양이 냄새도 난다.

조명을 밝혀 빛나는 건물들 사이로 무대 장치처럼 먼 산이 들어가 있는 헤르조크 프리드리히 슈트라세는 석양빛을 받아 예쁘장하다. 하지만 좁은 거리를 가르며 그칠 줄 모르고 불어오는 바람 때문에 춥다. 서둘러 슐로세르가세와 금빛 조명을 내뿜는 아들러 맥주집을 향하는 빌라넬의 변변찮은 옷 사이로 그 칼바람이 곧장 비집고 들어온다. 맥주집 안은 적당히 시끄럽고 따뜻한 공기에서는 맥주 냄새가 풍긴다. 몸을 옆으로 하고 인파 가장자리를 둘러 가다보니 바를 등지고 나란히 늘어선 남자들이 흥겨운 표정으로 먹잇감을 노리는 수컷처럼 사람들을 살피고 있다. 이따금 그 남자들이 자기들끼리 시답잖은 말과 은밀한 미소를 주고받는다.

1, 2분가량 지켜보던 빌라넬이 느긋하게 바 쪽으로 다가간다. 늘어선 남자들 앞을 어슬렁거려 그들이 독점하던 공간의 주도권을 대수롭지 않다는 듯 빼앗은 빌라넬이 남자들을 한 명 한 명 빤히 쳐다보다가 20대 초반의 잘생긴 청년 앞에서 뚝 멈춘다. 청년은 잘생겼고, 본인도 그 사실을 알고 있기 때문인지 빌라넬의 시선을 자신감 있게 씨익 웃으며 맞받는다.

빌라넬은 미소를 돌려주지 않는다. 대신 청년이 마시고 있던 커다란 맥주잔을 빼앗아 비운 다음 뒤돌아보지 않고 그 자리를 떠난다. 그 즉시, 청년이 인파를 밀치며 빌라넬을 따라나선다. 빌라넬은 아무 말 없이 청년을 입구로 데리고 나간 다음 방향을 바꿔 옆길로 들어간 후 또다시 방향을 바꿔 술집 뒷골목으로 들어간다. 골목을 반쯤 들어간 지점에 오물이 흘러넘치는 쓰레기통 두 개 사이로 으슥한 공간이 나온다. 그곳을 지나 좀 더 올라가면 환풍기가 더러운 창살 사이로 주방의 더러운 공기를 내보내는 지점이 나온다.

벽돌 벽에 등을 기댄 빌라넬이 청년에게 자신 앞에 무릎을 꿇으라고 명령한다. 청년이 주저하자 빌라넬이 청년의 금발 머리를 움켜쥐고 강제로 무릎을 꿇린다. 자유로운 손으로 체육복을 발목까지 끌어내린 다음 다리를 벌리고 팬티를 한쪽으로 잡아당겨 벗는다. "손가락은 금지. 혀로만. 빨리해." 빌라넬이 청년에게 말한다.

청년이 긴가민가한 눈으로 빌라넬을 올려보자 빌라넬은 청년이 고통으로 허덕일 때까지 머리채를 꽉 잡아당긴다. "빨리 하랬잖아, dummkopf(멍청한 새끼야). 내 거기 핥으라고." 빌라넬이 차가운 벽에 엉덩이를 바짝 붙인 채 양발을 쫙 벌린다. "더 세게, 지금 아이스크림 빠니? 더 높이, 그래 거기."

감각이 갑자기 깨어나지만 너무 자주 끊기는 데다 새로 구한 놈이 시원찮은 바람에 빌라넬을 궁극의 목적지로 데려다주지 못한다. 반쯤 감은 빌라넬의 눈에 때 묻은 앞치마와 정수리만 덮는 모자를 쓴 주방 직원이 출입구에서 나오다가 자신을 발견하고는 입을 떡 벌린 채 얼음처럼 동작을 멈추는 모습이 들어온다. 빌라넬은 그를 못 본 체한다. 금발 청년은 그녀의 클리토리스를 찾느라 너무 바쁜 나머지 구경꾼이 있는지조차 알아차리지 못한다.

주방 직원은 한 손을 허리에 얹은 채 거의 1분 동안 그 자리에 그대로 서있다가 욕 일색인 터키어로 주방으로 오라고 부르는 목소리를 듣는다. 이 정도면 오르가즘을 느끼고 싶으면 방으로 돌아가 혼자 해결할 수 있겠다는 확신이 든다. 이런저런 생각이 들다가 결국 만화경 같은 이미지가 되더니, 난데없이, 이브 폴라스트리의 모습이 나타난다. 고루하기 짝이 없는 옷을 입고 있는 이브, 빌라넬이 그토록 간절히 망쳐놓고 싶은 영국인 특유의 고상함. 빌라넬은 바로 아래, 자신의 가랑이 사이에 그 얼굴이 있다고 상상한다. 이브의 눈이 자신을 올려다보고 있다고, 이브의 혀가 자신을 샅샅이 핥고 있다고 상상한다.

이 이미지를 끝까지 상상하자 허벅지가 짧은 순간 부르르 떨림과 동시에 절정에 다다른다. 그 순간 이브의 이미지가 안나 레오노바의 이미지로 변한다. 안나, 그 모든 핏자국이 향하는 원점. 안나, 다른 인생을 살았던 시절, 옥사나 보론초바에게 사랑이 무엇인지 보여줘놓고 그것을 영원히 거부한 사람. 눈을 뜨자 더러운 주변이 시야에 들어온다. 바람이 얼굴에 닿자 양 볼에 눈물이 흐르는 게 느껴진다.

금발 청년이 씩 웃는다. "좋았지, ja(그렇지)?" 일어선 그가 손가락으로 입에서 음모를 더듬더듬 찾는다. "이제 내 거 빨아주는 거지?"

속옷을 챙겨입은 빌라넬이 바닥으로 내렸던 운동복을 끌어올린다. "부탁인데, 그냥 가라." 빌라넬이 말한다.

"그런 게 어디 있어, schatz(자기야)……."

"내 말 들었잖아. 꺼지라고."

빌라넬의 눈빛을 본 청년의 얼굴에서 미소가 가신다. 자리를 뜨던 청년이 씩씩거리며 돌아본다. "그거 알아? 너 냄새 나."

"잘됐네. 충고 한마디 할게. 다음에 여자 팬티 속에 얼굴 들이밀 일 생기면 꼭 지도 챙겨라."

포를라니 궁은 도르소두로 지구 동쪽 끝에 있다. 이브가 도착한 거리 쪽 입구는 평범하다. 짙은 정장을 입은 안내원이 서있고, 한 때 권투 선수로 벌어먹고 살았을 것같이 생긴 무표정한 사람이 지키고 있는 어두침침한 외투 보관소가 나온다. 그들 너머로는 물결 무늬가 있는 똑같은 검은색 실크 칵테일 드레스를 입은 젊은 여자 두 명이 고풍스러운 책상에 앉아 인쇄한 명단에서 새로 도착한 사람들 이름을 확인 중이다.

이브가 그 여자들에게 다가간다. "Sono con Giovanna Bianchi(조반나 비앙키 동행입니다)."

두 여자가 미소를 짓는다. "네, 확인됐습니다." 한 명이 말한다.

"그런데 제 친구가 당신 머리를 좀 손봐야 할 것 같아요."

이브가 한 손을 들어 올려보니 삐져나온 머릿단에서 머리핀이 대롱거리고 있다. "어머나, 그럼 부탁 좀 드려도 될까요?"

"이쪽으로 오세요." 친구라 불린 여자가 이브에게 의자 쪽으로 오라고 손짓을 하더니 머리 모양을 능숙하게 다듬는다. 여자가 마지막 머리핀을 꽂고 있는데 조반나가 도착한다.

"이브. 정말 근사해요……. Ciao, ragazze(안녕, 아가씨들)."

"Ciao(안녕하세요), 조반나. 머리에 응급 상황이 생겨서 해결하던 중이었어요."

"제 프랑스식 소라 머리가 풀렸지 뭐예요." 이브가 설명한다.

조반나가 미소를 짓는다. "그래서 늘 이탈리아식을 따라야 하는 거랍니다."

커튼이 열리고, 두 사람은 어두컴컴한 로비에서 눈부시게 환한 조명 속으로 이동한다. 거리 쪽 입구는 사실상 극장 뒷문처럼 궁전의 뒷문임을 이브는 깨닫는다. 두 사람은 돌이 깔린 널따란 중앙 홀에 와 있다. 초대 손님으로 인산인해를 이룬 중앙 홀의 가운데에는 움베르토 제니 로고가 찍힌 휘장으로 가려놓은 직사각형 공간이 있다. 이브와 조반나 맞은편에 훨씬 웅장하고, 훨씬 화려한 운하 쪽 입구가 있다. 운하 쪽 입구에서 가장 돋보이는 아치형 문 너머로 반짝거리는 운하의 물이 보인다. 이브가 물을 바라보고 있는데, 소형 모터보트가 다가오더니 초대 손님 두 명이 부두로 걸어 나온다. 도어맨이 그들을 안쪽으로 안내한다.

이브의 주변으로 인파가 우르르 몰려왔다 사라졌다를 반복한다. 향수, 파우더, 향초, 은근히 코를 찌르는 운하의 흙냄새가 난다. 고풍스러운 사람들과 유행의 최첨단을 보여주는 사람들이 상충하면서 이상하지만 기분 좋은 광경이 빚어진다. 이브는 자신만만한, 심지어 멋쟁이가 된 기분마저 들지만 실제로 여기 있는 사람한테 말을 거는 건 상상이 안 간다. 나이를 가늠할 수 없는 남자들이 짙은 색 정장에 두꺼운 실크 넥타이를 매고서 삼삼오오 무리를 지어있고, 여자들은 머리에 헤어스프레이를 잔뜩 뿌리고 화려한 명품 드레스를 입고 있는데, 사람을 끌어모으기보다는 사람을 접근 못 하게 하려고 고른 드레스가 분명해 보였다. 상어 옆에 딱 붙어 파닥거리는 동갈방어[상어를 먹이가 있는 곳으로 인도한다고 함]처럼 이들 주위를 에워싸고 있는 부류는 사교계 명사들과 하이에나처럼 이들 곁을 어슬렁거리는 추종자 집단이다. 저 정도로 태울 수 있나 싶게 태닝 한 피부의 도마뱀처럼 생긴 디자이너들, 체육관에서 살 것 같은 몸매에 찢어진 청바지를 입고 있는 젊은 남자들, 크고 멍한 눈을 가진 호리호리한 모델들.

"저 사람이 움베르토예요." 조반나가 지나가는 웨이터의 쟁반에서 샴페인 잔 두 개를 잽싸게 집으면서 가죽 페티시가 있는 사람처럼 머리에서 발끝까지 가죽으로 쭉 빼입은 작은 사람 쪽으로 고개를 까딱해 보인다. "참 재미있는 사람들이죠, 안 그런가요?"

"놀라워요. 정말 내 세상이랑은 다르구나 싶기도 하고."

"그럼 당신 세상은 어떤가요, 이브? 실례를 무릅쓰고 물어볼게요. 당신은 인터폴 신분증을 내밀어놓고 un cretino(바보)인 척 하면서 우리 직원들 대화를 엿듣는 남자와 함께 내 가게에 와서는, 걱정 말아요, 내가 직접 본 거니까, 여자 친구랑 가게에 온 여자가 사 간 팔찌에 대해 물었어요. 그리고 지금 그 팔찌를 차고 있고? Per favore(제발), 무슨 일인지 말해줄 수 없나요?"

샴페인을 한 모금 꿀꺽 들이킨 이브가 손목을 돌리자 다이아몬드가 반짝거린다. "얘기하자면 길어요."

"말해봐요."

"우린 일련의 범죄 때문에 이 여자를 찾고 있어요. 이 여자는 내가 자기를 쫓고 있다는 걸 알고는 날 망신시키고 겁먹게 하려고 이 팔찌를 보낸 거예요."

"어째서요?"

"왜냐하면 이런 건 내 형편으로는 절대 못 살 정도로 고가인 데다, 나는 걸치는 상상조차 못 할 종류의 물건이거든요."

"그래도 지금은 그걸 차고 있잖아요, 이브."

갑자기 빛이 흐려지면서 두 사람의 대화가 뚝 끊긴다. 잠시 후, 인더스트리얼 메탈 음악이 귀청이 터질 듯 흘러나오고 구경꾼이 와 하고 함성을 지르며 박수를 치자 중앙 홀 가운데 있던 휘장이 올라가면서 그 안에 있던 작품에 스포트라이트가 비춰진다. 바닥에 우뚝 솟아있는 것은 거대한 콘크리트 기둥으로, 알파로메오 스포츠카가 전속력으로 들이받은 것처럼 보인다. 기둥을 둘러싸고 있는 자동차는 형체를 알아볼 수 없을 정도로 구겨져있다. 남자 하나, 여자 하나 총 두 명의 승객이 앞 유리에서 튕겨 나와 구겨진 후드 위에 큰 대자로 쓰러져있다.

처음에 이브는 이 사람들이 무서울 정도로 실물과 똑같은, 아니 시체와 똑같다고 해야 할까, 모형으로 착각한다. 그러다 자세히 보니 두 사람은 숨을 쉬고 있는 진짜 사람이다. 뒤늦게 유명한 보이 밴드 가수와 그 가수의 슈퍼 모델 여자 친구 얼굴을 알아본다. 흰 티셔츠에 청바지를 입은 셰인 라피크가 바닥에 엎어져있다. 위를 보고 누워 한쪽 팔을 위로 쭉 뻗은 재스민 베인-파팅턴은 찢어진 블라우스 틈으로 가슴이 드러나있다.

선혈과 찢어진 살점이 있어야 할 자리에 보석이 있다. 재스민의 이마에는 자동차 앞 유리 조각이 박혀있는 것이 아니라 다이아몬드 티아라와 핏빛 석류석이 둘러져있다. 버마산 루비를 엮어놓은 줄이 치명적인 자상처럼 그녀의 배에 구불구불 놓여있다. 셰인의 머리에서는 토르말린이 빛을 발하고 있고 입에서는 토파즈 목걸이가 풍성하게 늘어져있다. 주홍색 원석이 차체에 마치 핏방울처럼 후두두 떨어져있다.

카메라 플래시가 여기저기서 터지고 음악이 쿵쾅거리며 흘리나오고 박수갈채가 터져 나오다 말다 하는 가운데, 이브는 작품이 되어 눈부시게 반짝거리고 있는 이 한 쌍의 연인을 입을 떡 벌린 채 바라본다.

조반나가 미소를 짓는다. "어떻게 생각해요?"

"보석 파는 방법치곤 꽤 극단적이구나 하는 생각이 드네요."

"여기 사람들은 극단적인 걸 원하죠. 안 그러면 쉽게 지루해 하거든요. 패션 기자들이 아주 좋아하겠어요. 재스민하고 셰인이 같이 있으니."

10분 후, 플래시 세례가 잦아들고 움베르토 제니가 짧게 소감을 발표하자(이브는 하나도 못 알아들었다) 휘장이 내려와 박살난 알파로 메오와 유명 인사 시체를 가린다. 초대 손님들은 느긋하게 낡은 돌계단을 올라 빛 바랜 벽걸이 융단을 지나서 2층으로 향한다. 이브와 조반나도 그 행렬에 합류한 다음 가는 길에 새로 내온 샴페인 잔을 받는다.

"재미있는 시간 보내고 계신가요?" 조반나가 묻는다.

"너무 재밌어요. 얼마나 감사한지 모르겠어요."

"아까 하던 얘기 마저 들려주세요."

이브가 웃는다. "언젠가 그럴 날이 오겠죠." 몇 개월, 아니 몇 년 만에 처음으로 이브는 자신이 설명을 내놓지 않아도 되는 속 편한 시간을 보내고 있다. 갑자기 한껏 신이 나면서 계단을 날아오르는 기분이다.

올라가는 계단참 주변의 회랑에는 빠른 속도로 소음과 사람들이 가득 차고 있다. 모르는 사람이 없어 보이는 조반나 주변으로 순식간에 야단스러운 무리가 몰려들더니 서로들 속사포 같은 이탈리아어로 말을 주고받는다. 나중에 보자는 의미로 애매한 손짓을 한 후 이브는 그 자리를 떠난다. 세 번째 샴페인 잔을 든 채 이브는 일부러 인파 사이를 이리저리 돌면서 아는 얼굴이라도 발견한 듯 미소를 지어본다. 대화와 웃음의 물결에 따라 휩쓸리고 싶은 욕구와 혼자 있고 싶은 마음 사이에서 갈팡질팡하며 파티에서는 늘 아웃사이더처럼 느껴왔던 이브다. 알고 보면 파티의 핵심은 계속 돌아다니는 것이다. 한 순간이라도 가만히 서 있다는 건 약한 면을 여봐란 듯 드러내는 것이다. 먹이를 찾아 돌아다니는 상어한테 나 잡아먹으라는 것이나 마찬가지인 것이다.

마치 감정가처럼 이브는 벽에 걸린 예술 작품을 살펴본다. 그리스 신화에 나온 우화적 장면들 옆에 해골을 그려놓은 거대한 현대미술 작품이 걸려있다. 18세기 베네치아의 귀족들이 섹스 중인 한 커플의 실물 사진을 못마땅한 얼굴로 흘겨보고 있다. 눈앞의 그림을 그린 화가가 누구인지 이름 정도는 알고 있어야 하는 것 아닌가 하는 생각은 들지만 알아내고 싶을 정도로 관심이 가지는 않는다. 그보다 이브의 뇌리를 강하게 때리는 것은 부가 과시되는 노골적이고 적나라한 방식이다. 이 예술 작품들은 아름답거나 많은 생각을 불러일으키기 때문이 아니라 수백만 유로짜리기 때문에 여기 걸린 것이다. 이 예술 작품들은 순전히, 어디까지나 통화나 다름없다.

앞으로, 앞으로 나아가다 보니 이브는 어느새 도금한 도자 조각상 앞에 서있는 자신을 발견한다. 이번에도 실물 크기로 제작된 작품으로 고(古) 마이클 잭슨이 애완 원숭이를 데리고 있는 모습이다. 한번 밀어봐? 혼잣말을 한다. 한 번만 제대로 세게 밀친다면.

산산조각이 나면서 헉 하는 소리가 날 테고 장내가 충격에 휩싸여 쥐죽은 듯 조용해지겠지.

"La condizione umana(인간의 본성이지요)……." 뒤에서 어떤 목소리가 들려온다.

이브가 남자에게 시선을 향한다. 짙은 머리와 독수리 같은 이목구비가 눈에 들어온다.

"실례지만 뭐라고요?"

"영국인이시군요. 영국인처럼 보이진 않지만."

"정말요? 어떤 점에서요?"

"옷차림, 헤어스타일, 마지막으로 'sprezzatura'가요."

"마지막이 뭐라고요?"

"그쪽의…… 태도가요."

"칭찬으로 알아들을게요." 이브는 뒤를 돌아 재미있다는 듯한 갈색 눈동자를 마주한다. 비뚤어진 콧대와 선명하고 관능적인 입매가 눈길을 끈다. "반면 그쪽은 누가 봐도 이탈리아 사람인데요."

남자가 씩 웃는다. "그 말 칭찬으로 알아듣겠습니다. 제 이름은 클라우디오입니다."

"전 이브라고 해요. 아까 하시려던 말씀이?"

"이 조각상이 인간의 본성을 나타낸다는 말을 하려고 했었죠."

"진심으로요?"

"물론 진심이죠. 한번 보십시오. 뭐가 보이십니까?"

"인기 가수와 원숭이요. 저희 할머니께서 사곤 하셨던 도자기 장식품의 확대 버전쯤."

"그렇군요. 이브, 이젠 당신이 영국인이라는 게 믿어지는군요.

제 눈엔 뭐가 보이는지 알고 싶으신가요?"

"싫다고 해도 말씀해주실 것 같은데요."

"Dio mio(맙소사). 그 아름다운 눈으로 저를 바라봐주서 놓고 그렇게 심한 말씀을 하시다니요."

"똑같은 예쁜 눈이고. 똑같이 슬픈 미소……."

"사과드립니다. 제가 기분을 상하게 해드렸군요." 남자가 말한다.

"아뇨, 괜찮아요." 이브가 남자의 셔츠 소매에 손을 얹어 그 아래 체온을 느끼며 말한다. "진짜예요. 그냥…… 누가 생각났을 뿐이에요."

"특별한 사람이겠죠?"

"어떤 의미에선 그렇다고 할 수 있죠. 하던 말씀 계속해주세요. 뭐가 보이는지 알려주세요."

"제 눈엔 동족인 인간들과 외따로 떨어져있어 친구라고는 원숭이 버블스[마이클 잭슨이 기르던 애완 침팬지]밖에 없는 외로운 인간이 보입니다. 결국 버블스마저 다른 곳으로 가버리죠. 환상의 세계에서 살 수는 없는 거예요."

"그렇군요." 샴페인 잔을 입가로 가져간 다음 보니 비어있다. 이브는 꽤나 취했구나 싶으면서도 뭐 어떠냐는 생각도 한다. 아니, 어쩌면 더 잘된 일인지 모른다.

"이 조각상은 마이클 잭슨의 꿈입니다. 영원한 행복이랄까요. 하지만 우리한테는 기괴하고 슬픈 그의 실생활을 떠올리게 하지요."

두 사람은 잠시 아무 말 없이 가만히 서있기만 한다.

"어쩌면 당신 할머니께서 보는 눈이 있으셨던 걸지도 모릅니다. 도자기 장식품 말입니다. 어쩌면 우리가 정말 갈구하는 물건은 사실 살 수 없다는 걸 이해하고 계셨던 걸지도 모르죠."

갑자기 구슬픈 감정이 엄습한다. 아찔하게 높은 굽 때문에 휘청거리던 이브의 볼 위로 눈물 한 줄기가 흘러 내려 코를 적신다.

"절 울리셨어요. 정말 못 말리는 분이시군요."

"잔이 비었군요."

"계속 빈 잔으로 두는 게 나을지도 모르겠어요."

"좋으실 대로. 발코니 경치나 감상하러 가시죠." 클라우디오가 손을 잡아주자 심장이 요동을 친다. 그렇게 그의 손을 잡은 채 그가 이끄는 대로 회랑을 지나 대리석 바닥에 바로크양식 거울이 걸린 넓은 공간으로 간다. 벽에 설치된 프로젝션 스크린에서는 움베르토 제니의 작품이 제작되는 과정을 담은 영상이 반복적으로 흘러나오고 있다. 영상 속에서 셰인 라피크와 재스민 베인-파팅턴은 훔친 보석을 주렁주렁 들고 은행 금고에서 도망쳐 나와 흰색 알파로메오에 뛰어들어 시동을 걸고는 웅웅거리며 떠나고 있다.

조반나처럼 클라우디오도 모르는 사람이 없는 듯하다. 그 바람에 손을 흔들고 인사를 하고 허공에 키스를 날리느라 두 사람의 짧은 여정이 위풍당당한 행차가 된다. 움베르토 제니가 자신의 주변에 모인 생기발랄한 무리에게 자동차 사고로 죽어간다는 것은 가톨릭교도의 순교에 해당한다고 이번에는 영어로 설명하는 중이다. 자신의 요지를 직접 보여주려는 듯, 한 웨이터가 이런저런 성물 모양의 디저트를 올린 쟁반을 돌리게 하고 있다. 설탕을 입힌 핑크색 성심, 솜사탕으로 만든 가시면류관, 설탕에 졸인 안젤리카[달콤한 향이 나는 식물의 줄기로 설탕에 졸여 케이크 장식용으로 씀] 십자가 못 등. 그중 가장 아름다운 것은 성흔을 붉은색 젤리로 표현한 마지팬[아몬드, 설탕, 달걀을 섞어 만든 과자] 손 모양 쿠키다.

"성스럽지 않습니까?" 움베르토가 묻는다.

"정말 그렇네요." 이브가 마지팬 손가락을 베어 물며 말한다.

마침내 두 사람은 웅장하고 널찍하며 정면에 조각으로 장식한 난간이 있는 발코니에 다다른다. 난간에는 초청객 몇몇이 이미 기대어 담배를 피우고 있다. 보통 때라면 담배 연기에 질색할 이브지만 대운하가 어둑어둑해지고 있고 클라우디오의 팔이 어깨에 둘러진 지금(이 팔이 언제 어깨로 올라온 거지?)은 전혀 아무렇지 않다.

"저 결혼했어요." 이브가 말한다.

"결혼을 안 했다면 놀랐을 겁니다. 위를 보세요."

돌아서서 난간에 등을 기댄다. 저 위에, 세월을 견디며 건물 정면에 꿋꿋이 붙어있었을 석조 문장(紋章)이 보인다.

"포를라니 가문의 문장이지요. 총독의 왕관 위에 얹혀있는 방패 위 여섯 개의 별. 이 궁전의 역사는 1770년까지 거슬러 올라간답니다."

"정말 대단하네요. 그 가문이 아직 여기 살고 있나요?"

"그렇습니다." 클라우디오가 운하 쪽으로 돌아서며 말한다. "우리 가문은 아직 여기 살고 있지요."

이브가 클라우디오를 빤히 응시한다. "당신인가요? 당신이…… 여기 주인이에요?"

"저희 아버님이 주인이시죠."

이브가 절레절레 고개를 흔든다. "그거 정말…… 기분 묘하겠는데요."

이브 쪽으로 반쯤 돌아선 클라우디오가 손가락으로 이브의 볼을 쓸어내린다. "보이는 그대롭니다."

이브도 클라우디오를 바라본다. 이 조각 같은 얼굴이 지닌 완벽함은 비뚤어진 콧대로 인하여 한때 망가졌다가 여봐란 듯 다시 돌아왔을 것이다. 피부에 딱 달라붙어 있는 빳빳한 흰색 리넨 셔츠의 소매는 말아 올려 햇볕에 그을린 팔뚝을 드러내고 있다. 우아한 근육은 지극히 평범해 보이지만 수백 유로를 주고 샀을 것이 분명한 청바지를 입고 있어도 여실히 드러난다. 꾸미지 않은 듯 양말을 신지 않은 맨발과 꼼꼼히 살펴본 후에야 포를라니 가문 문장이라는 것을 알 수 있는 자수 문양이 새겨진 검정색 벨벳 로퍼.

이브가 미소를 짓는다. "당신 같은 사람은 너무 완벽해서 실존할 리 없는 그런 사람이에요, 그렇죠? 또 나한테 심어준 인상처럼 젊지도 않을 거고요." 이브가 클라우디오를 따라 손가락으로 그의 광대뼈를 쓸어내린다. "나 말고 얼마나 많은 여자들을 여기로 데려왔죠? 분명 꽤 되겠죠."

"당신 정말 무서운 여자군요, 이브. 아직 키스도 안 했는데."

뜻밖에도 강렬한 욕망이 온몸으로 퍼져 나간다. "달콤하게 들리지만, 그런 일은 일어나지 않을 거예요."

"진심인가요?"

이브가 부정의 뜻으로 고개를 가로젓는다.

"그것 참 안타깝네요, 이브. 당신한테나 나한테나."

"뭐 그런다고 죽기야 하겠어요. 자, 이제 난 친구를 찾으러 가야겠네요."

안을 들여다보니, 조반나가 두 사람을 향해 다가오고 있다.

"여기 오네요. 클라우디오, 여긴……."

"저도 압니다. Buono sera(좋은 밤이야), 조반나."

"Buono sera(좋은 밤이야), 클라우디오." 잠시 침묵이 흐른다.

"전 그럼 이제 그만." 클라우디오가 말한다. 그가 두 사람 모두에게 눈에 띄게 냉소적인 미소를 지으며 허리 숙여 인사를 한다.

"Arrivederci(또 봅시다)."

"흠……." 클라우디오가 인파 속으로 사라지는 것을 지켜보며 조반나가 말한다. "이브가 여기 온 보람이 생겼어요. 나도 마찬가지고요. 이브한테 전해줄 소식이 있거든요."

"말해줘요."

"제 단골이신 파엔자 백작 부인하고 대화 중이었어요. 그러다 부인 옆에 서 있던 여자가 내가 아까 말했던 향수를 뿌렸다는 걸 깨달았죠. 그 왜 당신한테 팔찌를 사줬다던 러시아 여자가……."

"세상에. 계속 말해봐요."

"백작 부인이 밀라노에서 참석했다던 무슨 프레타포르테 쇼 얘기를 하는 중인데 옆에 서 있던 그 여자가 자리를 뜨는 게 보이는 거예요. 당연히 무작정 그 여자를 따라갈 순 없으니까 하나하나 뜯어보면서 옷차림을 기억해 뒀지요. 5분 뒤, 백작 부인한테 풀려나서 그 여자를 찾으러 나섰어요."

"그런데요?"

"못 찾겠는 거예요. 아래층하고 여기하고 샅샅이 찾아봤지만 사라지고 없더군요. 그래서 여자 화장실로 갔는데 그 여자가 화장실 거울 앞에서 그 향수를 뿌리고 있는 거예요. 그래서 뒤로 가서 내가 기억한 그 향수가 맞는지 확인해봤더니 맞더라고요."

"확실해요?"

"100퍼센트 확신해요. 프리지아, 용연향, 편백……. 그래서 향이 너무 마음에 든다고 했더니 대화가 시작된 거예요. 나중에 들어보니까 이름이 시뇨라 발리더라고요, 아무튼 그래서 향수 이름을 물어봤죠." 조반나가 이브한테 접힌 종이 쪽지를 건넨다. "확실히 해두려고 여기에 이름을 적어놨어요."

이브는 쪽지를 펼치고는 거기에 쓰여있는 단 한 단어를 빤히 노려본다. 혈관 속에서 얼음물이 흐르고 있기라도 한 듯, 모든 것이 또렷해진다. "고마워요, 조반나." 이브가 속삭인다. "정말, 너무 너무 고마워요."

옥사나는 스톨리핀 개혁 때 생긴 러시아의 죄수호송열차 안 철제 이층 침대에 누워있다. 칙칙하고 희미한 형상이 주변을 둘러싸고 있다. 창문이 없어서 기차가 어디를 지나는지도, 얼마 동안 달려왔는지도 알 길이 없다. 며칠, 아니 분명 몇 주는 됐을 것이다. 철망으로 막아놓은 감방 칸이 옥사나가 접할 수 있는 세상의 전부다. 똥과 오줌과 고약한 체취가 풍기지만 더욱 끔찍한 것은 추위다. 추위는 죽음과 마찬가지인데 지금 그 얼음장 같은 손아귀에 옥사나의 심장이 들어가있다.

형상 하나가 옥사나 맞은편 2층 침대에서 뒤척인다. "너 내 팔찌를 차고 있잖아, 빌라넬."

옥사나가 이브에게 쇠고랑 때문에 멍이 들고 아무것도 차지 않은 자신의 맨손목을 보여주려고 애를 쓴다. "내 이름은 옥사나 보론초바야."

"빌라넬은 어디 있어?"

"죽었어. 다른 애들처럼."

심장이 벌렁거리는 가운데 잠에서 깨 벌떡 일어난 빌라넬의 눈에 투숙 중인 릴리 여관의 방 윤곽이 서서히 들어온다. 새벽 3시를 겨우 넘긴 시간이다. 방은 춥고, 그녀는 나체인데, 이불이 비좁은 침대에서 미끄러져 바닥에 떨어져있다.

"젠장, 폴라스트리." 빌라넬이 체육복을 입고 이불로 몸을 감싸며 투덜거린다. "내 머릿속에서 좀 꺼지라고."

650킬로미터 떨어진 곳에서, 이브 역시 토끼 무늬 잠옷 차림으로 잠을 이루지 못한 채 호텔 침대 끄트머리에 앉아있다. 발바닥으로는 테라초 타일을 딛고 양손으로는 머리를 감싸 쥔 채. 토할 것만 같아 두 눈을 감는다. 그 즉시, 어질어질해지더니 끝없는 추락이 시작된다. 목구멍에서 담즙이 치밀어 올라 비틀거리며 창가로 다가간다. 절실하게 창문의 덧문을 더듬더듬 열자 아래로 시커멓고 기름투성이인 운하 물이 출렁이는 게 어렴풋이 보인다. 발코니 난간을 꽉 움켜잡은 채, 조용히 저 아래 정박 중인 곤돌라에 대고 토하기 시작한다.

5

늦은 오후, 인스부르크의 헬기장 내 소방 및 구조 센터의 출발 라운지. 막스 린데르가 초대한 손님들이 웃고 떠들며 폴로저 샴페인을 마시자 활기찬 웅성거림과 유리잔 짤랑거리는 소리가 점점 커진다. 지금 이 자리에 모인 사람들은 초대 손님의 일부다. 오늘 오전에 펠스나델로 날아온 이들도 있지만 내일 도착 예정인 사람들도 있어서, 분위기는 한껏 들떠있다. 극우사회에서 린데르는 재치 넘치고 너그럽고 상상력 넘치는 파티 주최자로 알려져있다. 그의 산장으로 초대를 받는다는 것은 엘리트 계층의 일원으로 인정받고 있다는 의미도 되지만, 구경거리 충만한 즐거운 시간을 보장받게 된다는 의미이기도 하다. 막스 하면 재미의 귀재라는 데 모두 동의할 정도다.

머리를 대충 질끈 묶고 판 유리 출구 옆에 서있는 가냘픈 사람을 눈여겨보는 이는 없다. 피동적인 태도, 싸구려 옷가지와 여행 가방이 여자가 보잘것없는 존재임을 확인해준다. 그래서인지 아무하고도 말을 하지 않는다. 한 시간 전 헬기장에 도착했을 때, 여자는 펠스나델 호텔 대표에게 자신이 현지 직업소개소에서 보낸 객실청소부 대타, 비올레트 뒤로크라고 밝혔다. 호텔 대표는 클립 보드를 쓱 보고 그 이름 위에 줄을 긋더니 손님들과 같은 비행기에 타고 펠스나델로 간다고 해서 손님들한테 친한 척을 해서는 절대로 안 된다고 단단히 일렀다.

비행 동지들에게 빌라넬은 투명 인간 같은 존재지만, 빌라넬에게 이 비행 존재들은 투명 인간이 아니다. 지난 2주에 걸쳐, 빌라넬은 거의 전원에 대해서 꽤 깊이 파헤쳤다. 여기서 가장 지위가 높은 사람은 아마 마갈리 르 뫼르일 것이다. 최근 선출된 프랑스의 신우익 대표이자 범유럽적 민족주의 옹호자인 르 뫼르는 프랑스 극우파의 미래로 점쳐지고 있다. 넓적하고 앙상한 얼굴은 실물로 보니 프랑스 곳곳의 버려진 벽과 고속도로 위 고가에 쫙 붙어 있던 포스터에서보다 나이가 들어보인다. 자기 당 평당원들 앞에서 연설을 할 때는 몇 천 유로짜리 저 몽클레어 코트는 안 입겠지, 하고 빌라넬은 속으로 생각한다. 물론 저 카르티에 다이아몬드 시계도. 저 여자는 침대에서 재미있는 상대가 될까? 아닐 것 같다. 눈은 예쁘지만, 저 얄팍하고 얄미운 입은 다른 얘기를 하고 있다.

르 뫼르가 자기 잔으로 토드 스탠턴 잔을 건드린다. 스탠턴은 전 CIA 심리작전 담당 간부로 최근에는 온라인 개인 정보 수집과 조직 전문가로 거듭났다. 미국 극우익의 검은 세력으로 일컬어지는 스탠턴은 최근 공화당이 선거에서 거둔 승리의 설계자로 널리 알려져있다. 오늘 스탠턴이 입고 있는 옷은 늑대 털가죽 코트로 그의 뚱뚱한 몸매를 조금이나마 날씬해 보이게 하거나, 불그레한 안색에서 시선을 다른 곳으로 돌리는 데 전혀 도움이 안 되고 있다.

그들 너머, 바 옆의 남자 셋과 여자 하나는 경계하는 태도로 둥글게 모여있다. 부스스한 머리에 외알 안경을 쓴 왜소한 사람은 레오나르도 벤투리로 '랍시트 엑실리스[Lapsit Exillis: 천상의 입방체라는 뜻으로 하늘에서 떨어진 돌 혹은 현자의 돌로 알려져 있으며 루시퍼의 왕관에서 떨어진 보석이라는 얘기도 있다]'를 설립한 이탈리아의 정치 이론가다. 웹 사이트에 따르면 랍시트 엑실리스는 '영적인 귀족들을 위한 최초의 협회'라고 한다. 벤투리는 이 협회의 사명을 하나도 빠뜨리지 않고 소상히 잉카 야르비한테 설명 중이다. 조각처럼 아름다운 잉카 야르비는 핀란드의 '오딘의 딸들'을 이끌고 있다. 두 사람 옆, 대화에 거의 끼지 않고 있는 두 사람은 영국인이다. 악어 같은 미소에 배불뚝이인 리처드 배곳은 영국 애국당 당수이며 이쑤시개처럼 마른 사일러스 오르-해도우는 집안이 대대로 영국에 파시즘 동조자들을 배출해온 골수 보수당원이다.

나머지 세 명은 빌라넬이 모르는 얼굴이다. 그들은 펠스나델에 초대받을 가능성이 있는 인물 목록에도 없었다. 있었다면 빌라넬이 기억을 못 할 리가 없기 때문이다. 그중 칼날 같은 검은 단발머리에 고압적이고 표범같이 생긴 여자가 호기심 어린 표정으로 빌라넬을 휙 훑어본다. 두 명은 굉장히 잘생긴 남자다. 십중팔구 모두 20대 후반일 것이고, 누가 봐도 군인 냄새 나는 검정색 유니폼 차림이다.

"당신이 비올레트예요?" 옆에서 누군가 묻는다.

"네."

"안녕하세요, 난 요하나라고 해요. 나도 소개소에서 나왔어요." 눈과 눈 사이가 좁고 주근깨가 있는 요하나는 거대한 가슴을 핑크색 누빔 재킷 지퍼로 가둬놓고 있다. 빌라넬이 어린 시절 페름에서 보던 텔레비전 시리즈에 나온 인형 캐릭터, 돼지 크루샤처럼 생겼다. "이 호텔에서 일해본 적 있어요?"

"아뇨. 어때요?" 빌라넬이 묻는다.

"대박 좋은데 인건비는 엄청 짜요. 곧 알아내겠지만 굳이 말해주자면요. 거기 비르기트라는 지배인이 진짜 또라이예요. 노예처럼 열심히 일 안 하면, 내내 그 여자한테 시달릴 거예요."

"손님들은 어때요?"

"진짜 재밌어요. 어떤 손님은 꽤……." 요하나가 킥킥거린다.

"작년 막스 파티 때도 일했거든요. 마지막 날 밤에 코스튬 파티가 열렸는데 진짜 장난 아니었다니까요."

"그래서 이번엔 여기서 얼마 동안 일할 건데요?"

"한 2, 3주 쯤요. 아프리카에서 온 어떤 여자애 대신 임시로 온 거거든요. 이 손님들한테 이민자를 보낼 순 없었던 모양인지, 그애를 잘랐대요."

"돈도 안 주고요?"

"Natürlich(당연하죠). 그 여자애가 일도 안 하는데 그 사람들이 돈을 왜 주겠어요?"

"그러네요."

"있잖아요, 비올레트, 막스 린데르 씨 손님들은 보수적인 성향의 직원들을 좋아해요. 자기들하고 통하는 여자를 좋아하죠. 개중엔 여자를 꽤 밝히는 남자들도 있거든요." 요하나가 득의양양한 미소를 지으며 자기 가슴을 슬쩍 내려다보며 말한다. "하지만 그남자들도 당신은 가만 내버려 둘 것 같네요."

"저 사람들은 누구예요? 여기 사람들보다 많이 젊어 보이던데."

"판저데마룽(Panzerdämmerung)이라는 밴드예요. 작년에도 저 밴드가 연주했었죠. 음악이 되게 이상했어요. 엄청 어둡고 시끄럽고, 내 취향은 아니더라고요. 저 둘은 클라우스 로렌츠하고 페테르 로렌츠 형제예요. 완전 geil(섹시)하죠."

"가죽 코트랑 가죽 부츠 신은 여자는요?"

"가스 페트라 포스잖아요. 딱 봐도……." 요하나가 목소리를 눈에 띄게 낮춰 거의 속삭인다. "레즈비언이죠."

"전혀 아닌데요!"

출발을 알리는 방송이 나오자 손님들은 유리문을 지나 에어 버스 헬리콥터가 대기 중인 이착륙 지점으로 향한다. 빌라넬과 요하나가 마지막에 탑승하는 바람에 기내 맨끝자리까지 가기 위해 살살 움직이며 다른 승객들을 지나칠 수밖에 없다.

"아가씨는 작년에도 오지 않았었나?" 요하나가 지나갈 때 리처드 배곳이 묻는다. 요하나가 미소를 지으며 고개를 끄덕이자 배곳이 손을 쭉 뻗어 요하나의 엉덩이를 쓰다듬는다. "이번에도 룸서비스를 좀 받아야 할 것 같은데." 배곳이 빌라넬 쪽을 돌아본다. "미안해요, 아가씨, 난 살집이 좀 있는 아가씨 취향이거든, 무슨 말인지 알겠죠."

토드 스탠턴은 씩 웃고, 사일러스 오르-해도우는 정색을 하고, 나머지는 배곳을 못 본 척한다. 자리에 앉아 안전벨트를 매면서, 몸을 앞으로 내밀어 저 영국놈이 매고 있는 골프 클럽 넥타이로 놈의 목을 조르는 상상을 하자 잠깐이나마 기분이 좋아진다. 언젠가는, 하고 스스로 다짐하며 빌라넬은 요하나를 흘깃 쳐다본다.

요하나의 핑크빛 얼굴에는 실실 웃느라 보조개가 생겼다.

헬리콥터가 굉음을 내며 흔들리더니 이륙한다. 플렉시 유리 너머 하늘은 시멘트색이다. 얼마 안 가 헬리콥터가 설선 위에 도달하는가 싶더니 상승을 시작한다. 토이펠스캄프의 측면, 깎아지른 듯 가파른 바위와 청백색 빙원을 내다보고 있자니 기대감으로 온몸에 전율이 인다. 지금 이 자리에 있는 자들에게 빌라넬은 두 번다시 눈길을 줄 정도도 안 되며, 안고 싶은 생각조차 들지 않는 하찮은 존재다. 하지만 빌라넬은 내면에서 분노라는 악마가 똬리를 틀었다 풀었다 하는 것을 느낀다. 혀끝으로 윗입술에 있는 흉터 조직의 옅은 부분을 건드리니 가슴 속에서도, 명치에서도, 사타구니에서도 그때의 욱신거림이 고스란히 느껴진다.

헬리콥터가 상승 기류를 타고 빙글빙글 돌더니 박차를 가하며 수직 상승한다. 바로 거기, 까만 바위 얼굴에 박힌 수정처럼 호텔이 서있다. 호텔 앞, 수평 바위 시렁 위에 조명으로 착륙 구역이 표시되어 있다. 승객들이 박수를 치고 헉 소리를 내며 창 쪽으로 목을 길게 뺀다.

"어떻게 생각해요? 완전 대박 아니에요?" 요하나가 묻는다.

"그러네요."

헬리콥터가 착륙하고 문이 열리자 곧바로 얼어붙은 공기가 에어 버스 실내를 후려친다. 요하나의 뒤를 이어 헬기에서 내린 빌라넬은 세찬 눈보라 속에 발을 들여놓은 후 기내 반입 가능한 사이즈의 여행 가방을 뒤로 끌면서 다른 손님들을 따라 호텔로 향한다.

현관 로비는 판 유리 벽 덕분에 어둑어둑해지고 있는 산괴의 숨 막힐 듯 아름다운 장관을 감상할 수 있다. 절로 입이 벌어지는

광경이다. 300미터 아래에서는 강풍에 실려 온 구름이 사방으로
흘러가고 있다. 위로는 산봉우리 윤곽과 반짝이는 별들만 보인다.

"요하나, 따라와. 네가 비올레트겠구나. 자, 둘 다, 빨리빨리."

이렇게 말한 사람은 수수한 복장의 40대 여성이다. 여자는 자
기소개 따위 없이 빌라넬과 요하나를 데리고 잽싸게 쪽문 쪽으
로 간 다음 호텔 뒤편의 직원 숙소로 이어지는 통로로 향한다. 여
자가 빌라넬부터 상대한다. 번호가 붙어있는 문을 힘차게 밀어젖
히자 침대 두 개만 있는 천장 낮은 작은 방이 나온다. 체육복에 울
모자를 쓴 창백한 젊은 여자가 침대 중 하나에 누워 자고 있다.

"일어나, 마리아."

그 젊은 여자가 눈을 껌뻑거리며 벌떡 일어나더니 모자를 벗는다.

"비올레트, 넌 마리아랑 한 방을 쓸 거야. 두 사람 다 오늘 밤 저
녁 당번이야. 마리아가 너한테 호텔에서 지켜야 할 규칙들하고 유
니폼 있는 데를 알려줄 거야. 또 내일 룸서비스 업무에 대해서도
설명해줄 거야. 알아들었니, 마리아?"

"네, 비르기트."

"비올레트는?"

"네."

"네, 비르기트라고 해야지." 여자가 빌라넬을 노려본다. "너 말
썽 피우거나 그럴 거 아니지? 내가 장담하는데, 나한테 허튼짓하
려고 들면 후회하게 될 거야. 그렇지, 마리아?"

"네, 비르기트. 후회합니다." 마리아가 말한다.

"좋아. 둘 다 한 시간 뒤에 보지." 비르기트가 떠나려다 말고 뒤
를 돌아본다. "비올레트, 손톱 내밀어봐."

빌라넬이 양손을 내민다. 비르기트가 손을 보며 얼굴을 찌푸린다. "이 해봐."

빌라넬이 순순히 따른다.

"그 흉터는 어떻게 생긴 거야?"

"개한테 물려서요. 비르기트."

비르기트가 못 믿겠다는 듯 빌라넬을 빤히 쳐다본다. "식당에 나타나기 전에 세수 좀 해." 비르기트가 빌라넬 쪽으로 몸을 기울이며 코를 쿵쿵거린다. "머리도 좀 감고. 냄새난다."

"네, 비르기트." 빌라넬과 마리아는 방을 나가는 지배인 뒤로 아직도 히죽거리고 있는 요하나가 뒤따르는 모습을 지켜본다.

"정신 병원에 온 거 환영해." 마리아가 겨우 미소를 짓는다.

"저 여자 늘 저런 식이야?"

"더 심할 때도 있어. 농담 아니야."

"젠장."

"Tak(그래). 넌 이제 여기 갇힌 거야. 저게 네 침대고. 서랍 맨아래 두 칸이 네 거야."

빌라넬에게 말하길 마리아는 폴란드인이라고 한다. 펠스나델에서는 최소 12개국 출신의 남녀가 일하고 있고, 독일어가 필수지만 직원들끼리는 대개 영어로 말한다.

"요하나 조심해. 걔는 착한 척, 네 편인 척 굴다가, 네가 하는 말을 곧장 비르기트한테 일러바치거든. 스파이야."

"명심할게. 그나저나 호텔에서 지켜야 할 규칙이란 게 뭐야?"

마리아가 병적으로 엄밀한 규정을 죽 늘어놓는다. "머리는 땋은 다음 검정색 실핀으로 고정해야 돼." 마리아가 마지막으로 말한다. "메이크업은 절대 금지야. 막스 린데르가 화장한 여자들을 싫어해서, 파운데이션도, 립스틱도, 아무것도 바르면 안 돼. 향수도 마찬가지고. 여기서 풍겨도 되는 유일한 냄새는 항균 비누 냄새고, 그걸 자주 써줘야 돼. 비르기트가 검사하거든."

"비르기트도 호텔 직원이야?"

"그럴 리가 없지. 그 여자는 모든 게 자기 뜻대로 돌아가게 하려고 린데르가 고용한 사람이야. 그 여자 완전 나치 같은 데다 기본적으로 린데르랑 똑같다고 보면 돼."

"규칙을 어기면 어떻게 되는데?"

"처음엔 임금 삭감. 그 다음은 알지도 못 하거니와 알고 싶지도 않다. 그 여자가 마스카라 칠했다고 어떤 여자애를 채찍으로 때렸다는 얘기도 있어."

"와. 그거 좀 섹시한데."

마리아가 빌라넬을 빤히 쳐다본다. "진심이니?"

"농담이지. 욕실은 어디 있어?"

"복도 끝에. 온수는 거의 매일 부족한데, 이 시간엔 더 심해. 네 비누는 맨위 서랍에 있어. 욕실에 갔다 오면 오늘 밤 얘기 자세히 해줄게. 그리고 있잖아, 비올레트……."

"뭔데?"

"말썽 피우지 말아줘. 부탁할게."

런던 시간으로 오후 6시를 막 넘긴 시간, 이브와 랜스가 각자 여행 가방을 들고 구지 스트리트 사무실에 들어선다. 두 사람은 히스로 공항에서 느러터진 지하철을 타고 왔는데, 그래도 택시를 타고 러시아워의 교통 혼잡을 뚫고 오는 것만큼 느리진 않았다.

빌리가 의자를 빙그르르 돌려 두 사람을 마주본다. 빌리 옆 바닥에는 음식을 포장해왔던 알루미늄 포일과 종이 상자가 쌓여 작은 탑이 생겼다. 빌리가 운동 부족을 겪은 고양이처럼 나른하게 기지개를 켜면서 하품을 한다.

"즐거운 비행 되셨습까?"

"전혀 안 즐거운 비행이었다." 랜스가 가방을 툭 떨어트리더니 코를 킁킁거린다. "우리가 자리 비운 사이 여기서 뭐가 죽기라도 한 거야?"

"잘 있었어요, 빌리?" 이브가 묻는다.

"뭐, 괜찮았어요. 차 드릴까요?"

"그럼 너무 좋죠."

"랜스는요?"

"뭐, 나도 좋아요."

이브는 땟국물이 낀 창문을 열고 카레 냄새가 섞인 사무실의 탁한 공기를 조금이라도 환기하고픈 충동을 꾹 눌러 참는다. 이브는 빌리가 빨리 해주었으면 하는 일이 두 가지 있다. 베니스에서 실종된 우크라이나 남자, 리나트 예브투크에 관한 모든 것을 알아내고, 이름이나 암호명일지 모르는 빌라넬의 전 세계 인터넷 트래픽 검색을 시작하는 것이다. 두 가지 과업 모두 힘든 일이 될 텐데, 이제껏 이브가 경험한 바에 따르면, 빌리가 전력을 다하게 하려면 재촉은 절대 금지다.

"그동안 어떻게 지냈어요?" 이브가 빌리에게 묻는다.

"똑같죠 뭐." 빌리가 느긋하게 개수대 쪽으로 가서 티백을 식기

건조대에 놓인 머그잔에 하나씩 툭 던지며 말한다.

"이브 말은, 우리 보고 싶었냐는 거야." 랜스가 말한다.

"솔직히 말해서 두 사람 여기 없는 거 표도 안 났는데요."

랜스가 여행 가방 지퍼를 열고 꾸러미를 하나 꺼내더니 빌리한
테 툭 던진다.

"이게 뭐예요?"

"베니스 기념품이라네, 친구. 우리가 호강하는 동안 노예처럼
일하고 있을 자네를 생각했다는 걸 보여주려는 거지."

"좋네요."

곤돌라 사공들이 입는 빨간색과 흰색 줄무늬 티셔츠다. 이브가
고마운 표정으로 랜스를 힐끗 본다. 빌리한테 뭔가 사다주어야겠
다는 생각을 이브는 전혀 하지 못했기 때문이다.

"자, 현황은 어때요?" 모두에게 차가 돌아가자 이브가 묻는다.

"토니 켄트를 추적 중이에요."

"뭐 새로운 거 없어요?"

"이것저것 쓸데없는 것들이요."

"풀어봐요."

빌리가 다시 의자를 빙그르르 돌려 모니터 쪽을 향한다. "자, 배
경 설명 나갑니다. 켄트는 현재 사망한 데니스 크레이들의 동료,
친구, 뭐 비슷한 겁니다. 12사도가 크레이들한테 주던 돈은 켄트
를 통했고, 이 정보의 원출처는 MSS, 즉 중화인민공화국 국가안
전부 소속 진 치앙이 상하이에서 팀장님한테 준 문서입니다. 지금
까지 내용 다 동의하시죠?"

이브가 고개를 끄덕인다.

"켄트에 대한 공개 출처 정보는 찾기가 힘들어요. 실질적으로 놈의 온라인 흔적은 말끔히 지워진 거나 다름없거든요. 소셜 미디어에 댓글 하나 없고, 이력도 별거 없어요. 민감한 정보를 고의로 삭제한 것처럼 보이지 않을 정도는 되지만 도움이 될 만한 정보로 이어지는 것도 전혀 없단 말이죠."

이브의 주머니 속, 전화기 진동이 울린다. 보지 않아도 니코라는 걸 안다. 빌리는 이브가 그 전화를 받을지 말지 궁금해하며 이브를 흘낏 쳐다보지만, 이브는 그런 빌리의 시선을 못 본 체한다.

"그 와중에 점 한두 개 정도는 연결할 수 있었습니다. 켄트는 51세예요. 자녀는 없고, 두 번의 이혼 경력이 있습니다."

"전 부인들하고는 연락 가능해요?"

"넵, 한 명은 스페인 마르베야에 살고 있고, 나머지 한 명은 남아프리카 스텔렌보쉬에서 스태퍼드셔 불테리어 구조 센터를 운영하고 있어요. 두 사람 모두한테 전화를 걸어서 토니랑 연락하고 싶다고 말해봤거든요. 첫 번째 부인인 레티시아는 오전 11시밖에 안 됐는데 벌써 만취 상태라 말도 제대로 못하더라고요. 켄트를 못 본 지가 하도 오래돼서 그 사람 연락처 같은 건 모른다면서 혹시 보게 되면, 그 여자가 했던 말 그대로 인용을 해보면요, '목이나 매달아 죽어버리라'고 전해 달래요. 어디서 들어본 말이죠, 랜스?"

"똑똑히 들어봤지. 이혼한 집사람을 마지막으로 만났을 때, 집사람도 나한테 그 말을 하더라고."

"하하하. 아무튼, 남아프리카 쪽은 카일라라고 하는데 굉장히 우호적이었지만 법적으로 그 누구와도 전남편 얘기를 해선 안 된다고 하더라고요. 그래서 이혼 합의 사항으로 기밀 유지 협약이 있었다는 뜻으로 받아들였습니다. 그쪽도 별 도움은 안 됐죠. 아무튼 다시 켄트로 돌아가 봅시다. 켄트는 햄프셔주 리밍턴에서 자랐고 이튼 칼리지에서 교육을 받았어요. 알고 보니까 데니스 크레이들도 그 학교 출신이더라고요."

"두 사람이 학교를 같이 다닌 건 아니겠죠?"

"넵. 켄트가 크레이들의 후배이자 셔틀이었더라고요. 무슨 말인고 하니, 켄트가 크레이들의 몸종 같은 존재였다는 뜻이죠. 구두도 닦고, 차도 끓여 갖다 바치고, 겨울에는 변기 커버도 데우고."

"진짜요?"

"완전 진짜예요."

"젠장, 그런 학교가 이상하다는 건 알고 있었지만……." 이브가 눈을 깜박인다. "이런 건 다 어떻게 알아낸 거예요?"

"리처드한테 두 사람 다 보안국 채용 심사 기록 좀 조회해도 되냐고 물었는데 두 사람 다 파일이 있었어요."

"크레이들이야 당연한 거고, 켄트는 왜 있는 거예요?"

"이튼 졸업 후, 크레이들은 옥스퍼드로 가서 공무원 시험을 치고 MI5가 크레이들을 스카우트해요. 4년 뒤, 켄트는 더럼으로 가는데 졸업 후, 크레이들을 따라 템스 하우스에 들어가려다가 탈락합니다."

"탈락 이유는 혹시 알아요?" 이브가 묻는다.

"한번 들어보세요. 평가자 가운데 한 명이 다음과 같은 말로 평가를 끝냈어요. '교활하고, 영악하며, 미덥지 않음'."

"최적의 후보처럼 들리는구만." 랜스가 말한다.

"MI5 선발위원회는 그렇게 생각하지 않았나보죠. 위원회에서 켄트를 버리니까, 그 다음 해 켄트는 샌드허스트로 가서 왕립병 참부대 소위에 임관됩니다. 이라크에서 2년 복무 후, 20대 후반에 제대하는데, 그 이후부터 계속 모호해요. 그 이후 10년이라는 기간 동안 찾아낸 거라고는 언론에 아주 짧게 언급된 단신 두 건이 다란 말이죠. 하나는 켄트를 가리켜 런던에서 활동하는 벤처 투자자라고 했고, 나머지 하나는 국제보안문제 컨설턴트라고 했어요."

"그 말은 구체적인 내용이 없다는 뜻이겠네." 이브가 말한다.

"그런 셈이죠. 알고 보니까 켄트는 런던에 집이나 상가가 없고, 기업등록소를 찾아보니까 영국에 등록된 그 어떤 회사에도 임원으로든 중역으로든 직원으로든 등록된 바가 없어요. 그래서 12사도와의 연관성을 고려해서 러시아와의 이해관계를 찾기 시작했죠. 제가 러시아어는 잘 못하지만 다행히 국제 기록 중 꽤 다수가 영어로 되어 있더라고요. 가령 러시아연방 통계청 같은 데 데이터베이스 같은 거요. 아무튼 켄트가 모스크바에 본사가 있는 스베르틀로프스크 푸투라 그룹 또는 SFG라는 민간보안업체의 파트너인 걸 알게 됩니다. 켄트는 SFG의 자회사인 SF12라는 회사의 파트너이기도 한데, SF12가 영국령 버진 아일랜드에 등록된 회사예요."

"그 회사들이 뭐 하는 회사인지는 알고요?"

"바로 이 지점이 제 러시아어가 문제가 되는 지점이에요. MI6 온라인 강좌로 러시아어를 배우고 있긴 한데 유창 근처에도 못 가고 있거든요. 그래서 리처드가 심 헨더슨이라고 러시아어를 할 줄 아는 런던 경제범죄수사과 수사관을 소개해줬죠. 심이 하는 말이, 차스네 바얀네[Chastnye Voennie Company: 민간군사기업이라는 뜻] 또는 ChVK라는 민간보안업체들은 러시아군의 해외 활동에서 중요한 선택 사항이 되었다네요. 승인받는 일이고 언제든 관련성을 부인할 수 있대요. 러시아 헌법 하에서, ChVK 인력의 배치는 상원의 승인을 반드시 받아야 한대요. 그런데 이 부분에서 일이 재미있어져요. 회사가 해외에 등록이 되어있으면, 러시아와 러시아 의회한테는 법적 책임이 없다는 거예요."

"그리고 뭐라고 부르는지 모르겠지만 아무튼 그 자회사가 영국령 버진 아일랜드에 등록되어있다는 거네요?" 이브가 말한다.

"바로 그거죠."

"자, 이 공식적인 업체를 알게 됐는데 총매출이⋯⋯."

"얼추 1억 7천만 달러예요. SFG는 병원·공항·가스관 보안부터 군사고문 계약까지 안 하는 일이 없어요."

"전부 투명하고 정당한 거고요?"

"기본적으로는 그렇다고 볼 수 있겠죠. 아니, 우리가 지금 얘기하고 있는 나라가 러시아잖아요. 그러니까 그 회사가 사업특혜 대가로 크렘린 궁에 서운치 않을 만큼 갖다 바치고 있는 건 기정사실이나 마찬가지겠죠. 그게⋯⋯ 그렇단 거예요."

"그 사이, 그다지 공식적이지 않고 해외에 등록된 그⋯⋯."

"SF12요."

"그래요, SF12는 SF12대로 이것저것 하면서 멋대로 날뛰고 있을 거고⋯⋯."

"바로 그거예요. 뭐가 됐든 내키기만 하면 이상하고 구린 일도 가리지 않고 다 할 거란 거죠."

막스 린데르는 자신의 사적인 모임이 열리는 기간 동안, 펠스나델 호텔 식당의 여직원은 히틀러 유겐트[독일 나치당이 만든 청소년 조직]에 맞먹는 조직인 독일소녀연맹 단복을 입어야 한다고 구체적으로 명시한 바 있다. 그에 따라, 빌라넬은 청색 스커트, 흰색 반팔 블라우스를 입고 검정색 가죽을 꼬아 만든 매듭으로 고정시킨 스카프를 두르고 있다. 미지근한 물로 한 샤워 이후 아직 덜 마른 머리는 짧은 말꼬리 모양으로 묶여있다. 빌라넬은 지금 칵테일을 얹은 원형 쟁반을 들고 있다.

식당에는 손님 20명 정도가 긴 테이블 하나에 둘러앉아 있다. 함께 도착한 이들 외에, 스칸디나비아·세르비아·슬로베니아·러시아에서 온 저명한 극우 인사들 몇몇은 빌라넬도 아는 얼굴이다. 대부분이 행사의 분위기에 빠져들기 시작했다. 반짝반짝 광이 나게 닦은 부츠, 십자 가죽끈, 부대 벨트에 매달린 단검이 보인다. 마갈리 르 푀르는 약모[군인이 일상 근무 생활이나 훈련 때에 쓰는 약식 모자]를 금발 올림머리에 핀으로 고정했고, 사일러스 오르-해도우는 무릎까지 오는 가죽 바지에 무릎 아래까지 오는 양말을 보란 듯이 입고 있다.

"그래 뭘 가지고 왔지, fräulein(젊은 아가씨)?"

빌라넬의 미소가 딱딱해진다. 야단스러운 트위드 정장 차림의 로저 배곳이다.

"칵테일입니다, 손님. 이건 시오니스트, 이건 눈송이, 그리고 이건 분노의 페미니스트입니다."

"여기엔 뭐가 들었지?"

"주로 민트 크림하고 페르네트 브랑카입니다."

"그런데 왜 분노의 페미니스트라고 부르는 거지?"

"목구멍으로 넘기기가 힘들어서 그런 것 같습니다, 손님."

배곳이 폭소를 터뜨린다. "대단한 아가씨구만. 이름이 뭐지?"

"비올레트입니다, 손님."

"넌 페미니스트가 아니라는 걸로 받아들이면 되겠지, 비올레트?"

"아닙니다, 손님."

"듣던 중 반가운 말이군. 자, 이제 어디 가면 제대로 된 맥주를 마실 수 있는지 나한테 좀 알려줘봐. 여기도 빌어먹을 독일이나 마찬가지 아니냐고."

"저쪽입니다, 손님. 참고로 손님, 제4제국이 수립되기 전까진 여긴 빌어먹을 오스트리아입니다."

배곳이 흥미롭다는 듯 씩 웃으며 물러선 바로 그 순간, 우레와 같은 함성과 박수갈채를 받으며 막스 린데르가 식당에 들어선다. 빌라넬이 죽여야 할 상대를 직접 본 건 이번이 처음이라 찬찬히, 주의 깊게 쳐다본다. 목까지 단추가 달린 바바리안 전통 재킷을 우아하게 차려입고 올려 빗은 백금발 앞머리가 조명을 받아 빛나고 있는 모습이 정치인이라기보다 파시스트 성향의 보이 밴드 멤버처럼 보인다. 미소를 짓자 교정한 듯 가지런한 치열이 드러나지만 왠지 탐욕스러운 분위기가 풍긴다. 일그러진 입술은 극단을 향한 갈망을 암시한다.

모두들 정찬 자리에 앉는 가운데 상석은 린데르 차지다. 코스 요리를 내오고 들여오면서(바닷가재 요리, 향나무에 구운 멧돼지 구이, 크레이프 쉬제트 팬케이크, 다흐슈타인 치즈와 베르크카제 치즈), 빌라넬과 서빙을 맡은 나머지 직원들은 각 요리에 어울리는 와인과 주류도 따른다. 빌라넬은 서빙 틈틈이 그 자리에 참석한 사람들이 나누는 대화를 단편이나마 놓치지 않는다. 막스 린데르 옆에 앉은 사람은 잉카 야르비지만 린데르는 식사 시간 거의 내내 맞은편 토드 스탠턴과 이야기를 나눈다.

"그런 결과를 보장할 수 있다고요?" 린데르가 스탠턴에게 묻는다.

얼굴이 시뻘게진 그 미국인은 슐로스 고벨스부르크 리슬링이 담긴 크리스탈 와인 잔을 비우더니 잔을 가리키며 빌라넬에게 와인을 채우라고 시킨다. "이봐요, 막스, 오스트리아 인구가 875만이요. 그 중 475만이 똑같은 소셜 미디어 플랫폼을 씁니다. 그 데이터를 마이닝 하면 그 새끼들이 자기 자신에 대해 알고 있는 것보다 우리가 그 새끼들에 대해 더 많은 걸 알게 될 거요."

"비용은요?" 빌라넬이 스탠튼에게 와인을 따르는데 잉카 야르비가 두 사람의 대화에 끼어든다.

"그거야 이제……." 스탠턴이 대답을 시작하려는 바로 그 때, 빌라넬의 눈에 식당 반대편에서 그녀를 손짓으로 부르는 비르기트가 보인다.

비르기트는 빌라넬에게 자신은 정찬이 끝날 때 호텔 앞에서 열리는 어떤 예식에 참석해야 한다고 알려온다.

"어떤 행사인데요?"

"네가 지금 말하고 있는 사람이 누구지, 비올레트?"

"죄송합니다. 어떤 행사인가요, 비르기트?"

"곧 알게 될 거다. 식사가 끝나면 로비에서 기다리고 있어."

"알겠습니다, 비르기트. 그런데 직원용 화장실은 어디 있지요? 제가 지금……."

"아까 다녀왔어야지. 지금 넌 손님들한테 곧바로 돌아가야 한다."

"비르기트, 전 1시간 반 동안 계속 서있었어요."

"그건 내 알 바 아니고. 자제력을 좀 길러보든지 해라."

빌라넬은 비르기트를 응시하다가 천천히 돌아서서 자기 자리로 다시 돌아간다. 이제 노여움으로 안색이 납빛으로 변한 스탠턴은 여전히 잉카 야르비 너머 린데르와 대화 중이다. "내가 말했잖소, 이 친구야, 생각 좀 해봐요. 시온 장로 의정서[오늘날 가장 널리 배포된 악명 높은 반유태주의적 간행물]를 뮤지컬로 만드는 거요. 만들면 안 되는 이유를 하나만 대보란 말이야."

집으로 가는 버스 안, 축축한 머리와 맥주 냄새를 풍기는 뚱뚱한 남자한테 좌석을 짓눌려가며 이브는 생각을 정리해보려 노력 중이다. 빗줄기가 세차게 내리치는 유리창 너머로 뭉그러진 저녁 불빛 속 워런 스트리트 지하철역과 유스턴 로드 교차로가 지나간다. 이브에게는 이제 너무 익숙해진 풍경이라 보는 둥 마는 둥 한다. 빌리한테는 리나트 예브누크에 대해서 알아낼 수 있는 건 모조리 알아내고, 빌라넬이라는 이름이 언급된 데가 있는지 가장 은밀한 사이버 공간까지 싹 다 뒤지라고 지시해놓고 오는 길이다. 갑자기 기분이 막 들뜬다. 역시 돌아오니 좋다. 베니스는 이미 한낱 꿈이 되었고 이제 그녀는 니코가 있는 집으로 가고 있다. 염소들도 있는 집으로.

한쪽 발에 재활 보조 신발을 신고 목발을 짚은 니코를 보니 충격이 몸에 와닿는다. 니코의 발목 부러졌다는 걸 이브는 잊고 있었다. 도로에 뛰어들려는 남자아이에 대해서도, 사고에 대해서도, 통화 내용도 모두 까맣게 잊고 있었다. 갑자기 이 모든 걸 깨닫자 이브는 얼음처럼 그 자리에서 그대로 얼어버린다. 잠시 후 앞으로 돌진해서 니코를 껴안으면서 이브는 니코를 거의 밀어 넘어뜨릴 뻔한다. "미안." 이브가 니코를 두 팔로 감싸 안으며 말한다. "진짜, 너무 미안해."

"뭐가?"

"몰라. 빵점 부인이라서. 곁에 있어주지 못해서. 그냥 다 미안해."

"이렇게 왔으면 됐지 뭐. 배고프지?"

니코가 스튜를 끓여놓았다. 햄, 폴란드 소시지, 포르치니 버섯, 주니퍼 베리가 들어간 스튜. 캐서롤 냄비 옆에는 차가운 발티카 맥주병 두 개가 세워져있다. 베니스에서 먹었던 그 어떤 음식보다 맛있는 음식이다. "중앙경찰서에서 반나절을 보내고 나서야, 경찰서야말로 밥 먹을 만한 곳을 물어볼 데란 생각이 났지 뭐야. 경찰들은 밥집 잘 알잖아."

"랜스하고는 어땠어?"

"어땠냐니? 같이 일하기 어땠냐는 뜻이야?"

"같이 일하고, 같이 다니고……."

"예상보다 낫더라. 구식 현장 요원답게 세상 물정엔 밝은데 사교성은 좀 떨어지더라고." 이브가 니코한테 노엘 에드먼즈 얘기를 들려준다.

"제 꾀에 제가 넘어갔네."

"그러게, 난 그냥……."

이브가 고개를 가로젓는다. "자기 발 얘기 좀 해봐."

"발목."

"발이나 발목이나. 병원에서는 뭐래?"

니코가 어깨를 으쓱한다. "골절됐다고."

"그게 다야?"

니코가 미묘하게 웃는다. "뼈가 더 빨리 붙게 도와주는 운동을 권해줬어."

"그래서 그 운동은 하고 있는 거야?"

"아니, 그 운동을 하려면 자기가 있어야 되거든."

"아, 그 운동." 이브가 얼굴을 어루만진다.

"일단 내일 밤으로 잡아놓자."

"지금 시작해도 될 텐데."

"지금은 내가 너무 피곤해. 자기도 피곤해 보이는데. 누워서 텔레비전 보는 건 어때? 자기가 고른 걸로. 설거지는 내가 할게."

"내키진 않지만 받아들여야겠지. 염소들 좀 재워줄래?"

이브가 소파에서 내려오라고 명령한 다음 자기들 잠자리로 보내니까 델마와 루이스가 매애 매애 길게 운다. 침실에서 니코의 재활 보조 신발이 쿵쾅거리는 소리가 들려오자 포를라니 가문 문장이 수놓은 벨벳 로퍼를 신고 있던 클라우디오의 깔끔한 구릿빛 발이 떠오른다. 그리곤 생각한다. '염소를 키우는 이유 따위 클라우디오는 모르겠지.'

가방에서 휴대 전화를 꺼내 '빌라넬, 향수'를 검색하자 파리의 파부르그 생토노레 거리에 있는 메종 졸리오 웹 사이트가 나온다. 이 고급향수판매점은 수 세대에 걸쳐 한 가문이 계속 주인이었고, 여기서 가장 비싼 향수 라인이 포에지라고 한다. 포에지에는 네 가지 향수가 있다: 키리엘, 론디네, 트리올레, 그리고 빌라넬. 모두 똑같은 용기에 담겨있고, 처음 세 가지에는 병목에 흰색 리본이 있다. 네 번째 향수, 빌라넬에만 주홍색 리본이 있다.

휴대 전화 화면을 빤히 바라보던 이브는 갑자기 예기치 못한 갈망에 사로잡힌다. 이브는 늘 자신이 근본적으로 이지적이며 사치를 경멸하는 인간이라고 생각해왔다. 그런데 화면에 뜬 이 작은 사진을 보자, 그동안 확신하고 있던 것들이 바뀌는 느낌이다. 최근의 사건으로 이브가 깨우친 것이 있다면, 그건 자신이 생각만큼 사치품과 육욕에 무심하지 않다는 것이다. 해질녘의 베니스, 깃털 같은 라우라 프라치 드레스가 몸에 닿는 감촉, 6000유로짜리 팔찌가 손목을 감싼 느낌. 모든 게 너무나 유혹적이었고, 모든 게 너무 타락했다는 느낌이 들어 너무 괴로웠다. 웹 사이트를 읽어보니 빌라넬은 바리 백작 부인이 가장 좋아했던 향수라고 한다. 이 향수 부티크는 백작 부인이 1793년 단두대의 이슬로 사라지자 붉은 리본을 더했다.

"니코, 자기야. 자기가 나한테 사랑한다고 말한 거 자기도 알지?"

"언젠가 그 비슷한 말을 했을걸, 아마도."

"내가 진짜, 진짜 좋아하는 게 생겼거든. 어떤 향수야."

펠스나델 호텔에서 진행되던 식사는 코냑, 삼부카, 예거마이스터, 기타 술병이 돌면서 마무리 단계에 들어선다. 레오나르도 벤투리는 작은 손으로 비스키 앙텔뤼드 리저브 브랜디가 든 둥근 브랜디 잔을 흔들면서 자신의 개인 철학을 마갈리 르 뫼르한테 설명 중이다. "우리는 성배 기사단의 후손입니다." 벤투리가 외알 안경으로 르 뫼르의 가슴을 노려보며 말한다. "선악을 초월한 신인류인 셈이죠."

"신인류엔 여자도 들어가겠죠?"

"인류라는 말에는 당연히 여자도 들어가지요."

"당연히라."

호텔 로비에서는 비르기트가 빌라넬과 다른 서빙 담당 여자들한테 땅바닥까지 끌리는 길이의 검은 망토와 손잡이가 기다란 횃불을 나눠주는 중이다. 빌라넬은 화장실에 다녀와도 되냐고 다시한 번 물었다가 다시 한번 거절당했다. 동료 직원들의 동정 어린시선으로 보아 그들 역시 비르기트의 강박적인 통제 행동에 희생당한 적이 있는 게 틀림없다. 비르기트는 서빙 담당 여자들을 호텔 앞 눈밭으로 몰아내더니 헬리콥터 착륙장 측면 양쪽에 여섯 명씩 줄을 지어 세운다. 눈을 쓸어 없앤 착륙장은 이제 좌우에 스피커가 높이 쌓인 무대로 탈바꿈되었다. 무대 앞에는 마이크 스탠드가 세워져있고, 뒤쪽에는 판저데마룽 로고가 찍힌 드럼 세트가 설치되어 있다.

열두 명의 여성이 자리를 잡자, 비르기트가 한 명 한 명에게 차례로 다가가 전기 가스 점화기로 횃불 심지에 불을 붙여준다.

"손님들이 나오시면 횃불을 최대한 높이 쳐들 것. 죽을 각오로 움직이지 말고." 비르기트가 명령을 내린다.

살을 에는 듯한 추위에 빌라넬이 망토를 단단히 여민다. 횃불 속 기름이 타면서 얼어붙은 공기 속에서 타닥타닥 희미한 소리가난다. 얼음 입자가 바람에 소용돌이친다. 마침내 코트와 모피로든든하게 차려입은 손님들이 호텔에서 느긋하게 걸어 나오자 빌라넬은 활활 타오르는 횃불을 앞에서 한껏 쳐든다. 손님들이 무대양쪽에 자리를 잡자, 린데르가 환한 조명을 받으며 나타나더니 마이크 쪽으로 성큼성큼 걸어간다.

"동무들." 린데르가 양손을 들어 올려 박수갈채를 잠재우고는 말을 시작한다. "펠스나델에 오신 것을 환영합니다. 여러분을 이렇게 모두 한자리에서 뵈니 얼마나 가슴이 벅찬지 모릅니다. 잠시 후, 밴드가 연주를 시작할 텐데, 그 전에 간단히 드리고 싶은 말씀이 있습니다. 하나의 운동으로서 우리는 지금 탄력을 받고 있습니다. 어둠 속에 갇혀 있던 유럽의 혼이 깨어나고 있습니다. 우리가 새로운 현실을 만들어내고 있는 것입니다. 여러분 모두의 공이 큽니다. 우리한테 매일 팬이 생기고 있습니다. 왜인 줄 아십니까? 우리가 죽여주게 섹시하기 때문입니다."

잠시 말을 멈춘 린데르가 손님들의 환호성을 흐뭇하게 감상한다.

"세상에 어떤 여자가, 어떤 지각 있는 남자가 나쁜 남자 스타일의 민족주의자를 안 좋아하겠습니까? 모두들 우리가 되고 싶어 하지만 감히 선망조차 하지 못하는 사람들이 대부분이지요. 저 밖에 있는, 눈송이처럼 처량한 자유주의자들 모두에게 한마디 하겠습니다. 조심 해, 한심한 놈들아. 우리와 함께 귀빈석에 앉아 영광을 맛보지 않는다면, 너희가 우리 상 위에 오르게 될 거다."

이번 함성과 환호성은 귀청이 터질 듯 크다. 마침내 청중의 환호가 잦아들어 린데르가 무대 한쪽 끝으로 가자 판저데마룽의 세 멤버가 반대쪽에서 입장을 한다. 클라우스 로렌츠는 베이스 기타 줄로 팔을 미끄러지듯 집어넣고, 페테르 로렌츠는 드럼 뒤에 자리를 잡고, 페트라 포스는 마이크 쪽으로 걸어간다. 페트라는 흰색 블라우스와 종아리까지 내려오는 치마에 부츠를 신고, 핏빛 펜더 스트라토캐스터 기타를 돌격용 자동 소총처럼 메고 있다.

페트라가 부드럽게 기타 줄을 튕기며 노래를 부르기 시작한다. 노래는 상실, 잊힌 의식, 꺼진 불꽃, 전통의 소멸에 관한 것이다. 페트라의 목소리가 굵어지면서 기타 연주 소리가, 클라우스 로렌츠의 베이스가 받쳐주는 가운데, 강철같이 울려 퍼진다. 페트라는 꼼짝도 하지 않고 몸을 흔들지도 않고 그 자리에 그대로 선 채, 손가락만 현란하게 움직인다. 꽤 오랜 순간, 페트라는 무표정한 얼굴로 빌라넬을 똑바로 응시한다.

페트라의 정면 응시를 맞받아친 빌라넬은 이제 깜빡거리는 횃불의 불빛에 넋을 잃고 서있는 손님 쪽으로 시선을 놀린다. 막스 린데르도 두 사람을 지켜보고 있다. 린데르는 싸늘한 눈빛으로 그 자리에 모인 무리를 쭉 훑더니 자신이 만들어낸 광경에 그들이 어떻게 반응하는지 눈여겨본다.

드럼을 연주 중인 페테르 로렌츠는 똑딱똑딱 백 비트를 유지하다가 속도를 높인다. 뭐라고 잘 알아들을 수 없는 말을 고래고래 악을 쓰며 내뱉고 있는 정치 연설의 녹음 트랙이 페트라 포스의 날카롭고 은근한 기타 소리와 대조를 이룬다. 아까부터 계속 커지던 드럼 소리가 나머지 사운드를 모두 집어삼킨다. 드럼 소리는 대대가 밤새 진군하는 소리이자 국토가 초토화되는 소리이다. 드럼 소리가 클라이맥스에 다다른 순간 갑자기 뚝 그치자, 조명이 사방으로 퍼지며 어둠을 가르더니 산봉우리 주변을 환히 밝힌다. 좀 전의 드럼 소리만 메아리치는 침묵 속, 귀신이라도 나올 듯 적막한 밤에 기가 막힌 광경이 아닐 수 없다. 손님들이 박수를 터뜨리기 시작하면서 모두의 이목이 다른 데로 쏠린 틈을 타, 빌라넬은 오랫동안 콸콸 오줌을 싼다.

이브와 니코는 침대에 누워 텔레비전 프로그램을 틀어놓았지만 방영 시간 거의 내내 꾸벅꾸벅 졸고 있다. 눈을 떠 엔딩 타이틀이 올라가고 있는 것을 보고, 이브가 리모컨 쪽으로 손을 뻗는다. 몇 분 동안 칠흑에 가까운 어둠 속에 그대로 누워 막연한 생각에 빠져있는 이브의 옆에서 니코가 자세를 바꾼다. 니코는 움직일 때마다 골절된 발목 때문에 움찔하며 깨면서도 피로와 코데인에 패하고 다시 잠에 빠진다.

클라우디오. 그가 키스하도록 내버려뒀다면? 그 다음엔 어떤 일이 벌어졌을까?

키스 자체는 짧고 효과적이었을 것이다. 그것은 그의 의도와 그녀의 동의를 공식적으로 표출하는 수단이 되어주었을 것이다. 그는 그녀를 궁전 내부의 어딘가로, 외설적인 용도로 지정해 놓고 늘 열쇠를 가지고 다니는 은밀한 방으로 데리고 갔을 것이다. 쓸데없는 말을 하지도, 쓸데없는 데 시간을 허비하지도 않았을 것이다. 그는 수많은 여자들, 혹은 수백 번에 달하는 그런 우연한 만남을 통해 다듬어져 몸에 제대로 밴 절차까지 있는 연쇄 바람둥이일 것이다. 능숙한 안무와 틀에 박힌 화술을 펼치다가 결국 화려한 절정에 다다르면 이브가 숨을 헐떡거리며 무한한 감사의 마음을 표현하게 되어있었을 것이다. 이내 그는 다시 옷을 입을 텐데, 그의 수제 로퍼는 벗어던졌을 때의 체온도 채 가시지 않은 상태일 것이다. 그녀에게는 주름투성이 드레스, 그의 향수가 남긴 사향 냄새, 끈적끈적한 가슴만 남았을 것이다.

그럼에도 니코의 호흡이 점차 골라지며 규칙적으로 가슴이 오르내리고 있는 지금, 살며시 손을 배 아래로 가져가보니 충격적이게도 달아올라있다. 클라우디오 때문도 아니고, 눈을 감으면 떠오르는 니코 때문은 더더욱 아니다. 그보다 훨씬 모호한 인물, 모든게 모순 덩어리 같은 인물 때문이다. 탄탄한 근육 위의 부드러운 피부, 살인자의 손가락, 귀에 거슬리는 목소리, 어슴푸레한 회색눈동자.

어느 날 밤 벽을 타고 네 방에 들어가서 자는 모습을 지켜봤어.

이브가 자신의 손을 몸 위에 대고 만져보니 손가락이 젖어있다. 두려움과 욕망이 한데 뒤섞여 물밀 듯 밀려오다가 목과 어깨가 들썩이면서 시트가 이마에 짓눌린다. 날숨이 새어 나오면서 기나긴 한숨이 되더니 차츰 사그라든다.

잠시 후 이브가 옆으로 돌아 눕는다. 니코가 두 눈을 부릅뜨고이브를 지켜보고 있다.

6

이브는 니코가 일어나기 전에 침대에서 살그머니 빠져나온다. 구지 스트리트 지하철역에서 나오니 전날 밤 내린 비로 도로는 아직 반짝이고 있지만 하늘에는 흐릿한 햇빛이 밀려들고 있다. 놀랍게도 사무실 문이 잠겨있지 않아, 이브는 머뭇거리다 들어간다.

"안녕, 빌리. 아직 8시도 안 됐잖아요. 얼마나 있었던 거예요?"

"음, 밤새도록요."

"세상에, 빌리. 그렇게까지 무리하지 않아도 돼요."

빌리가 눈을 깜빡이더니 까맣게 염색한 머리를 쓸어 넘긴다.

"그거야 알죠. 그 예브투크란 놈을 조사하기 시작했는데, 어쩌다 보니 이렇게 됐네요."

"쓸 만한 거 좀 건졌어요?"

"음, 그런 것 같아요."

"잘됐네요. 잠깐만, 아래층 카페에 좀 다녀올게요."

"우리 인스턴트 커피 있잖아요. 티백도 있고."

"저 주전자 너무 더럽더라고요. 뭐 사다줄까요?"

"음, 팀장님이 산다면 아몬드 크루아상하고 라테요. 쇼트브레드 쿠키도 있음 좋고요."

이브가 5분 뒤에 돌아온다. 빌리가 점점 맛이 가고 있는 게 분명하다. 피곤한 기색이 역력하고 입술 피어싱조차 힘이 빠져 보인다. "자, 먹어." 빌리가 주문한 것을 앞에 놓으며 이브가 말한다.

빌리가 부스러기를 키보드에 우수수 흘려가며 크루아상을 한 입 크게 베어 문 후 커피를 벌컥벌컥 들이킨다. "자, 예브투크부터. 일단 이 놈은 전형적인 소련 권역국의 갱단 두목이에요. 아니 두목이었죠. '황금 형제단'이라고 오데사가 본거지인 집단의 우두머리였어요. 전형적인 깡패짓을 했어요. 성매매, 인신매매, 마약. 우크라이나 경찰에서도 최소 12건의 살인으로 예브투크를 수사 중이었지만, 그에게 불리한 증언을 하겠다고 나서는 사람을 하나도 찾을 수 없었죠."

"그건 다 아는 거잖아요."

"그렇죠. 그런데 올해 초에 일어났던 일은 모를걸요. 유로폴 데이터베이스가 받은 파일에 따르면, 오데사에서 15킬로미터쯤 떨어져 있는 폰탕카라는 곳에 예브투크가 보유하고 있던 고급 저택에서 대대적인 총격전이 있었대요. 현지 경찰이 도착했을 즈음, 그 집은 이미 거의 벌집이 다 되어있었고 사망자가 여섯 명이나 있었어요. 갱단이 연루된 게 분명했기 때문에, 그 지점에서 수사는 중범죄와 폭력 범죄를 다루는 우크라이나 형사경찰한테 넘어갔거든요."

"예브투크가 연루된 거예요?"

"직접적으로는 아니고요. 예브투크는 그때 키예프에서 가족과 함께 있었지만, 폰탕카에서 사망한 건 놈의 부하들이었죠."

"그럼 그 공격을 누가 한 건지는 아는 거예요?"

"여기서부터 일이 이상해져요. 그 집에서 발견된 시체 중에 하나가 예브투크와 무관했어요. 그 남자는 예브투크의 부하들이 인질로 잡아놓고 있던 사람이었죠. 심하게 얻어맞은 후 총에 맞아서 경찰에서도 신원을 바로 확인을 못 했어요. 그래서 사진, 지문, DNA 샘플을 키예프에 있는 우크라이나 보안국에 보냈고, 그 즉시 남자의 신원을 알아낼 수 있었어요. 남자의 이름은 콘스탄틴 올로프, 모스크바 S부서[해외에서 불법 정보 수집·연구·전파를 담당했던 KGB 산하 부서]의 전 작전부장이었어요."

"이상한 정도가 아닌데요. S부서가 어떤 데인줄 알아요?"

"이젠 알아요. SVR에서 스파이 활동 및 요원 운영을 담당한 조직이잖아요."

"맞아요. 거기는 우리 쪽 E중대나 마찬가지예요. 언제든 정부에서 부인할 수 있는 기밀 작전을 해외에서 실행하는 특수부대죠."

"가령 암살 같은 거요."

빌리가 어중간한 지점을 향해 멍을 때리는 동안 크루아상에 들어있던 아몬드 필링이 줄줄 흘러나온다.

"그 유로폴 보고서에 뭐 또 다른 건 없었어요?"

빌리가 고개를 가로젓는다. "유감스럽게도 없었어요. 전직 러시아 스파이 대장이 오데사에 있는 우크라이나의 깡패 집에 왜 갇힌 건지는 아무도 못 알아낼 것 같아요. 전혀 말 안 되거든요. 뭐 적어도 내가 보기에는요. 리처드한테 물어봐야 할 것 같아요. 리처드는 이 올로프란 작자를 분명 알았을 거예요."

그때 문이 열려 두 사람 모두 돌아본다. 입에 불 안 붙인 손담배를 물고 있는 랜스다.

"좋은 아침입니다, 이브, 빌리. 이런 말 해도 될지 모르겠지만, 몰골이 말이 아니군, 자네."

커피를 한 모금 쭉 들이켠 빌리가 기다란 쇼트브레드 쿠키로 엿 먹으라는 손짓을 해 보인다.

"빌리, 여기서 밤 새웠대요. 게다가 끝내주는 걸 발견했다고요. 자, 들어봐요." 이브가 랜스한테 상황을 간략하게 알려준다.

"올로프가 SVR이었다면, 예브투크 같은 쓰레기한테는 올로프를 감금하고 고문하는 건 말할 것도 없고 근처에 얼씬거리고 싶은 마음도 없지 않겠어요? 예브투크 같은 작자가 절대 하고 싶지 않은 일이 바로 러시아 첩보기관의 적이 되는 일이 아니겠냐고요."

"전 SVR였잖아요. 나온 지 10년이나 된." 빌리가 말한다.

"나와서 무슨 일 했는지는 알아?" 랜스가 묻는다.

"거기까지. 두 사람 다 잠깐만요. 미안하지만 내 생각엔 우리가 엉뚱한 시작점에서 접근하고 있는 것 같아요." 이브가 말한다.

"라고 이브가 어쩌구저쩌구……."

"랜스, 닥쳐요. 빌리, 내 커피 좀요. 두 사람 다 그냥…… 잠깐 조용히 좀 있어봐요." 이브가 꼼짝 않고 그 자리에 그대로 서 있다.

"좋아요. 올로프가 오데사에 있는 예브투크의 집에서 뭘 했는지, 안 했는지는 잠깐 무시해요. 우리의 암살범하고 그 암살범의 여자 친구일 가능성이 높은 여자가 베니스에서 예브투크를 실종시킨 일에 대해서 생각해보자고요. 그 암살범, 아니 그 두 사람은 그 일을 왜 한 걸까요?"

"청부 살인?" 랜스가 제안한다.

"그 이유 말고는 거의 없죠. 그런데 왜? 동기가 뭘까요?"

랜스와 빌리 모두 고개를 절레절레 흔든다.

"복수였다고 가정해봐요."

"뭐에 대한 복수요?" 빌리가 묻는다.

"올로프를 죽인 데 대한."

한순간 침묵.

"제장, 무슨 말인지 알겠어요." 랜스가 웅얼거린다.

"진도 좀 천천히 나가주세요. 난 뭔 얘긴지 모르겠으니까." 빌리가 눈을 비비며 말한다.

"처음부터 다시 시작해보자고요. 올로프는 S부서의 작전부장인데, 그 부서는 당국이 존재를 부정하고 있지만 엄연히 실재하는 부서예요. 올로프는 전 세계적 정보원 조직망을 운영하는데 거기 정보원들은 러시아 군대에서 발탁되어 비밀 스파이 및 암살범 훈련을 받은 자들이죠. 올로프가 어떤 사람이었을지, 그런 자리까지 어떻게 올라갔을지 상상해요. 그동안 어떤 일을 겪었을지 상상해보라고요. 그후, 10년 전에 올로프가 그랬듯이, 그 모든 지식과 경험으로 단단히 무장한 채 SVR에서 나온 다음 무슨 일이 있었을지를 상상해보라는 거죠."

"민간 부문으로 가겠죠." 랜스가 말한다.

"내 짐작도 그거예요. 올로프의 어떤 특정한, 아니 어쩌면 유일무이한 역량을 필요로 하는 조직에 스카우트가 되는 거죠."

"이를테면 12사도 같은?"

이브가 어깨를 으쓱한다. "그러면 올로프하고 우리의 여성 암살범 사이에 연결고리가 설명이 되잖아요."

"우리가 연결을 잘못 시키고 있는 게 아니라고 확신해요?" 랜스가 말한다. "가상의 점을 연결해놓고 스스로 진전이 있다고 믿는 게 아니고요?"

"그건 아닐 거예요. 하지만 리처드하고 얘기는 해봐야죠. 올로프 같은 사람에 관해서 조금이라도 단서를 줄 수 있는 사람이 있다면 그건 리처드일 테니까. 한 가지 점점 뚜렷해지고 있는 게 있어요. 모든 게 러시아를 가리킨다는 거예요. 우리 실제로 러시아에 가야 할 날이 조만간 오겠는데요."

랜스가 씩 웃는다. "바로 그겁니다. 제대로 된 정통 정보 활동이 바로 그런 거죠."

"하지만 지금 러시아는 너무 추워요. 눈 오면 천식이 심해진단 말이에요." 빌리가 말한다.

"모스크바를 아주 좋아하게 될걸세, 이 친구야. 잘 맞을 거야."

"그게 무슨 소리예요?"

"어디를 가나 괴짜하고 헤비메탈 광팬이 있다는 얘기지."

"저는 외국에 나가본 적이 한 번도 없어서요."

"한 번도?" 이브가 묻는다.

"음, 한 번 미국에 있는 감옥에 갈 뻔 했다가 무산된 적은 있죠."

"그때 정말 어떻게 된 거예요? 파일에서 읽기는 했는데……."

이브가 묻자 빌리는 대답 대신 티셔츠 소매를 걷어 올린다. 창백한 팔뚝에 문신이 하나 있다. 검은 점 다섯 개가 격자 안에 배열되어 있다.

"대체 그게 뭐야?" 랜스가 묻는다.

"게임 오브 라이프의 글라이더 패턴이에요."

이브가 문신을 자세히 들여다본다. "나는 이게 다 무슨 말인지 진짜 하나도 모르겠어요."

"해커의 상징이에요. 열일곱에 이 단체에 가입했거든요. 우린 절대 직접 만나는 법 없이 온라인에서만 소통했어요. 우리한테 꽤 고급 툴이 있었기 때문에 어디든, 특히 미국 기업하고 정부 사이트는 해킹할 수 있었죠. 하지만 우린 해킹하지 않았어요. 우리가 무정부주의자나 뭐 그 비슷한 거라서가 아니라 그냥 그게 나쁜 짓이라서 안 한 거였어요. 아무튼 레이Z보이라는 비공식적인 리더가 있었는데, 그 애가 우리한테 이런저런 사이트, 특히 정부 사이트로 안내하곤 했죠. 우리가 어떻게 그 뻔한 걸 못 알아냈는지 앞으로도 절대 모르겠지만, 레이Z보이는 FBI 소속이었고 결국 우리를 체포했어요. 나만 빼고 다들 감옥에 갔고요."

"넌 왜 감옥에 안 간 건데?" 랜스가 묻는다.

"미성년자라서요."

"그래서 그 다음엔 어떻게 됐어?"

"보석으로 풀려났어요. 그후엔 엄마랑 집에서 생활해야 했는데, 뭐 어차피 난 그 집에서 쭉 살았으니까요. 대신 통금도 생기고 인터넷 접속 금지령이 내려졌죠."

"MI6가 문을 두드린 게 그때군요?" 이브가 묻는다.

"뭐 그런 거죠."

이브가 고개를 끄덕인다. "리처드한테 연락해서 보안 회의 잡읍시다. 올로프에 대해서 좀 더 알아봐야겠어요."

목적을 위한 수단에 불과하지만, 빌라넬은 호텔에서 일하는 게 조금은 즐겁다. 빌라넬을 비롯하여 나머지 객실 직원들은 6시 반에 기상해서 주방에서 치즈와 빵과 커피를 후딱 먹은 다음 호텔의 공용 공간 청소부터 시작해야 한다. 이 일이 끝나면 오전 객실 청소 교대가 시작된다.

펠스나델에는 24개의 객실이 있는데, 그 중 8개가 빌라넬 책임이다. 사소한 부분을 놓치지 않기 위해 방구석에서부터 문 쪽으로 청소를 실시해야 한다. 화장대, 책상, 텔레비전, 침대 머리맡 나무판, 옷장 문짝까지 표면이란 표면은 먼지를 털거나 걸레로 말끔히 닦아야 한다. 휴지통을 비우고 책상이나 침대 옆 테이블 위에 있는 물건을 정리한다. 그 다음 침대보를 벗겨 갓 세탁한 시트와 베개 커버로 간다. 객실 직원은 항상 고무장갑을 착용하게 되어 있고 욕실의 경우, 청소는 위에서 아래로 진행하며 거울부터 시작한다. 욕조, 샤워 부스, 변기를 닦고 살균하고 수건과 세면 용품은 채워놓는다. 그 다음 바닥과 카펫을 진공청소기로 돌린다.

손이 더 가는 방도, 덜 가는 방도 있지만, 모든 방은 그 방의 주인이 어떤 사람인지 보여준다. 마갈리 르 뫼르의 방은 혼돈 그 자체다. 수건, 침구, 입었던 속옷이 방 여기저기에 널브러져 있다. 르 뫼르의 화장대에는 멘솔 담뱃갑과 복숭아맛 슈납스[독일, 오스트리아 지역에서 즐겨 마시는 증류주로 알코올 도수가 대개 40%다] 병이 나뒹군다. 욕실 바닥은 물기가 흥건하고 변기 물을 안 내리는 건 다반사다.

그와 반대로 사일러스 오르-해도우의 방은 거의 손을 대지 않은 것처럼 보인다. 침대는 자신이 직접 정리하고 자신의 옷도 모두 개서 어딘가에 넣어놓았으며, 욕실은 들어가기 전 상태 그대로 해놓고 나간다. 책과 종이와 연필 등 책상 위 물건은 모두 가지런히 각이 잡혀 정리되어 있다. 침대 옆 테이블에는 안경을 끼고 간절한 표정을 짓고 있는 소년의 사진이 놓여있는데, 딱 봐도 유니폼을 입은 유모의 손을 잡고 있는 오르-해도우 본인이다. 사진 옆에는 손때 묻은 책 두 권이 놓여 있다. 각각『곰돌이 푸우』와『나의 투쟁』[히틀러의 자서전]이다.

여덟 번째이자 마지막 방인 로저 배곳의 방에 갈 때쯤, 빌라넬은 복수심에 이를 갈게 된다. 배곳의 방에서는 향수 냄새가 진동을 하고 침대 커버를 벗겨보면, 요하나 것으로 짐작되는 꼬깃꼬깃해진 여성용 티팬티와 사용 후 묶어놓은 콘돔이 나온다. 마침내 방이 흉한 몰골을 벗어나자, 빌라넬은 소가죽을 덧씌운 의자에 털썩 주저앉는다. 객실 담당 업무는 불쾌하다 못해 역겨울 때도 있지만, 너무나 간절한 혼자만의 시간을 제공한다는 걸 빌라넬도 잘알고 있다. 마리아는 그 정도면 괜찮은 룸메이트지만 그 우울한 성격이 드르렁 드르렁 코고는 소리 못지않게 짜증스럽다.

비르기트와 함께하는 오전 회의에서는 딱 하나, 가장 중요한 수확을 거뒀다. 바로 린데르의 객실 위치다. 린데르는 1층, 호텔 정면이 내려다보이는 운동장같이 넓은 스위트룸에 묵고 있다. 빌라넬이 맡은 방 중에 1층에 있는 방은 하나도 없다. 표적을 죽이려면 타이밍을 정말 세심하게 잡아야 할 것이다.

린데르의 손님들을 위해, 펠스나델의 시간 규정은 굉장히 느슨하게 잡혀있다. 아침 식사 시간도 연장되어 식당에서 11시까지 제공된다. 아침 식사 후 음료는 테라스에서 마실 수 있다. 이곳에는 적외선 히터가 데워주는 안락의자가 놓여 편안히 티롤 고지대 경치를 감상할 수 있다. 하늘은 칼날처럼 반짝이는 그라나트슈피체 산괴의 눈 덮인 능선과는 대조적으로 새파랗다.

호텔 안에서는 비공식 회담이 진행 중이다. 빌라넬이 로비에 들어가 비르기트에게 객실 청소를 모두 완료했다고 보고하는 동안 왜소한 이탈리아의 파시스트, 레오나르도 벤투리는 여남은 명 되는 팬들에게 장황하게 이것저것 늘어놓는 중이다.

"그러다 급기야 구체제는 몰락할 겁니다." 벤투리가 열변을 토한다. "새로운 황금기가 도래할 것입니다. 단, 고통이 따르겠지요. 새로 태어날 새로운 제국을 위해, 옛 제국의 뿌리는 이것저것 재단할 것 없이 잘라내야 합니다."

"여보게, 어떻게 잘라내야 한다고?" 오르-해도우가 묻는다.

"이것저것 재단할 것 없다고 했네. 무자비하게 말이야."

"미안하네만 난 순간 자네가 체단이라고 한 줄 알았지 뭔가."

"체단이 뭐지?"

"체력 단련 말이야. 내가 다니던 사립 학교에서는 매일 체력 단련 시간이 있었지. 체육 교사가 군 출신 경찰이었던 관계로, 팔 굽혀 펴기를 제대로 못하면 찬물 샤워를 해야 했다네. 그 선생은 찬물 샤워를 5분 꽉 채워서 하는지 몸소 확인까지 했어. 징글징글한 놈이었지. 미안한데 자네가 무슨 얘기 중이었지?"

하지만 벤투리도 자기가 무슨 얘기 중이었는지 잊어버리고 말았다. 그 틈에 빌라넬은 로비를 가로질러 데스크로 향한다.

고개를 든 비르기트의 표정은 쌀쌀맞기 그지없다. "7번 방. 불평이 들어왔어. 지금 당장 가서 해결하도록."

"네, 비르기트."

7번 방은 페트라 포스의 방이다. 빌라넬이 문을 두드린 다음 자신이 가지고 있던 마스터키로 문을 열었더니 페트라가 담배를 피우며 침대에 누워있다. 청바지에 빳빳하게 다림질한 흰색 셔츠 차림이다.

"이리 와봐, 비올레트. 그게 네 이름이지, 맞지?"

"네."

페트라가 빌라넬을 빤히 쳐다본다. "그 유니폼 아주 끝내주게 잘 어울려, 안 그래? 제법 귀염둥이 아리아족 아가씨 태가 나."

"그렇게 말씀하신다면야."

"그렇게 말하고 있잖아. 재떨이로 쓸 만한 것 좀 가져와봐."

대답 대신, 빌라넬은 손을 앞으로 뻗어 페트라의 입에 물려 있던 담배를 빼낸다. 창가로 걸어가 창문을 열어 거센 냉기를 들어오게 한 다음, 그 담배를 눈밭으로 던진다.

"흠. 넌 내가 마음에 안 드는구나."

"손님이잖아요. 규칙을 따르셔야죠."

페트라가 웃는다. "실은 난 빌어먹을 손님이 아니거든. 돈 받고 불려온 거지. 좀 많이."

"어쩌라고."

"청소부 주제에 건방지기는." 페트라가 나른하게 침대에서 다리를 내리더니 일어서 빌라넬을 똑바로 쳐다본다. 아주 천천히 느긋하게 빌라넬이 두르고 있는 검은색 스카프를 꼰 가죽 매듭에서 잡아당긴다. "하지만 또 내가 네 타입이지, 안 그래?"

빌라넬은 속으로 가늠해본다. 호텔 스케줄에 따르면 손님들의 오후 오락 활동은 린데르의 주관 하에 헬리콥터를 타고 티롤과 카린시아의 높은 봉우리들을 한 시간 동안 도는 것이다. 착륙장에서 오후 2시에 출발이 예정되어 있다. 따라서 빌라넬한테는 한 시간 정도가 생기는 셈이다.

"그럴지도." 빌라넬이 말한다.

"콘스탄틴 올로프라." 리처드가 입을 연다. "지금에 와서 그 이름을 듣게 되니 기분이 묘하군요."

리처드와 이브는 백화점 카페에 있는 창가 쪽 테이블에 앉아 있다. 카페가 4층에 있어서 옥스퍼드 스트리트가 내다보인다. 이브는 차를 마시고 있고 리처드는 다시 데운 셰퍼드 파이 접시를 무표정하게 바라보고 있다.

이브가 미소를 짓는다. "그거 괜히 주문했다고 생각하고 있죠?"

"아깐 당황스럽더군요. Embarras du choix(메뉴가 너무 많아서). 올로프가 죽었다니."

"아무래도 그런 것 같아요. 오데사 근처, 미심쩍은 상황에서 살해당했대요."

"슬프지만 그에게 어울리는 죽음이군요. 그의 인생 자체가 미심쩍은 상황의 연속이었으니까." 리처드가 잠시 백화점 옥상을 내다보더니 포크를 집어 들고는 결연히 양고기 파이로 가져간다. "그래서 올로프의 사망이 우리 수사와 어떤 관련이 있다는 거죠?"

"그 사람 리나트 예브투크라는 우크라이나 깡패의 집에서 죽임을 당했어요. 끔찍하게 죽었죠."

"그 바닥 사람들한테 그런 일은 비일비재합니다. 계속해보세요."

"지난달 예브투크가 베니스에서 휴가를 보내던 중, 신원 미상에다, 증언에 따르면 매력적이었다는 어떤 여성과 함께 쾌속정을 타고 감쪽같이 사라졌습니다. 우리의 여성 암살범이 그 당시 베니스에 있었다는 사실을 확인한 만큼, 그 여자가 올로프의 죽음에 대한 일종의 처벌로 예브투크를 죽인 게 아닐까 생각 중이에요."

"그 암살범과 올로프 사이에 어떤 연관이 있다는 전제가 깔려야 하잖아요. 연관이 존재한다고 믿는 이유가 있는 겁니까?"

이브가 차를 한 모금 마신 다음 컵을 컵 받침에 내려놓는다. "아직은요. 하지만 조금만 기다려주세요. 우리의 여성 암살범, 이제부터 빌라넬이라고 부르기로 한 이 암살범이 베니스에 있었다는 건 알고 있어요. 그 여자가 크레이들이 말한 조직인 12사도 소속이라는 사실도 알고 있고요."

"그 조직이 12사도란 법이 없을 텐데요."

"맞아요. 이제 올로프도 12사도 소속이었다고 가정해보는 거죠."

"그렇게 가정하면, 복수라는 동기가 생기겠군요. 하지만 이 여자와 올로프가 그 누구냐, 아무튼 둘 다 관련이 있다는 이유만으로……."

"예브투크요."

"그래요, 예브투크와 관련이 있다는 이유만으로 두 사람이 서로 아는 사이였다고 말할 순 없다는 겁니다. 마찬가지로, 그 여자가 예브투크와 같은 시기에 베니스에 있었다는 이유만으로……."

두 사람이 침묵에 잠긴 사이, 나이 지긋한 어떤 여자가 쇼핑 카트를 개미처럼 느릿느릿 끌면서 테이블 옆을 지나간다. "내가 콜리플라워 치즈를 먹었는데 말이야. 아무 맛도 안 났다우." 여자가 이브한테 털어놓는다.

"어머나. 제 친구는 양고기 파이를 아주 맛있게 먹고 있답니다."

"거 다행이구만." 여자가 리처드를 뚫어져라 쳐다보며 말한다. "좀 모자라 보이는데, 맞지?"

두 사람은 카트 끄는 여자가 가는 것을 지켜본다. 이브가 마지막 남은 차를 들이키고 몸을 앞으로 내민다. "당연히 그 여자가 예브투크를 죽였죠, 리처드. 예브투크, 그 여자랑 나갔다가 다신 돌아오지 않았거든. 이 사건 전체에 그 여자 이름이 도배되어 있다고요."

"그래서 그 여자 이름이 뭐라고요?"

"직업상 이름이거나 암호명이겠지만, 아무튼 빌라넬이에요."

"이름은 어떻게 알아낸 거죠?"

이브가 쭉 설명한다.

리처드가 포크를 내려놓는다. "또 그러는군요."

"또라뇨?"

"이 여자가 당신한테 자기 향수를 뿌리고 V라고 서명한 카드를 남깁니다. 당신은 그게 빌라넬이란 향수라는 걸 알아내고요. 그리곤 그 여자가 자기를 그 이름으로 부른다고 결론을 내려버려요. 그건 어림짐작이지, 기지의 사실로 얻은 논리적 결과가 아니잖아요. 게다가 그 연관성이란 것도 마찬가지예요, 그……."

"빌라넬이요."

"좋아요, 그렇게 우기니, 빌라넬과 올로프 사이의 연관성 말입니다. 당신은 지금 자신이 원하는 대로 추론하고 있어요. 이브가 보고서에 서술한 스베르틀로프스크 푸투라라는 회사 쪽을 수사해야 한다는 게 내 생각입니다. 다시 말해서 돈을 쫓으라는 거죠."

"물론이죠. 그렇게 해야죠. 외람된 말씀이지만, 이 점에 있어선 저를 믿어주셨으면 합니다. 제가 우리의 암살범에 대해, 암살범이 어떻게 움직이는지에 대해 알아가고 있기 때문이에요. 그 여자는 무모한 인상을 주지만, 가령 저한테 남긴 그 팔찌처럼요, 사실 미리 계산된 위험만 무릅쓰는 여자예요. 제가 조만간 자기를 따라 베니스에 가서 예브투크를 죽인 사실을 알아내리란 것도 다 짐작하고 있었어요. 그것도 계획의 일부인 거죠. 내가 자기보다 몇 걸음 뒤늦게 거기 갈 거란 걸 알면 게임이 더 스릴 넘치니까요. 감정과 타인에 대한 공감 면에서 그 여자 인생은 빈껍데기예요. 그렇기 때문에 그 여자가 그 무엇보다 원하는 게 느끼는 거죠. 살인은 그 여자한테 격렬한 기쁨을 주지만 오래가지 못해요. 그 여자는 살인에 능숙해요. 너무 쉬운 일이라 매번 스릴이 떨어져요. 그래서 그 흥분감을 끌어올려야 하는 거예요. 자신의 재치, 예술적인 솜씨, 살인을 하는 동안 느끼는 순전한 공포를 제대로 알아봐준다는 걸 알고 싶은 거예요. 그래서 절 끌어들이려는 겁니다. 그래서 향수를 이용해서 저한테 자기 이름을 알려준 거고요. 그 여자는 저한테 이 삐딱한 퍼즐을 던져놓고 좋아하고 있을 거예요. 그건 친밀하면서 쾌락적이고 고도의 공격성을 띤 행동이죠."

"그 말이 다 맞는다고 가정한다면, 하필 왜 이브인 거죠?"

"제가 그 여자의 추적자니까요. 제가 그 여자한테 가장 큰 위험과 흥분의 원천이니까요. 자기를 도발하니까요. 모든 게 에로틱한 유인술책인 거죠."

"듣고 보니, 납득이 가는군요."

"정확히 어떤 부분이 납득이 가신다는 거죠?"

"그 여자가 주도권을 쥐고 있다는 부분 말입니다."

"그건 저도 인정해요. 그 여자가 제 머리를 가지고 놀고 있어요. 제가 드리려는 말씀은 우리가 이 게임에서 앞서야 한다는 겁니다. 저를 러시아로 보내주세요. 빌라넬과 올로프가 서로 무관한 관계일 수 있다는 점에도, 둘의 인생에 교차 지점이 전혀 없을 수 있다는 점에도 동의합니다만, 가서 뭘 알아낼 수 있는지 직접 확인할 수 있게 해주세요. 제발 이 점에 있어서는 저를 믿어주십시오."

리처드는 무표정한 얼굴이다. 한 30초 동안 창밖 분주한 거리만 내려다본다. "우린 생일이 같지요. 아니, 같았다고 해야겠지요."

"콘스탄틴 올로프하고요?"

"그래요."

"동갑이셨어요?"

"아니, 콘스탄틴이 나보다 몇 살 더 많았어요. 그 친구 소비에트-아프가니스탄 전쟁에서 징집병으로 싸웠어요. 보스트로틴 휘하에서 복무하다가 코스트에서 꽤 심한 부상을 당하고 말았지요. 그 일로 아주 대단한 훈장을 받았는데, 그때 높은 사람 눈에 들었던 모양이에요. 몇 년 뒤 안드로포프 아카데미에 나타난 걸 보면. 그곳은 모스크바 밖에서 스파이를 양성하는 학교지요. 전에는 KGB가 운영했지만 올로프가 떠날 때쯤엔 SVR이 됐습니다."

"그랬군요. 그게 다 언제……."

"코스트는 1998년이었고 올로프가 아카데미를 졸업한 건 아마 1992년이었을 겁니다. 올로프가 다들 예브게니 프리마코프[러시아의 정치인이자 외교관. 소련이 해체되고 러시아연방이 세워진 이후 1991년부터 1996년까지

대외정보국 국장으로 재임했다]의 총애를 받는 유망주라고 했지요. 카라치에 임지가 있었고 카불에도 임지가 있었는데, 그를 만난 건 카불에서였어요. 굉장히 똑똑하고 매력적이었고, 무자비하기도 했을 겁니다."

"좌천됐나요?"

"그랬지요. 외교적 방편이었어요. 그래서 그 친구 여기저기 많이 다녔지요. 하지만 그 친구가 SVR에서 승승장구했다는 건 천하가 다 알았을 겁니다. 물론 그 친구도 내가 누군지 아주 잘 알고 있었죠."

'아그니에스카'라고 쓰인 명찰을 단 직원이 두 사람이 앉아있는 테이블로 다가온다. "이거 치워요?" 직원이 턱을 들어 리처드가 먹다 만 셰퍼드 파이 접시를 가리키며 묻는다.

"네. 감사합니다."

"입에 안 맞으세요?"

"네, 아뇨. 그냥…… 배가 별로 안 고프군요."

"고객의 소리 작성지 드릴까요?"

"고맙지만 괜찮습니다."

"별 말씀을요. 어쨌든 받으세요."

"이 자유로운 세상에서 혓바닥 피어싱은 대체 왜 하는 겁니까?" 아그니에스카가 물러나자 리처드가 묻는다.

"저도 모르겠어요."

"저거 섹스와 관련된 건가요?"

"진짜, 저도 전혀 모른답니다. 빌리한테 물어볼게요. 올로프 얘기나 계속 해주세요."

"그 친구 얘기를 하나 들려주도록 하지요. 우리는 카불 주재 러시아 대사관에서 열린 행사에서 만났는데, 나한테 최고의 보드카를 알려주고는 자기 동료를 소개하더군요. 말로는 비서라고 했지만 그 여자가 그런 존재가 아니라는 건 우리 둘 다 알고 있었습니다. 아무튼 그 여자는 매력적이었고 딱 봐도 똑똑했는데 내가 어설프기 짝이 없던 러시아어로 농담을 해도 웃어주었지요. 그 여자가 가면서 뒤돌아 눈길을 주었는데 필요 이상으로 오래 보는 겁니다. 함께 있던 내내 아주 살짝 닿은 것밖에 없는데도, 그 여자를 다시 보고 싶은 마음이 들길래 콘스탄틴한테 그 말을 꺼내면서 서류 절차는 엄두가 안 난다고 했더니 껄껄 웃으면서 나한테 아드미랄스카야를 한잔 더 주었지요.

아무튼 늘 하던 대로 난 그 만남을 보고했고, 다음 날 콘스탄틴이 전령을 통해 보낸 메시지를 받았습니다. 내가 조류 관찰을 좋아한다고 했던 말을 잊지 않고 시외로 잠깐 드라이브를 다녀오지 않겠냐고 묻는 메시지였지요. 그래서 그 접근도 기록해놓고는 며칠 후 러시아 대사관 밖 다룰 아만 로드에서 콘스탄틴을 만났습니다. 거기서 기다리고 있자니 아프가니스탄 운전자가 모는 차 두 대하고 AK소총으로 무장한 험악한 인상의 현지인 여섯 명이 나타나더군요. 우리는 바그람 로드를 타고 공항을 지나 시내를 벗어났습니다. 30분 정도 지나서 어딘지도 모르는 곳에서 도로를 벗어나더니 낮은 언덕을 굽이굽이 오르니까 차도 주차되어 있고, 텐트도 있고, 불을 피워서 연기도 나는 데가 나왔어요. 사람들이 3, 40명 정도 있었죠. 아랍인들, 아프가니스탄인들, 여러 부족 사람들, 중무장한 경호원들. 내가 다소 신경질적으로 콘스탄틴한테 여기가 대체 어디냐고 물었지요. 그 친구가 걱정 말라고, 여긴 아무 문제 없다면서 가까이 와서 보라고 하더군요.

그때였을 겁니다. 줄 지어 세워놓은 횃대와 그 횃대 위에 앉아 있는 아주 훌륭한 맹금류를 본 게. 세이커매, 래너매, 송골매가 보였어요. 매 훈련장이었던 겁니다. 콘스탄틴을 따라 어느 텐트에 들어갔더니 눈가리개를 쓰고[매는 조용하고 집중력이 뛰어나지만 예민하고 까다로워 스트레스를 받지 않도록 눈을 가린다] 날아오를 태세를 갖춘 큰 매가 여섯 마리나 있었는데, 큰 매로 말할 것 같으면 세상에서 가장 아름답고 비싼 사냥용 새랍니다. 굉장히 사나워 보이는 인상에 흰 수염이 난 남자도 있었는데, 콘스탄틴이 말하길 그 남자가 그 지역 족장이라더군요. 그 남자가 우리를 소개하니까 누군가 점심을 가져다주었어요. 코카콜라랑 꼬치에 꿴 정체 모를 고기였지요. 점심을 먹고 나서 차를 몰고 사막으로 더 들어간 다음 매잡이들이 자기들 새를 날려서 능에랑 사막꿩을 덮치게 했습니다. 정말이지 장관이 따로 없었지요."

"총국장님한테 조류를 관찰하는 취미가 있을 줄은 몰랐어요."

"보안국에 들어오기 전까진 나도 새에 관심이 없었지요. 그러다 러시아 최정예 정보원 몇몇이 조류 관찰 취미를 가지고 있다는 걸 알게 됐고, 푸시킨과 아흐마토바[소련의 시인]만 알아서는 어림도 없고 여새와 할미새 정도는 구분할 수 있어야겠더군요. 그래서 관심을 갖기 시작했다가 푹 빠졌습니다."

"그래서 올로프랑 즐거운 하루 보내셨나요?"

"정말 특별한 날이었지요. 솔직히 그날 함께 있던 사람들이 무기거래상, 아편거래상, 탈레반 지휘관일지도 몰랐지만 상관없었어요. 오사마 빈 라덴하고 맞닥뜨렸다고 해도 놀라지 않았을 겁니다. 나중에 알게 된 바로는 오사마 빈 라덴도 큰 매를 몇 마리 가지고 있다고 하더군요."

"올로프가 어떤 식으로든 접근하진 않았고요?"

"그런 거 없었어요. 그 친구 그 정도로 멍청한 친구가 아니었으니까요. 새하고 자연하고 그 자리가 참 묘하다는 얘기 말고는 말도 거의 안 했을 정도였죠. 직업적인 이유 때문에 나와 친분을 쌓으려는 건 분명했지만, 그 친구 그날 내가 즐거워하는 모습을 보고 진심으로 기뻐하는 모습이었어요. 그 친구한테 정말 호감이 가서 나도 어떤 식으로든 초대하는 자리를 마련하려고 했습니다. 신세를 졌으니 어떻게든 갚아야 할 것 같더군요. 그런데 그럴 기회는 영영 오지 않았지요. 그 친구가 그후 곧바로 모스크바로 불려갔기 때문이에요. 나중에 알게 된 바로는 S부서 부서장으로 임명을 받았다더군요."

"그후 다시는 못 보신 건가요?"

"딱 한 번, 아주 잠깐 봤지요. 모스크바에서 열린 유리 모딘을 위한 파티에서였습니다. 유리 모딘은 50년 전 필비·버제스·맥클린·블런트, 이른바 케임브리지 4인방을 담당한 KGB 정보관이었지요. 그때도 이미 꽤 고령이었던 모딘이 그 내용을 고스란히 담은 책을 발표했는데, 콘스탄틴도 모딘의 훈련을 받은 수제자였어요. 두 사람은 모딘이 초청 강사로 왔던 안드로포프 아카데미에서 만났을 겁니다. 모딘은 '적극적 수단'이라는 강좌를 가르쳤는데, 그 안에 전복, 허위 정보, 암살이 들어가 있었고, 콘스탄틴의 부서 운영 방식을 보건대 모딘의 철학을 가슴속 깊이 받아들인 게 분명해 보였지요."

"그러다 2008년 콘스탄틴이 SVR을 완전히 떠나게 되는데요, 자의였나요, 타의였나요?"

"이렇게 말해보죠. SVR 부서를 운영할 정도의 사람이라면 승진을 하든지 떠나든지 둘 중 하나예요. 그런데 그 친구는 승진을 못했지요."

"그럼 옛 상사들한테 화가 났을 수도 있겠네요?"

"나도 그 친구를 아주 잘 알았던 건 아니지만, 그건 그 친구 방식이 아니에요. 콘스탄틴은 구식 운명론자였어요. 담담하게 받아들이고 짐을 싸서 제 갈 길 갔을 겁니다."

"어디로요?"

"그건 나도 모르지요. 그 이후 그 친구가 오데사에서 시체로 발견된 지금까지, 그의 행방이나 활동에 대해서 우리한테 알려진 바가 전혀 없어요. 그냥 사라진 거죠."

"이상하다고 생각하지 않으세요?"

"왜 아니겠어요, 당연히 이상하지요. 하지만 그렇다고 그 친구가 우리가 쫓는 살인범과 결부되는 건 아니에요."

"그럼 지난 10년 동안 그 사람이 뭘 했을 거라고 생각하세요?"

"시골집에서 정원 가꾸기? 나이트클럽 운영? 캄차카에서 연어 낚시? 누가 알겠어요?"

"평생에 걸쳐 쌓아온 비밀 작전 능력을 12사도에 바치기로 한 건 아닐까요?"

"이브, 그게 사실이라고 믿을 만한 논리적인 이유가 전혀 없어요. 하나도 없다고요."

"총국장님이 논리력 때문에 절 채용하신 건 아니잖아요. 이번 수사가 요하는 창의적 도약이 가능해서 절 채용하신 거잖아요. 빌라넬은 우리를, 아니 저를 낚으면서 즐거워하다가도 정말 중요한 순간이 오면 전문가답게 자기 흔적을 덮어버려요. 최고한테 훈련받은 전문가답게요. 콘스탄틴 올로프 같은 사람 말이죠."

리처드가 얼굴을 찌푸린 채 손가락을 첨탑처럼 세우고 말을 하려고 입을 연다.

"진지하게 말씀드릴게요, 리처드. 그것 말고 우리한테 더 이상 밀고 나갈 게 없어요. 돈을 쫓아야 한다는 말씀이나 토니 켄트와의 연관을 찾으라는 데에는 저도 동의하지만 그걸 다 풀려면 대체 얼마나 걸릴까요? 몇 달? 몇 년? 구지 스트리스의 저희 셋한테는 자원도 없잖아요. 경험도 없고요."

"이브……."

"아뇨, 제 말 들어보세요. 올로프와 12사도가 무관할지 모른다는 거 저도 알아요. 하지만 관련이 있을 가능성이 있다면, 아주 조금이라도 있다면, 당연히 그 가능성을 파봐야 하지 않겠어요?"

"이브, 그건 승산 없는 일이에요. 여기서 올라프를 조사하든 말든 마음대로 해요. 난 러시아에 안 보내줄 거니까."

"리처드, 제발 보내주세요."

"잘 들어요. 이브가 틀려서 아무 관련이 없으면 이브는 이브대로 시간 낭비고 난 나대로 내 자원을 낭비하게 됩니다. 이브 생각이 옳다면, 정말 무책임하기 짝이 없게도, 내가 이브를 사지로 내보낸 게 되는 거예요. 이브가 러시아에 나타나서 정치범 암살이나 올로프 같은 사람의 이력을 캐고 다니기 시작하면…… 그 결과는 생각조차 하고 싶지 않군요. 아니, 그보다도, 이브한테 무슨 일이라도 생기면 내가 이브 남편 분한테 무슨 말을 어떻게 해야 할지도 막막합니다. 지금 우리가 거론하고 있는 나라는 지도자들한테툭하면 짓밟히고 당하고, 기업가들한테 체계적으로 털릴 대로 털려서 제 기능을 거의 못하는 나라예요. 모스크바에서 적을 만들면, 10대 아이가 아이폰 한 대 값으로 이브 얼굴에 총알을 박아줄 거라고요. 법 같은 건 더 이상 통하지 않는 나라예요. 동정심 따위도 없고. 아수라장이 따로 없는 나라입니다."

"다 맞는 말씀일지 모르겠지만, 제 남편 얘긴 못 들은 걸로 하겠습니다. 거기가 바로 답이 있는 곳이라고요."

"그럴 수도 있겠지요. 하지만 이브 입으로도 말했잖아요. 우리가 누굴 믿을 수 있습니까? 크레이들 말을 믿는다고 치면, 이런저런 사건을 감안해볼 때, 크레이들을 믿을 수밖에 없긴 하지만, 12사도는 우리가 도움을 청할 만한 사람들, 바로 그런 사람들을 매수할 거라고요."

"그게 바로 제가 총국장님한테 여쭤보고 싶은 거예요. 총국장님은 그쪽에도 깨끗한 사람으로 아는 사람이 분명 있을 겁니다. 남자든 여자든 자기 원칙을 팔아먹지 않을 사람 말이에요."

"이브는 포기할 마음이 없군요, 그렇죠?"

"네. 제가 남자였으면 보내셨겠죠, 무슨 말인지 아실 거예요."

리처드가 고개를 끄덕인다. "이브, 나도 이렇게 부탁할게요. 원하면 이야기 더 나눌 수 있겠지만, 저쪽에서 어떤 커플이 우리를 노려보고 있군요. 이 테이블에 앉고 싶은 모양입니다. 게다가 나도 사무실에 들어가봐야 해요."

페트라 포스가 하품을 하며 기지개를 켠다. "흠, 정말 좋았어. 널 부르길 잘한 거 같아."

"즐거우셨다니 다행입니다." 빌라넬이 페트라의 벗은 허벅지 사이에서 자신의 허벅지를 뺀다. "다리 사이에선 누가 주인인지만 잊지 마."

"다시 한번 알려줘."

"또?"

"난 기억력이 꽝이란 말이야." 페트라가 빌라넬의 손을 자신의 다리 사이로 잡아끌며 말한다.

"막스 란데르 얘기 좀 해봐." 빌라넬이 말한다.

"진심이야?"

"궁금해서 그래."

페트라가 빌라넬의 손에 몸을 들이밀며 말한다. "그 사람 진짜 이상해."

"어떤 면이?"

"그 사람 그……." 페트라가 헉 소리를 내며 빌라넬의 손가락을 더 깊이 넣는다.

"그 사람 그 뭐?"

"그 뭐냐…… 음, 좋아. 거기야."

"그 뭔데?"

"분명 에바 브라운[아돌프 히틀러의 오랜 동반자이며 잠시 부인이기도 했다]이야. 아! 멈추지 말아줘."

"에바 브라운?" 빌라넬이 한쪽 팔꿈치로 몸을 일으킨다. "네 말은 히틀러의 그 여자……."

"그 여자라니, 살아있으면 나이가 몇인데. Scheisse(젠장)!"

"그럼 뭔데?"

"꼭 에바 브라운이 환생한 것 같아. 한 번 더 해줄 거야, 말 거야?"

"나도 하고 싶다." 빌라넬이 손을 빼며 말한다. "그런데 다시 일 시작해야 돼."

"진짜?"

"진짜. 샤워실 좀 쓸게."

"샤워할 시간은 있다 이거네?"

"샤워를 안 하면 비르기트한테 까인단 말이야. 그건 싫거든."

"비르기트가 누군데?"

"막스가 데려온 개싸가지 지배인 여자. 우리가 깨끗한지 냄새를 맡아보거든. 거기 냄새 풀풀 풍기면서 가면 날 자를 거야."

"그래서야 쓰나, 그건 안 될 말이지. 나도 샤워 같이 할까 봐."

"손님은 왕이니까 마음대로."

"참, 지금은 내가 손님이지."

직원 숙소에 돌아오니 실내 온도는 여느 때와 다름없이 호텔 그 어느 곳보다 몇 도 낮다. 방에 들어가니까 마리아가 담요로 몸을 돌돌 감고 침대에 누워 폴란드어 책을 읽고 있다.

"너 점심 놓쳤어." 마리아가 말한다. "어디 있었던 거야?"

빌라넬이 서랍장에서 배낭을 꺼낸 후 마리아가 못 보도록 등을 보인 채 가방 안에 손을 넣어 열쇠고리를 꺼낸다. "어떤 손님이 자기 침대 정리를 다시 해달라고 했어."

"젠장. 어떤 손님?"

"그 가수. 페트라 포스."

"너무하네, 점심시간에. 주방에서 너 먹으라고 좀 챙겨왔어."

마리아가 빌라넬에게 사과 하나, 에멘탈 치즈 조각 하나, 초콜릿 케이크 한 조각이 담긴 접시를 건넨다. "원래 케이크는 못 먹게 되어있지만, 내가 룸서비스 냉장고에서 꺼냈어."

"고마워, 마리아. 진짜 너무 고맙다."

"남들은 우리가 해야 되는 일들이 얼마나 엿 같은지 모르지."

"맞아, 모르지." 초콜릿 케이크를 한입 가득 베어 물고 빌라넬이 우물우물 말한다. "아무것도 몰라."

"결국 모스크바에는 못 가는 거군요. 정말 유감이에요. 모스크바에 진짜 좋아하는 데 많은데."

"리처드가 너무 위험해서 나를 못 보내겠다네요. 여자이기도 하고 이런저런 이유 때문에."

"엄밀히 말하면, 팀장님은 현장 훈련을 안 받았잖아요. 게다가 원칙을 좀 어기는 경향도 있고."

"내가요?"

"베니스에서 그 마지막만 해도 그래요. 그 보석 디자이너 파티 장이 어딘지 나한테 알려줬어야죠."

"그 파티가 보석 디자이너 파티인 건 어떻게 알고 있는 거예요?"

"나도 갔었으니까요."

"설마. 난 랜스 못 봤는데요." 이브가 랜스를 노려본다. "날 미행한 거예요? 설마 진짜로 날 미행했단 말이에요?"

랜스가 어깨를 으쓱한다. "넵."

"내가…… 진짜 뭐라고 해야 할지 모르겠네요."

"난 내 일을 했을 뿐이라고요. 팀장님이 무사한지 확인해야죠."

"보호자 같은 거 필요 없거든요, 랜스. 나는 성인 여성이라고요. 보아하니 여기선 그게 문제인 것 같지만."

"팀장님은 현장 훈련을 전혀 안 받았잖아요. 그게 문제가 돼서 내가 여기 온 거고요." 랜스가 이브를 흘낏 쳐다본다. "있잖아요, 팀장님도 유능해요. 똑똑하기도 하고. 아니었으면 우리 모두 여기 이렇게 못 있었겠죠. 하지만 스파이 활동에 필요한 기술이나 절차로 말할 것 같으면 팀장님은…… 음…… 날 믿어야 한다고요. 단독 활동 금지. 서로의 뒤는 서로 봐준다."

빌라넬이 청소용 고무장갑을 낀 다음 마스터키를 이용해서 린데르의 방으로 들어간다. 마리아가 아까 청소해놓은 방이다. 빌라넬은 신속하게 움직인다. 욕실 선반에는 노화 방지 크림을 굉장히 좋아한다는 점 외, 딱히 관심을 끌 만한 점이 없다. 옷장 안 옷들은 질 좋은 옷이지만, 노동자 계급 지지자들이 소외감을 느끼거나 자칭 검소하다는 자신의 라이프스타일이 거짓임이 까발려질 정도로 야단스럽거나 값비싼 옷은 아니다.

옷장 바닥에는 자물쇠가 채워져 있는 알루미늄 재질의 서류 가방이 하나 있다. 빌라넬의 열쇠고리에는 흔한 방 열쇠 몇 개가 달려있지만(공항 검색대에서 평범한 물건으로 보이기 위해) **열쇠수리공의 지글러**[열쇠 전문 기술자들이 자동차 안에 열쇠를 놓고 내린 운전자들을 돕기 위해 사용하는 특별한 열쇠 꾸러미]**와 범프키**[평범한 공열쇠처럼 보이지만 자물쇠에 넣고 살짝 돌린 다음 단단한 물건으로 치면 내부 핀들이 모두 실린더 밖으로 튕겨나가 자물쇠가 열리는 일종의 마스터키]도 달려있다. 제일 작은 지글러를 정교하게 돌리자 서류 가방 자물쇠가 찰칵 열린다. 가방 안에는 애플 노트북 한 대, 보통 상자에 들어있는 아무 표시도 안 된 DVD 몇 장, 꼬아 만든 생가죽 채찍 하나, 오데마 피게 로얄 오크 시계 하나, 상자에 들어 있는 카레라 이 카레라의 쿠거머리 모양 커프스단추 한 쌍, 나치 무장친위대 의식용 단검 하나, 해골 반지 하나, 묵직한 강철 인공 남근('오베르그루펜퓌허[Obergruppenführer, 나치당의 준군사 조직 계급의 하나]') 이 들어 있는 진열케이스, 마지막으로 빳빳한 새 지폐로 2, 3천유로가 들어있다.

서류 가방을 열어놓은 채로, 빌라넬은 방의 나머지 부분을 재빨리 훑어본다. 침대 옆 테이블에는 소형 프로젝터, 아이패드, 율리우스 에볼라[이탈리아의 보수주의 철학자이자 작가, 화가]의 『호랑이를 타라 (Ride the Tiger)』 양장본, 몽블랑 만년필이 놓여있다. 이 테이블 아래 바닥 위에는 다섯 자리 비밀번호 자물쇠가 달린 기내 반입용 여행 가방이 놓여있다. 시계를 흘낏 본 빌라넬은 가방 자물쇠 열기는 하지 않기로 하고 대신 시험 삼아 가방을 들어 올려 흔들어본다. 안에 들어있는 게 무엇인지는 몰라도 가볍다. 희미하게 바스락거리는 소리가 나는 걸 보니 옷인 듯하다. 여행 가방을 제자리에 돌려놓은 다음, 벽에 기대 세워놓은 대형 가죽 여행 가방의 지퍼를 열어본다. 비어있다.

빌라넬은 침대에 앉아 두 눈을 감는다. 심장이 여섯 번 뛰자, 빌라넬이 미소를 짓는다. 막스 린데르를 어떻게 죽여야 할지 확실하게 알아냈기 때문이다.

빌리가 의자를 빙그르르 돌리더니 헤드폰을 벗는다. "아르만도 트레비잔이 비디오 파일을 보냈어요. 제목: 수신인 노엘 에드먼즈. 이거 누가 장난치는 거죠?"

이브가 스베르틀로프스크 푸투라 그룹의 웹 사이트에서 고개를 든다. "아니, 받아봐요. 최대한 선명하게."

"잠깐만요."

사람들로 붐비는 인도를 사람 키보다 1미터쯤 높은 곳에서 찍은 클립이다. 열두어 명 정도의 보행자들이 프레임 안에 들어왔다 나가는 가운데, 그 중 두 명이 옷 가게 쇼윈도 앞에서 머물고 있다. 저화질 회색 화면이다. 7.5초 동안 이어지다가 끝난다.

"메시지는 없어?" 랜스가 묻는다.

빌리가 고개를 가로젓는다. "동영상만 왔어요."

"그거 베니스에 있는 반 디에스트 부티크예요. 재생 속도 반 정도 느리게 해서 다시 틀어봐요. 내가 말하면 멈춰요." 이브가 말한다.

빌리가 영상을 두 번 틀고 나자 이브가 멈추라고 한다. "더 느리게 재생해봐요. 모자 쓴 여자들 잘 보고요."

화면에 들어온 두 여자들은 동행으로 보인다. 둘 중 더 가까이 있는 쪽은 우아한 날염 원피스를 입고 있는데 얼굴이 챙 넓은 모자로 가려져있다. 좀 더 멀리 있는 쪽은 키도 더 크고 어깨도 더 넓다. 그 여자는 청바지와 티셔츠 차림에 밀짚으로 만든 카우보이 모자같이 생긴 것을 머리에 쓰고 있다. 덩치 큰 남자가 두 여자와 카메라 사이에 들어온다.

"비켜, 이 뚱땡아." 랜스가 투덜거린다.

남자는 족히 5초 동안 서있다가 자기 뒤를 보려고 카메라 쪽으로 뒤돌아선다. 남자가 뒤를 도는 순간, 카우보이 모자가 두 번째 여자의 머리 위에서 뒤로 살짝 젖혀지면서 여자의 얼굴이 순간적으로 드러난다.

"그 러시아 여자 친구죠?" 랜스가 묻는다.

"그럴 거예요, 두 사람이 매장에 방문한 시간과 영상이 찍힌 시간이 맞아떨어진다면. 모르긴 몰라도 맞아떨어지니까 트레비잔이 이 영상을 보냈을 테고요. 프레임을 하나하나 쪼개서 보면서 그 여자를 볼 수 있을지 살펴봅시다."

순간이 영원처럼 길게 재생된다. "이게 내가 할 수 있는 최선이에요." 빌리가 프레임 사이를 앞으로, 뒤로 움직이며 마침내 말한다. "흐릿하게 나온 옆모습 전체 아니면 손으로 가린 옆모습 부분밖에 없네요."

"둘 다 인쇄해줘요. 두 여자가 같이 나온 프레임도 인쇄해주고요." 이브가 말한다.

"넵…… 잠깐만요, 베니스에서 이메일이 한 통 더 왔어요."

"읽어줘요."

"폴라스트리 양께 보냅니다. 칼레 발라레소에서 가져온 이 CCTV 영상이 도움이 되길 바랍니다. 폴라스트리 양이 설명했고 매장 매니저인 조반나 비앙키 양이 제게 확인해준 것처럼 두 여성이 반 디에스트 매장에 들른 시간과 맞아떨어지는 영상입니다. 러시아어를 쓰며 율리아 핀추크와 알리오나 핀추크라고 기재된 이 두 여성은 CCTV 영상에 찍힌 날짜로부터 이틀 후, 리도에 있는 엑셀시르 호텔에서 1박을 했습니다. 호텔 직원이 핀추크라는 성을 쓰며 자매라고 했다는 두 여성이 영상에 나온 여성인 것 같다고 확인해주었습니다. 그럼 이만. — 아르만도 트레비잔"

"그 이름 좀 확인해봐요, 빌리. 율리아하고 그 뭐더라, 나머지 한 명도 핀추크였지." 이브가 프린터가 윙윙거리며 토해낸 인쇄물 중 먼저 나온 것을 급히 잡아챈다. "원피스 입은 게 빌라넬일 거예요. 모자 각도 조절하는 모습 좀 봐요. 모자가 얼굴을 완전히 가려서 CCTV 카메라에 안 찍히잖아요."

"그냥 고쳐 쓴 걸지도 모르잖아요."

"아닐 거예요. 이 여자는 감시카메라를 완전히 꿰고 있는 거라고요. 장담하는데 여자친구도 마찬가지일걸요. 보석 가게의 조반나가 뭐라고 했는지 떠올려봐요. 나이는 같아 보이고 한쪽이 키가 더 크다고 했고 짧은 금발에 수영 선수나 테니스 선수 같은 체격이라고 했잖아요."

랜스가 고개를 끄덕인다. "인상착의에 딱 들어맞네요. 어깨 넓은 거 하며. 금발인지 구분은 안 가지만 짧은 건 분명해 보이고요. 얼굴이 너무 흐릿하지 않기만 바라야죠 뭐."

이브가 두 여자가 찍힌 종이를 뚫어져라 쳐다본다. 짧은 금발 여자의 이목구비는 좀 이상하고 흐릿하게 나왔지만 중요한 특징은 다 나와있다. "보면 알아볼 수 있어, 카우걸 아가씨. 두고 보라고." 이브가 이를 갈며 말한다.

"찾았어요. 율리아·알리오나 핀추크 자매는 우크라이나 키예프에 본사가 있는 마이슈거베이비닷컴이라는 데이트 주선 업체 공동 대표인가 봐요. 연락처는 키예프 오볼론스키 지구에 있는 사서함으로 나와있어요."

"좀 더 깊이 봐줄 수 있어요? 사진이나 약력 같은 거 찾을 수 있나 봐줄래요? 보나마나 가짜 신분이겠지만 확인해 보지요."

빌리가 고개를 끄덕인다. 너무 지쳐서 정신이 나간 것처럼 보이는 빌리를 보자 이브는 죄책감이 든다. "내일 해요. 지금은 집에 가고요." 이브가 빌리한테 말한다.

"진짜로요?" 빌리가 묻는다.

"진짜죠 그럼. 겨우 하루 만에 많은 일을 해냈잖아요. 랜스, 오늘 저녁에 무슨 약속 있어요?"

"누굴 좀 만나기로 해서요. 햄프셔 고속도로 순찰대에서 오토바이를 도둑맞은 친구인데, 그 팀장님의……."

"그 여자 이름 앞에 왜 나를 붙여요, 랜스. 그냥 빌라넬이라고 부르세요."

"넵. 빌라넬한테 오토바이 도둑맞은 친구요."

"그 사람이 런던으로 온대요?"

"아니요, 제가 기차 타고 워털루에서 그 친구 부서가 있는 위처치로 가려고요. 벨이란 술집에 아주 훌륭한 맥주가 있는 모양이에요."

"사무실로 다시 와줄 수 있어요?"

"넵, 문제없습니다. 마지막 기차가 11시 경에 있을 거예요."

이브가 얼굴을 찡그린다. "고마워요, 두 사람 다. 진짜로."

저녁 교대 1시간 전, 빌라넬이 요하나의 방문을 두드린다. 나머지 임시 직원들과 달리, 요하나는 방을 혼자 쓴다. 12명 중에서 혼자만 저녁 서빙에 안 나가도 된다. 비르기트한테 아부하면 이런 보답을 받는 모양이다.

천천히 문이 열린다. 요하나는 체육복 바지와 구겨진 스웨터 차림이다. 비몽사몽이다. "Ja(네), 왜?"

"나 대신 요하나가 저녁 서빙 좀 맡아줬으면 해서요."

요하나가 눈을 깜박거리더니 막 문지른다. "미안한데, 난 저녁 교대를 안 하잖아. 위층 객실정돈 서비스만 하지. 비르기트한테 물어봐."

빌라넬이 로저 배곳의 침대에서 찾아낸 더러운 끈 팬티가 들어 있는 투명 비닐봉지를 들어 보인다. "잘 들어, Schatz(자기야). 오늘 저녁 교대 안 해주면 비르기트한테 가서 이걸 어디서 찾았는지 말할 수밖에 없거든. 네가 손님이랑 그 짓을 하고 있다는 걸 알면 비르기트가 별로 안 좋아할 거 같은데."

"아니라고 하면 되지. 어차피 그게 내 건지 증명도 못 하잖아."

"알았어, 그럼 지금 비르기트한테 가서 말하자. 누구 말을 믿을지 두고 보면 알겠지."

한순간, 빌라넬은 자신의 으름장이 무효가 될 것 같다는 생각이 든다. 그런데 그때 요하나가 천천히 고개를 끄덕인다.

"알았어. 해줄게. 그런데 그게 왜 그렇게 중요한 건데?"

빌라넬이 어깨를 으쓱한다. "린데르의 손님들한테 정말 질렸어. 오늘 저녁엔 그 바보 같은 대화 정말 못 들어줄 거 같아서 그래."

"그럼 비르기트한테는 뭐라고 해? 내가 안 해도 되는 저녁 교대에 나가면 이상하게 생각할 거 아니야."

"네가 하고 싶어서 하는 거라고 해. 나는 토하고 나서 방에 있다고 하고. 설사병에 걸렸다고 하든가 아무거나 둘러대."

요하나가 부루퉁하게 고개를 끄덕인다. "그럼 내 tanga(끈팬티) 돌려받을 수 있는 거야?"

"나중에."

"Scheisse(제장), 비올레트. 난 너 착한 애인 줄 알았어. 알고 보니까 나쁜 년이구나. 진짜 못된 년이야."

"마음대로 생각해. 저녁 교대에만 나가, 알았지?"

빌라넬이 다시 방으로 돌아오니 시원찮게 나오는 온수로 샤워를 하는 소리가 들린다. 마리아가 터무니없이 작은 수건을 두르고 덜덜 떨며 방으로 나오자, 빌라넬은 오늘 몸이 안 좋아서 요하나가 저녁 때 대신 나갈 거라고 말한다. 마리아는 이 예기치 못한 사태에 깜짝 놀라면서도 아무 말도 하지 않는다.

욕실에 들어가 문을 잠근 후, 빌라넬은 화장으로 얼굴을 새하얗게 만든 다음 옥수수 전분을 뿌린다. 눈 밑에 살짝 그늘까지 지자 누가 봐도 병자의 얼굴이다. 마리아 곁을 지나가면서 입을 막고 헛구역질을 하고는, 비르기트를 찾으러 간다.

비르기트는 주방에서 부주방장을 갈구는 중이다. 빌라넬이 머뭇거리며 비르기트에게 속이 안 좋아서 요하나한테 부탁했다는 말을 한다. 비르기트는 빌라넬이 식당 서빙을 못 할 거라는 말을 듣고는 불같이 화를 내더니 이렇게 책임감 없고 예의 없는 사람이 어디 있냐면서 임금을 깎겠다고 난리다.

빌라넬이 방으로 돌아올 즈음, 마리아는 서빙 복장으로 갈아입고 이제 막 식당으로 가려는 참이다. "너 정말 많이 안 좋아 보인다." 마리아가 빌라넬한테 말한다. "따뜻하게 하고 있어. 원하면 내 침대에 있는 담요 가져다 덮고."

마리아가 나간 후, 빌라넬은 10분 정도 더 기다린다. 이제, 모두들 식전주를 마시러 본관에 모여있을 것이다. 직원 통로 쪽 문을 열고 조심스럽게 내다보았지만 아무 소리도 들리지 않는다. 그녀밖에 없다.

빌라넬은 다시 안으로 들어가 침실 서랍장 서랍에서 휴대 전화와 철제 볼펜을 꺼낸 다음 욕실에 들어가 문을 잠근다. 타일 바닥에 무릎을 꿇은 채, 휴대 전화 뒤판을 분리한 후 배터리를 들어 올리고 구리로 만든 초소형 기폭 장치가 들어있는 작은 알루미늄 포일 봉투를 꺼낸다. 그런 다음 세면 용품 가방에서 제비꽃 향이 나는 타원형 비누를 꺼내 너무 세지도, 너무 약하지도 않은 힘으로 세면대 바닥에 대고 친다. 그러자 비누의 바깥 껍질이 쫙 갈라지며 열린다. 그 안에는 비닐 랩으로 감싸놓은 원반 모양의 폭스7 폭약 25그램이 들어있다. 빌라넬은 세면 용품 가방으로 돌아간다. 폭약을 초소형 기폭 장치와 볼펜 그리고 매니큐어 세트에 들어있는 손톱깎이와 큐티클 푸셔, 가위가 들어있는 세면 가방에 넣는다.

안톤은 정말 싫지만 요청한 건 빼놓지 않고 다 제공했다는 점은 인정해야겠다. 기폭 장치와 폭스7 폭약은 최첨단이고, 매니큐어 도구는 강철로 제작되어 전문가용 DIY 도구로도 쓸 수 있으며, 볼펜은 아주 조금만 손을 보면 납땜용 인두가 된다.

이제, 딱 한 가지만 더 있으면 된다.

구지 스트리트 역은 사람들로 북적북적 붐빈다. 퇴근길 러시아워에는 늘 이런 상태기 때문에 이브는 버스를 선호하는 편이다. 밀실 공포증이 있는 건 아니지만, 지하 터널을 통과하는 동안에는 언제든 불이 깜빡거리다가 나갈 수도 있고, 갑자기 대이변이 일어나 고장이라도 난 듯 기차가 뚜렷한 이유 없이 멈출 수도 있는데,

남의 몸에 둘러싸여 옴짝달싹 못 하는 건 아무래도 좀 그렇다. 그럴 때 이브는 뼛속 깊이 불안해진다. 죽음에 필적할 만한 것이 너무나 많기 때문이다.

지금 도착하는 첫차는 에지웨어 지선인 노던선[런던 지하철의 모든 노선 중 승객 수가 가장 많은 노선]으로 이미 만원이다. 승강장에서 전철을 기다리고 있는 수많은 통근자들이 서로 밀쳐가며 억지로 지하철에 탑승하려고 애를 쓰는 와중에 이브는 벤치로 물러난다.

"미친 거 같지 않나요?" 옆에 있던 사람이 무표정한 얼굴로 묻는다. 30대 후반 내지 40대로 보이는 남자다. 수 개월 동안 햇빛 한번 못 본 듯한 피부다. 이브는 쌀쌀맞은 얼굴로 앞만 바라본다.

"드릴 게 있습니다." 남자가 이브한테 갈색 서류 봉투를 건넨다. 손으로 쓴 쪽지다. "읽어주세요."

당신이 이겼어요. 이 사람은 올렉입니다. 무조건 그가 하라는 대로 하세요.
R로부터

한껏 들뜬 기분을 감추고자 억지로 얼굴을 찡그린 채, 이브는 봉투와 쪽지를 가방에 넣는다. "알았어요, 올렉. 말씀해 주세요."

"좋아요. 내일 아침 8시, 굉장히 중요한 겁니다. 여기 지하철 승강장에서 저한테 여권을 주시는 겁니다. 내일 저녁 6시, 여기서 다시 만나서 여권을 돌려드릴 겁니다. 수요일에는 히스로에서 모스크바 셰레메티예보까지 비행한 다음 코스모스 호텔에 숙박할 겁니다. 러시아어는 할 줄 아시겠죠? 조금이라도?"

"잘하진 못해요. 학교 때 배운 게 다라. A레벨[영국 대입 준비생들이 보통 18세 때 치르는 과목별 상급 시험] 시험 보느라고요."

"A레벨 러시아어라. Eto khorosho(잘됐네요). 러시아에 가본 적은 있으신가요?"

"한 번이요. 한 10년 전 쯤에."

"좋아요, 문제없겠어요." 남자가 서류가방을 열어 얇은 종이 두 장을 꺼낸다. 종이에는 전 세계 비자신청서가 으레 그렇듯 깨알같이 작고 번진 글씨가 인쇄되어 있다. "서명해 주세요. 걱정 마세요, 나머진 제가 채울 거니까."

이브가 신청서를 남자한테 다시 건넨다.

"그리고 모스크바는 지금 굉장히 춥습니다. 우빙이 내려요. 든든한 외투하고 모자 꼭 챙기세요. 부츠도요."

"저 혼자 가나요?"

"아뇨, kollega(동료이신) 렌즈도 갑니다."

한참만에야 랜스를 말하는 거란 걸 알아차린다.

"고마워요, 올렉, do zabtra(내일까지 안녕히)."

"Do zavtra."

그때서야 니코한테 대체 뭐라고 말을 해야 할지 고민이 되기 시작한다.

빌라넬은 침착하고 꾸준히 55분 동안 작업한 끝에 린데르를 죽일 폭탄을 완성한다. 폭탄이 준비되자, 빌라넬은 독일소녀동맹 단복으로 갈아입은 다음 폭탄과 마스터키를 주머니에 넣고 방을 나선다. 숙박동에 도착해서는 걸음을 잠시 멈춘다. 손님들이 아직 저녁 식사 중이라 복도는 조용하다. 느긋하게 로저 배곳의 방으로 걸어간 다음 조용히 문을 두드린 후, 응답이 없자 방으로 들어간다. 빌라넬은 청소용 고무장갑을 낀 손으로 주머니에서 봉투를 꺼낸다. 봉투 안에는 손톱 가위와 폭스7 폭약을 쌌던 비닐 랩이 들어있다. 욕실에 들어가서 배곳의 세면 용품 가방을 찾은 다음 손톱 가위로 가방 안감에 작은 칼집을 내고 그 안에 비닐 랩을 밀어 넣는다. 비닐봉투는 세면대 아래 놓인 작은 페달 달린 쓰레기통으로 들어간다.

배곳의 방을 나와 2층에 있는 린데르의 방으로 올라간다. 다시 한 번 조용히 문을 두드려 보지만 안에서는 아무런 소리도 나지 않는다. 방에 들어가 호흡을 가다듬은 다음 조심스럽게 준비해온 폭탄을 설치한다. 한순간 방 한가운데 서서 폭발과 폭발로 인한 충격파를 추정해 본다. 그때 몸이 경고 신호를 보내 귀기울여 보니 살금살금 계단을 오르는 희미한 발소리가 들린다. 린데르가 아닐 수도 있지만 린데르일 수도 있다.

빌라넬은 객실 정돈을 막 마치고 나온 것처럼 방에서 태연히 걸어 나갈까 생각해본다. 그런데 침대를 보니 이부자리 정리도 되어있지 않고 이제 와서 그걸 할 시간도 없다. 게다가 누군가 그녀가 방에서 나가는 걸 보고 기억할 것이다. 따라서, 머릿속에서 리허설했던 대로, 재빨리 가죽 여행 가방 쪽으로 움직여 이중 지퍼를 연다. 가방 안으로 들어가 무릎을 꿇고 몸을 쪼그라트린 후 어깨를 굽히고는 고개를 그 안에 쑤셔 넣는다. 그러고 나서 손을 위로 뻗어 이중 지퍼를 동시에 잡아당긴 후 숨도 쉬고 바깥도 살필 겸 10센티미터 정도 틈을 남겨둔다. 무지막지하게 빠듯하고 비좁은 공간이라서 정기적으로 운동과 스트레칭을 하지 않은 사람에게는 어렴도 없는 일이지만, 빌라넬은 잔뜩 긴장한 등과 다리의 힘줄을 무시한 채 호흡을 가다듬는 데만 집중한다. 가방에서 퀘퀘한 돼지가죽 냄새가 난다. 심장 박동이 다시 정상으로 돌아온 게 느껴진다.

방문이 열리고 막스 린데르가 들어온다. 바깥 문고리에 '방해하지 마시오' 팻말을 건 후, 안에서 문에 걸쇠까지 건다. 침대를 빙 돌아 상체를 숙이더니 작은 여행 가방을 들어 올린 후, 침대 위에 올려놓고는 비밀번호를 입력해 연다. 가방 안에서 황갈색 옷 같은 걸 꺼내 그걸 침대 위에 펼쳐놓는다.

린데르가 방을 가로지른다. 중간에 침대가 가로막고 있어서 빌라넬한테는 옷장이 보이지 않는다. 하지만 옷장의 양문이 삐걱거리며 열리는 소리가 들린 후, 린데르가 서류 가방을 여느라 자물쇠 스프링이 찰칵거리는 소리가 난다. 한쪽 눈을 지퍼 사이에 난 작은 구멍에 바짝 붙이자 겨드랑이에서 옆구리로 식은땀이 주르륵 흘러내리는 게 느껴진다. 잠시 후, 다시 빌라넬의 시야에 들어온 린데르가 노트북과 CD 한 장을 들고 오더니 그것을 침대 옆 테이블에 놓인 소형 프로젝터 옆에 놓는다. 그것들을 연결하느라 잠시 아무 움직임이 없더니 잠시 후 방의 한쪽 벽에 흐릿한 영상이 뜬다. 영상은 몇 초 간 나오다가 멈춘다. 빌라넬한테는 모퉁이 부분의 영상밖에 보이지 않지만 오래된 흑백 필름의 카운트다운 타이머인 듯하다.

린데르가 침대 옆 테이블의 스탠드 불빛과 프로젝터가 쏘는 빔만 남도록 벽의 스위치를 터치해서 천장 등을 끈다. 그런 다음, 느긋하게 옷을 벗더니 침대 위에 펼쳐놓았던 옷 속으로 발을 들여

놓는다. 상체 부분은 조일 수 있는 끈이 있고 퍼프소매에 프릴 달린 앞치마가 붙어있는 알프스 전통 의상, 던들이다. 무릎까지 오는 흰색 양말로 의상을 완성한다. 린데르가 뚜렷하게 보이지는 않지만, 지금 보이는 것만으로도 린데르에게 어울리는 복장이 아니라는 것 정도는 알 수 있다. 상체를 숙인 린데르가 작은 여행 가방에서 여성용 가발을 꺼내더니 그것을 머리 위에 가지런히 올려놓는다. 가발은 철저히 20세기 중반 스타일에 맞춰 깔끔한 웨이브가 들어가 있다.

빌라넬의 등과 종아리 근육은 이제 아프다며 비명을 지르고 있다. 작은 엿보기 구멍을 통해 내다보던 빌라넬한테 페트라 포스가 해준 얘기가 떠오른다.

그 사람 빌어먹을 에바 브라운으로 변장을 해.

다시 옷장 안 서류 가방으로 간 린데르가 오베르그루펜퓌러 딜도를 꺼낸다. 빌라넬이 그 오베르그루펜퓌러에 군대급 기폭 장치와 파괴적인 폭발력을 지닌 폭스7 폭약을 설치한 지 한 시간도 채 되지 않았으니 이건 바람직한 상황이 아니다. 순간 가방에서 튀어나가 맨손으로 린데르를 죽인 다음 창밖으로 던져 저 바깥 눈 덮인 암흑 속으로 보내버릴까 생각하다가 재빨리 그 유혹을 떨쳐 버린다. 발견에 시간은 걸리겠지만, 발견이 안 될 리는 없을 것이다. 그때, 말도 안 되고 이상하지만, 빌라넬은 몸을 접고 여행 가방에 있는 게 안전하게 느껴진다. 심지어 그 안이 좋아진다.

프로젝터 스위치를 켜 흑백 영상이 벽에서 깜빡거리기 시작하자 린데르가 인이어 이어폰을 꽂고 침대에 눕는다. 각도가 일그러지긴 했지만, 빌라넬은 그 영상이 히틀러가 수많은 군중에게, 십중팔구 뉘른베르크에서, 침을 튀겨가며 역사적 연설을 하는 장면임을 알 수 있다. 연설 중에 빌라넬한테 들리는 소리라고는 린데르의 이어폰에서 새어나오는 희미한 속삭임밖에 없지만, 던들의 레이스 앞치마가 이내 강풍 속 텐트처럼 씰룩씰룩 움직인다. "아, mein(나의) 섹시한 Wolf(늑대)." 린데르가 자기 성기를 움켜잡으며 중얼거린다. "오, mein Führer(나의 총통님). 그 큰 늑대 꼬리로 나를 범해주세요. anschluss(교감)하고 싶어요."

빌라넬이 두 눈을 감고 무릎을 꼭 끌어안은 채 손으로 귀를 막고 입을 연다. 이제 목 근육과 어깨 근육에 경련이 일고, 심장은 터질 듯 두근거린다.

"나를 범해주세요, mein Führer!"

천이 찢어지는 것처럼 공기가 갈라지고, 포효 소리가 사방을 꽝 때리면서 빌라넬을 가두듯 둘러싸더니 몸을 위로 들어 올렸다 거꾸로 뒤집는 바람에 숨이 잘 안 쉬어진다. 영원과도 같은 순간 동안 무중력 상태가 되더니 꽝 하고 충돌하면서 여행 가방이 확 열린다. 폐는 헐떡거리고 충격으로 현기증이 나는 가운데 빌라넬은 얼어붙은 듯 윙윙거리는 침묵 속에 굴러떨어진다. 어두컴컴한 방 안에 판 유리창은 더 이상 없고 그 자리엔 칠흑 같은 암흑만 있다. 실내를 가득 채운 깃털이 갑자기 들어온 산 공기에 눈송이처럼 이리저리 날아다닌다. 붉게 물든 깃털이 둥둥 떠다니다 바닥으로 떨어진다. 그 중 하나가 빌라넬의 뺨에 사뿐히 내려앉는다.

빌라넬은 간신히 한쪽 팔꿈치로 몸을 일으킨다. 막스 린데르가

온 사방에 널려있다. 머리와 아직도 끈으로 조이는 던들을 입고 있는 몸통은 침대 머리맡 나무판으로 날아갔다. 거의 두 동강이 난 다리는 침대 끝에 아무렇게나 걸쳐져있다. 침대 머리맡과 발치 사이에 놓인 터져버린 이불 위에는 피, 내장, 폭탄에 깨진 천장등에서 나온 유리 파편이 어지러이 뒤섞여있는 게 어렴풋이 보인다. 빌라넬의 머리 위로, 천장에서 떨어져 나온 무언가가 머리카락 속으로 후두두 떨어진다. 손으로 멍하니 그것을 털어버리고 나서 보니 간인 것 같다. 천장과 벽은 흩뿌려진 혈흔으로 번들거리고 배설물과 장내 물질로 얼룩덜룩하다. 떨어져 나온 린데르의 오른손이 손등을 위로 향한 채 서비스 과일 그릇 안에 놓여 있다.

천천히 바닥에서 일어선 빌라넬이 비틀거리며 몇 걸음을 뗀다. 어렴풋이 허기가 느껴져 손을 뻗어 바나나를 잡지만 껍데기가 피 때문에 끈적끈적해서 카펫 바닥으로 툭 떨어뜨린다. 피로로 눈이 빠질 듯 아픈 데다 죽을 만큼 춥다. 그래서 다시 바닥에 누운 다음 침대 발치에서 어린아이처럼 몸을 동그랗게 만다. 그녀가 방금 죽인 남자의 체액이 주변으로 방울방울 떨어져 엉겨 붙는다. 문을 부수는 소리도, 그 뒤 이어진 고함과 비명 소리도 빌라넬은 듣지 못한다. 빌라넬은 안나 레오노바의 무릎베개를 하고 누워있는 꿈을 꾸는 중이다. 안전하고 평화로운 꿈속에서는 안나가 머리를 쓰다듬어주고 있다.

7

활주로를 달리는 에어 버스의 차창에 진눈깨비가 후두두 떨어진다. 지나치게 머리를 탈색한 스튜어디스가 귀찮다는 듯 기내 안전 교육을 하고 있다. 녹음된 음악의 음량이 커졌다 작아졌다 한다.

"아, 그 호텔. 프로스펙트 미라에 있는데 진짜 어마어마하게 커요. 아마 러시아에서 제일 큰 호텔일걸요." 랜스가 말한다.

"이 비행기, 음료는 제공할까요?"

"이브, 이거 아에로플로트 항공[러시아의 국영 항공 회사]이잖아요. 긴장 풀어요."

"미안해요, 랜스. 요 며칠이 진짜 지옥 같았거든요. 니코가 떠났을지도 몰라요."

"그렇게 안 좋았어요?"

"그렇게 안 좋았어요. 베니스도 힘들었는데 이번엔 행선지도 말 못 하잖아요. 알게 되면 완전 난리 날걸요. 게다가 랜스하고 나 사이가 그 왜 있잖아요……."

"안 자는 사이라는 거요?"

"그래요, 니코도 그런 줄은 알고 있지만, 어딘지 몰라도 아무튼 내가 다른 남자랑 가는 거잖아요."

"남편한테 나도 간다고 말했어요?"

"나도 알아요, 내가 괜한 말 했다는 거. 그래도 아무 말도 안 하거나 거짓말했는데 니코가 나중에 알게 되는 것보단 낫잖아요."

랜스가 검정과 빨강이 들어간 FC 스파르타크 모스크바 티셔츠에 빵빵한 외투를 입고 머리가 둥근 왼쪽 승객을 힐끔 쳐다보더니 어깨를 으쓱한다. "그런 문제에 답 같은 건 없어요. 이혼한 전처도 내가 일 얘기를 전혀 안 해서 엄청 싫어했지만, 뭐 어쩌겠어요? 자기 친구랑 수다 떠는 걸 좋아했는데 술 두어 잔만 들어가면 말이 진짜 많아졌죠. 어떤 커플은 잘 대처하고 어떤 커플은 그러지 못하지만, 그게 다인 거죠, 뭐."

고개를 끄덕이면서도 이브는 말하지 말걸 하고 생각한다. 숙취에 수면 부족에 마음까지 힘들다. 전날, 그녀와 니코는 새벽 3시까지 깨어있었다. 두 사람 다 마실 마음도 없는 와인을 마시면서 해선 안 될 말을 했다. 결국 그녀가 자러 가겠다고 통보해 버리자, 마음 상한 니코가 자신은 소파에서 자겠다고 선언했다.

"당신이 어딜 가는지 모르겠지만 거기서 돌아왔을 때 내가 없어도 놀라지 마." 니코가 이를 악물며 목발에 기댄 채 말했다.

"어디 갈 건데?"

"그건 왜 물어? 무슨 소용이 있다고?"

"그냥 물어보는 거야."

"물어보지 마. 나한테 당신 행선지를 알 권리가 없다면, 당신한테도 내 행선지를 알 권리는 없는 거 아냐?"

"알았어."

이브는 니코한테 담요를 가져다 주었다. 고개를 숙인 채 목발을 옆에 두고 소파에 앉아있던 니코는 자기 집인데도 불구하고 갈 곳을 잃고 쫓겨난 사람처럼 보였다. 깊은 상처를 받고 그렇게 있는 니코를 보자 이브는 가슴이 미어졌지만, 한편으로 냉철하고 이성적으로 생각해보면 이 싸움은 반드시 치러야 하고 이겨야 하는 싸움이었다. 여기서 물러난다는 것은 고려할 가치조차 없는 선택이었다.

"비행 시간은 얼마나 돼요?" 이브가 랜스에게 묻는다.

"세 시간 반 정도요."

"보드카가 해장에 좋은 술이죠, 그렇죠?"

"이 몸이 검증했습니다요."

"이륙하자마자 저 스튜어디스하고 눈 좀 꼭 마주쳐줘요."

호텔은 랜스 말대로 정말 크다. 소비에트 시절 전성기를 떠올리게 하는 기둥 있는 광활한 공간과 실용적이면서 장엄한 로비는 지하철 역사만하다. 20층에 있는 객실은 낡은 가구 때문에 칙칙해도 전망만은 끝내준다. 이브의 방 창문 맞은편, 프로스펙트 미라 건너편에 있는 것이 이전 전(全) 러시아 박람회장으로 화려한 파빌리온들, 보도, 정원, 분수로 이루어진 복합 단지다. 멀리서 보니 퇴색하기는 했어도, 새파란 10월의 하늘 아래서 여전히 화려해 보인다.

"자, 이제 계획이 뭐예요?" 랜스가 호텔 내 칼린카 식당에서 커피를 두 잔째 마시며 묻는다.

이브는 곰곰이 생각한다. 전날 밤 잠을 푹 잤더니 뜻밖에도 모든 일이 다 잘 풀릴 것 같은 기분이 든다. 니코와의 싸움도, 그와 관련된 문제들도 서서히 뒤로 물러나더니 작은 배경음, 다 꺼져가는 불빛이 되었다. 오늘 하루, 모스크바에서 어떤 일이 생기든 받아들일 준비가 되었다. "난 산책을 좀 하고 싶어요. 러시아 공기를 흠뻑 들이마시고 싶거든요. 맞은편에 있는 저 공원에 가보는 건 어떨까요. 저 로켓 모양 조각상을 좀 더 자세히 보고 싶어서요."

"올렉이 11시에 호텔에서 접선하자고 했는데요."

"그럼 2시간 반이나 남은 거네요. 난 혼자 가도 상관없는데."

"이브가 가면 나도 갈게요."

"진짜로 내가 위험에 처했다고 생각해요? 아니면 우리 둘 다?"

"여긴 모스크바예요. 우리 둘 다 본명으로 입국한 상태인데, 우리 이름이 외국 정보원 명단 같은 데 올라있을 게 틀림없단 말이죠. 우리 입국을 눈치 채지 못했을 리가 없어요. 분명 우리 연락책도 우리가 도착한 걸 알고 있을 겁니다."

"이 사람 어떤 사람이에요? 혹시 뭐 아는 거 있어요?"

"이름이 없어요. 그냥 리처드가 여기서 활동할 때 알던 사람이래요. 내 생각엔 FSB(러시아 연방보안국) 간부였을 거 같아요. 모르긴 몰라도 꽤 높은 사람이겠죠."

"리처드가 여기 지국장이었죠?"

"넵."

"그런 일이 꽤 흔한 편이에요? 고위 간부가 적군하고 연락하고 지내는 게?"

"흔하지는 않아요. 하지만 리처드는 외교 관계가 냉랭해졌을 때조차 인간관계만큼은 늘 원만하게 유지해 왔으니까요."

"상하이에서 진 치앙도 그런 말을 했던 기억이 나요."

"내 생각에 리처드는 그런 관계를 일종의 안전책으로 여겼던 것 같아요. 만약 그쪽 지도자나 우리 지도자가 완전히 맛이 가면……."

"분별 있는 사람들이 나설 거다."

"뭐 그런 얘기죠."

15분 후, 두 사람은 우주 정복 기념비 아래 서있다. 이 기념비는 100미터 높이에 반짝이는 티타늄 재질로 로켓이 화염을 내뿜으며 발사되는 장면을 표현한 것이다. 두 사람 옆에서는 케밥 장사가 가판대를 세우는 중이다.

"난 늘 라이카가 너무 불쌍했어요. 러시아에서 우주로 보낸 개 말이에요." 이브가 파카 주머니에 손을 깊숙이 찔러 넣으며 말한다. "어렸을 때 그 기사를 읽은 후로는 저 머나먼 우주에서 자기가 지구로 영영 못 돌아올 거란 사실도 모른 채 캡슐에 갇혀 있는 라이카 꿈을 꾸곤 했죠. 우주 탐사 계획 도중에 사람이 죽기도 했다는 건 알지만 제일 가슴 아팠던 건 라이카였어요. 어떻게 생각해요?"

"난 늘 강아지가 갖고 싶었어요. 데이브 삼촌이 레디치 외곽에서 석탄 폐석 적치장을 운영하셨는데 어렸을 때 가끔 우리를 초대하곤 했죠. 그럼 우린 삼촌의 테리어 개들한테 쥐를 쫓게 했거든요. 한 번 나가면 한 100마리는 죽이곤 했는데. 완전 피 칠갑에 냄새는 또 얼마나 끔찍했다고요."

"어린 시절 추억 한번 훈훈하네요."

"그러게요. 우리 아버지께선 늘 데이브 삼촌이 거기서 부자가 된 거라고 말씀하셨거든요. 어떤 놈들이 야밤에 카펫에 뭘 둘둘 말아가지고 나타나도 대개는 못 본 체했다라고요."

"그거 진짜예요?"

"한번 생각해봐요. 삼촌은 나이 마흔에 은퇴해서 키프로스로 이사하고는 그 이후 손가락 하나 까딱하지 않고 골프만 쳤대요."

랜스가 몸을 잔뜩 웅크리며 외투 속으로 파고든다. "우리 계속 이동해야 돼요."

"무슨 이유라도 있어요?"

"만약 누군가 우리를 감시 중이라면, 가능성이 한 50프로에서 70프로 사이는 될 것 같은데, 아무튼 우리가 한자리에 가만히 있으면 그걸 알 길이 없잖아요."

"그렇겠네요. 자, 걸읍시다."

20세기 중반 구소련이 이룩한 경제 업적을 기념해서 건립된 이 공원은 크고 넓으면서 음침하다. 군데군데 벗겨지고 세월의 흔적이 역력한 개선문 사이로는 허공만 보인다. 신고전주의 양식의 파빌리온들은 문에 자물쇠가 걸린 채 버려져 쓸쓸히 서있다. 방문객들은 벤치에 앉아 조국의 최근 역사를 이해해 보려다 좌절하기라도 한 듯 어중간한 허공을 바라보고 있다. 그 모든 것 너머에는 부자연스러울 정도로 새파란 하늘과 바람을 타고 흘러가는 흰 구름이 있다.

"그런데 랜스, 전에 여기 왔을 때……."

"얘기 마저 해봐요."

"실제 한 일이 뭐였어요?"

랜스가 어깨를 으쓱한다. 혼자 롤러스케이트를 타는 사람이 쌩 하고 두 사람을 지나간다. "주로 기본적인 일들이요. 감시를 요하는 사람들을 감시하고. 누가 다녀갔나 보고 그런 거요."

"공작관이요?"

"그보단 인재 발굴에 가까웠어요. 반대편에 잠재력은 있는데 우리한테 정보는 안 줄 것 같은 사람이 있으면, 내가 그 사람을 넘기고 곧 그 사람한테 접근이 이루어지는 식이죠. 그런 전향자들로 순도 100퍼센트 미친놈들을 걸러내는 데 내가 기여를 한 셈이죠."

두 사람은 바람이 불어 수면에 물결이 이는 관상용 호수를 따라 걷는다. "돌아보지 말고 들어요. 우리 100미터 뒤. 회색 외투를 입고 챙 말린 납작한 중절모자 쓰고 혼자 지도 보는 남자요."

"우릴 미행 중인 거예요?"

"우릴 계속 지켜보고 있는 건 분명해요."

"언제부터 알고 있었던 거예요?"

"아까 우리가 로켓 기념비에서 출발했을 때 따라오더라고요."

"이제 어떻게 할까요?"

"그거랑 상관없이 원래 하려던 대로 하자고요. 착한 관광객들처럼 지하철역에 가본 다음에 호텔로 돌아갑시다. 뒤돌아서 우리의 FSB 친구 쳐다보고 싶은 유혹 가능하면 꾹 참아주시고요."

"랜스, 나 그 정도로 무식하진 않거든요."

"알아요, 알아. 그냥 말해본 거예요."

지하철 입구는 원형 기둥이 있는 긴 복도를 통과한다. 안은 북적거리지만 널찍하다. 이브와 랜스는 각자 지하철 티켓을 구입한 후 에스컬레이터를 타고 대궐같이 으리으리한 지하 중앙 통로로 내려간다. 역의 광경 때문에 이브가 갑자기 우뚝 멈춰서는 바람에 어떤 여자가 쇼핑 카트로 이브의 무릎을 들이받고는 퉁명스러운 얼굴로 카트를 밀며 지나간다. 그런데도 이브는 넋을 빼앗긴다.

중앙 복도는 광활 그 자체고 화려한 샹들리에가 훤히 켜져있다. 벽과 아치형 천장은 흰 대리석이고 녹색 모자이크로 장식된 아치 길을 따라가면 승강장이 나온다. 승객들이 서둘러 오고가느라 정신없는 인파의 소용돌이가 생겨난 가운데, 한 청년이 낡은 기타로 이브가 알 듯 모를 듯한 노래를 연주하고 있고, 무공 훈장을 죽 늘어놓은 거지는 고개를 땅바닥에 묻은 채 절하듯 엎드린 자세에서 양손만 앞으로 내밀고 있다.

랜스와 이브는 인파에 몸을 맡긴 채 중앙 통로로 휩쓸려 간다.

"저 노래 뭐예요? 분명 아는 노래인데." 이브가 묻는다.

"다들 아는 노래라고 생각하죠. 저 노래는 세상에서 가장 짜증나는 노래일 거예요. 'Posledniy Raz(마지막으로)'라는 노래예요. 러시아판 '마카레나'라고 할 수 있죠."

"랜스는 어쩜 그런 것까지 다 알아요, 정말이지……." 이브가 갑자기 말을 멈춘다. "어머나 세상에. 저기 좀 봐요."

한 노인이 돌 벤치에 앉아있다. 노인의 발치에는 갓 태어난 새끼 고양이가 그득한 마분지 상자가 놓여있다. 노인이 씩 웃자 이 없이 잇몸만 드러난다. 눈동자 색이 아주 연한 푸른색이다.

이브가 손가락으로 새끼 한 마리의 부서질 듯 말랑한 머리를 만질 셈으로 한쪽 무릎을 꿇는 순간, 바람이 불어와 머리카락이 나부끼는가 싶더니 픽 소리가 들린다. 벤치에 앉은 노인의 얼굴이 이 없이 씩 웃던 표정 그대로 안으로 접힌 것처럼 보이지만, 실은 그의 두개골이 피를 뿜으며 안의 내용물을 흰 대리석 벽에 쏟아내는 중이다.

이브는 깜짝 놀라 얼어붙는다. 새끼 고양이들이 힘없이 야옹 우는 소리가 들리는 가운데 비명 소리는 저 멀리서 들려오는 것만 같다. 그때 누군가 이브를 주저앉혀서 보니 랜스가 억센 팔로 이브를 출구 쪽으로 끌고 있다. 다른 사람들도 모두 같은 생각인지 사람들이 우르르 밀려오면서 어깨와 팔꿈치로 서로를 밀치는 와중에 이브는 일으켜 세워진다. 구두를 한 짝 잃어버린 것 같아 그것을 찾으려 몸을 수그리지만 휩쓸려 앞으로 나아가고 만다. 그 과정에서 인정사정없이 갈비뼈를 짓눌린 이브는 숨이 가빠 헐떡거린다. 짓눌림의 정도가 점점 세지면서 눈앞에 빛나는 점들이 아른거리는 순간, 어떤 목소리가 그녀의 귀에 대고 외친다. '세리오자, 세리오자.' 다리가 풀려 쓰러지면서 암흑이 훅 다가오기 전 이브가 마지막으로 인식한 것은 어디선가, 어떻게 된 일인지 미쳐버릴 듯한 주문 같은 그 노래가 아직도 들린다는 것이다.

랜스가 그녀를 들어 올려 자기 어깨 너머로 머리를 축 늘어뜨리게 하고는 에스컬레이터까지 나른다. 여기도 승객들이 꽉 들어차긴 마찬가지지만 마침내 두 사람은 긴 복도에 다다른다. 랜스는 드디어 이브를 내려 기둥에 기대 앉힌다. 눈을 뜬 후 몇 차례 깜빡거리면서 숨을 크게 들이마시자 현기증이 나면서 울렁거린다.

"걸을 수 있겠어요?" 랜스가 다급하게 주변을 훑는다. "우리 정말, 진짜로 여기서 빠져나가야 하거든요."

숨을 크게 토해 낸 이브가 나머지 구두 한 짝을 차서 벗어버리자 랜스가 이브를 일으켜 세운다. 한순간 휘청거린 이브는 맨발바닥으로 차디찬 바닥의 냉기를 느끼며 생각을 가다듬으려 안간힘을 쓴다. 누군가 방금 그녀의 뒤통수에 총을 쏘려고 했다. 새끼 고양이를 데리고 있던 노인의 뇌가 날아갔다. 저격범이 어느 때고 두 사람을 따라잡을지 모른다.

이럴 때일수록 정신 똑바로 차려야 한다는 건 알고 있지만, 너무 어지럽고 토할 것 같아 이브는 도저히 몸을 움직일 수가 없다. 충격 때문이야, 작은 목소리가 그녀에게 속삭인다. 하지만 충격 때문이라는 걸 안다고 해서 총알이 살에 부딪치며 난 퍽 소리, 우그러든 얼굴, 서머푸딩처럼 두개골에서 떨어져 내리던 뇌가 떨쳐지는 건 아니다. Posledniy Raz(마지막으로). 새끼 고양이가 어렴풋이 떠오른다. 그 애들은 누가 돌봐줄까? 그 순간 이브는 몸을 앞으로 기울이고 맨발에 대고 격렬하게 구토하기 시작한다.

지하철역 출구 바로 옆에 건장한 남자 넷이 기다리고 있다. 그 남자들 뒤로 FSB 마크가 표시된 검은색 밴 한 대가 다가와 선다. 챙 말린 납작한 중절모를 쓴 다섯 번째 남자가 네 남자 가까이 선 채, 쏟아져 나오는 승객들을 대놓고 면밀히 살피고 있다.

이브가 구역질을 하자 그 곁을 지나던 사람들이 피하는 모습이 다섯 번째 남자의 주의를 끈다. 이브가 눈물에 젖은 눈으로 벌벌 떨며 마침내 똑바로 서자, 네 남자가 단호한 태도로 이브 쪽으로 다가온다.

"따라와." 그들 중 한 사람이 이브의 팔꿈치에 손을 얹으며 영어로 말한다. 납작한 가죽 모자에 누빔 외투 차림의 남자는 얼굴만 봐서는 아군인지 적군인지 알 수가 없다. 나머지 세 동료와 마찬가지로, 이 남자도 허리에 찬 총집에 커다란 권총을 지니고 있다.

"Kogo-to zastrelili." 랜스가 지하철역을 가리키며 남자에게 말한다. "어떤 사람이 총에 맞았다고요."

가죽 모자를 쓴 남자가 랜스의 말을 무시한다. "타." 남자가 검정색 밴 쪽을 가리키며 말한다.

이브가 못마땅한 얼굴로 남자를 노려본다. 이브는 지금 발이 시려 죽을 것만 같다.

"우리한테 선택권이 별로 없는 것 같은데요." 승객들이 계속 줄줄이 두 사람을 지나쳐 갈 때 랜스가 말한다. "지금으로선 저기가 제일 안전할지도요."

운전자는 무리하게 차선을 이리저리 바꿔가며 말없이 고속으로 차를 몬다. 차가 프로스펙트 미라 남쪽으로 달리는 동안, 이브는 생각에 집중해보려 안간힘을 쓰지만 밴이 이리저리 흔들리는데다 휘발유 냄새, 다른 사람들의 체취, 향수 냄새, 자신의 토사물 냄새까지 더해져 구역질이 난다. 생각은커녕 구토를 참기 바쁘다. 앞 유리를 통해 도로를 내다보며, 이브는 손으로 머리를 쓸어내린다. 이마가 축축하다.

"몸은 좀 어때요?" 랜스가 묻는다.

"엉망이에요." 이브가 뒤돌아보지 않고 대답한다.

"걱정 말아요."

"걱정을 말라고요?" 이브가 신경질적인 목소리로 말한다. "랜스, 방금 누군가 날 총으로 쏴 죽이려고 했어요. 난 내 발가락에 대고 토했고요. 게다가 우린 지금 납치까지 당했잖아요."

"알아요, 그다지 이상적인 상황이 못 된다는 거. 하지만 그 거리에 있는 것보다 이 사람들하고 있는 게 더 안전할 거예요."

"나도 그러길 바라요. 바라마지 않는다고요."

그들이 탄 밴은 거대하고 칙칙한 황토색 벽돌 건물이 우뚝 솟아 있는 어떤 광장으로 휙 들어선다. "루뱐카예요. KGB 본부였던." 랜스가 말한다.

"아주 잘됐네요."

"지금은 FSB가 쓰고 있는데, FSB는 실질적으로 치과 의자만 더 좋은 KGB나 다름없죠."

운전자는 건물 옆으로 가는 길을 타고 우회전한 다음 멈춘다. 루뱐카 뒤쪽은 건축 자재와 쓰레기만 있는 황무지다. 가죽 모자를 쓴 남자가 조수석에서 내려 밴 문을 밀어 연다.

"따라와." 남자가 이브한테 말한다.

불안한 이브가 놀란 얼굴로 랜스를 돌아본다. 일어서려던 랜스는 억지로 좌석에 눌러 앉혀진다.

"여자는 가고 너는 남는다."

이브는 누군가 차 문 쪽으로 떠미는 것만 같은 기분이다. 가죽 모자 남자가 밖에서 무표정한 얼굴로 기다리고 있다.

"이게 우리가 온 이유일지 몰라요. 행운을 빌게요." 랜스가 말한다.

이브는 이제 아무 느낌도 없다. 심지어 공포도 느껴지지 않는다. "고마워요." 랜스에게 속삭이고는 차가운 건설용 모래가 흩뿌려진 바닥에 발을 내려놓는다. 이브는 골함석으로 덮인 문을 지나 망치와 낫이 새겨진 돌[농민을 상징하는 낫과 노동자를 상징하는 망치가 겹친 기호로 구소련 국기와 공산당의 심벌로 쓰임]이 얹혀있는 낮은 문으로 떠밀려 간다. 가죽 모자가 버튼을 누르자 문이 들릴락 말락 희미하게 철커덕 소리를 낸다. 가죽 모자가 문을 밀어 연다. 문 안쪽에서 이브의 눈앞에 펼쳐진 것은 완전한 어둠이다.

옥사나 보론초바는 페름이기도 하고 페름이 아니기도 한 어느 도시의 도로가를 걷고 있다. 시간은 저녁, 눈발이 날리는 중이다. 도로 가장자리에는 정면이 평평하고 키가 큰 건물들이 자리 잡고 있고, 건물들 사이로 드넓고 시커먼 강물과 눈 덮인 부빙이 보인다. 옥사나가 걸음을 내디딜 때마다, 1990년대 컴퓨터 게임 속에 들어오기라도 한 것처럼, 앞에 펼쳐지는 경치가 바뀐다. 벽이 올라오고, 길이 깔린다. 모든 게 나방의 날개처럼 흑과 백, 회색으로 점점이 얼룩져있다.

자신이 가상 현실 속에 있다는 사실을 알자 옥사나는 이런 결론을 내린다. 늘 추측했던 대로, 가상 현실에는 아무것도 실재하지 않고, 자신이 하는 행동은 아무 결과도 초래하지 않기 때문에 마음대로 할 수 있다. 하지만 그것이 그녀가 품은 모든 의문에 답을 주는 건 아니다. 어째서 그녀는 이토록 계속 찾아 헤매고, 이 땅거미 진 도로를 끊임없이 걸어야 하는 것인가? 양쪽에 무대 장치처럼 우뚝 솟은 건물들 뒤에는 무엇이 있는가? 입체적으로 보이거나 소리가 들리는 곳이 없어 보이는 이유는 무엇인가? 그녀가 이토록 끔찍하고 압도적인 슬픔을 느끼는 이유는 무엇일까?

저 앞에서 흐릿한 형상이 기다리고 있다. 옥사나가 그 여자를 향해 걸어가자 그 여자의 걸음이 단호해진다. 그 여자는 눈 때문에 흐릿해진, 아득히 먼 곳을 바라보고 있다. 옥사나가 다가오고 있다는 걸 모르고 있다가 최후의 순간에 돌아본 여자의 시선이 얼음처럼 차갑게 날아와 꽂힌다.

불현듯 잠에서 깨어나 눈을 동그랗게 뜬 빌라넬의 심장이 쿵쾅거린다. 만물에 햇빛이 눈부시게 비치고 있다. 그녀는 베개에 머리를 얹고 싱글 침대에 누워있다. 화상 치료제와 압박 붕대에 얼굴의 대부분이 가려져있다. 얼굴 방향으로 빌라넬 눈에 보이는 것은 망사 커튼 사이로 흘러들어오는 빛, 전기 히터, 의자, 생수와 볼타롤 알약 상자가 놓인 침대 옆 탁자다. 48시간 전 이곳에서 처음 깨어났을 때는 말 그대로 몸이 말이 아니었다. 귀가 못 견디게 아팠고, 침을 삼킬 때마다 담즙이 올라왔으며 몸을 아주 조금만 움직여도 통증이 목과 어깨로 관통했다. 이제 희미하게 남은 이명 이외에 느껴지는 것은 피로감밖에 없다.

안톤이 시야에 들어온다. 빌라넬한테 식사를 가져다준 말수 적은 젊은 남자를 빼면, 빌라넬이 이곳에 도착한 이후 제일 먼저 본 사람이다. 안톤은 거위 털 재킷을 입고 지퍼 달린 여행 가방을 들고 있다.

"자, 빌라넬, 기분은 좀 어떤가?"

"피곤해요."

안톤이 고개를 끄덕인다. "넌 1차 폭발파 뇌진탕을 겪었고 목뼈가 골절되었다. 지금은 아주 강력한 진정제를 맞은 상태고."

"여기가 어디예요?"

"인스부르크 외곽 라이헤나우에 있는 개인 병원이다." 안톤이 창가로 다가가 망사 커튼을 걷고 밖을 내다본다. "무슨 일이 있었는지 기억하는가?"

"일부는요."

"막스 리데르는? 펠스나델 호텔은?"

"그럼요. 기억하죠."

"그럼 나한테 말해보거라. 대체 어쩌다 망친 거냐? 폭발 현장에는 어쩌다 갇힌 거고?"

빌라넬이 얼굴을 찌푸린다. "그게…… 린데르 방에 가서 장비를 설치했어요. 하필 그때 린데르가 들어왔고요. 그래서 숨어야겠다고 생각했는데 그 다음엔 어떻게 됐는지 기억이 안 나요."

"전혀?"

"전혀요."

"그 장비란 것에 대해 얘기해 보거라."

"이것저것 생각을 엄청 많이 해봤죠. 휴대 전화, 디지털 알람 시계, 노트북……."

"똑똑히 말해봐라. 혀 꼬부라진 소리로 말하지 말고."

"여러 가지 방법을 궁리해 봤어요. 마음에 드는 게 하나도 없더라고요. 그러다 린데르의 자위 도구를 발견했어요."

"그래서 거기다가 초소형 기폭 장치하고 폭스-7을 설치했나?"

"네, 다른 손님 중 한 명한테 법의학적 증거를 심어놓은 후에요."

"어떤 손님한테? 무슨 증거를 심었지?"

"배곳이란 영국 놈이요. 폭약을 썼던 비닐 랩을 그 놈 세면 도구 가방 안감 속에 숨겨놨어요."

"잘했다, 그 자는 몰몬교도다. 계속 얘기해봐라."

빌라넬이 머뭇거린다. "내가 어떻게 나온 거예요? 그러니까 폭발 후에요?"

"마리아가 나한테 메시지를 보냈다. 린데르가 죽었는데 네가 현장에서 의식을 잃은 채 발견됐으니 비상 탈출이 시급하다고."

"마리아요?" 빌라넬이 베개에서 고개를 들며 묻는다. "마리아도 당신 밑에서 일해요? 젠장, 그런데 왜 말을 안 해준……."

"넌 알 필요가 없었기 때문이다. 공교롭게도 그날 밤에 고지대 눈 폭풍이 덮치는 바람에 비상 헬기가 올라갈 수 없었다. 그래서 손님들은 할 수 없이 폭발이 있던 밤 호텔에 머물 수밖에 없었는데, 보나마나 그 때문에 무섭고 괴로웠겠지. 덕분에 린데르의 시신은 제대로 냉동된 셈이지만. 네가 판 유리창을 날려버려서 그 방 온도가 한 영하 20도까지는 떨어졌을 거다."

"내가요?"

"마리아가 밤새 널 감시했다. 동이 트자마자 내가 헬기를 한 대 전세 내서 경찰이 도착하기 전에 널 여기로 데리고 온 거다."

"이상하다고 여긴 사람은 아무도 없었고요?"

"손님들은 다 잠들어 있었다. 호텔 직원들은 경찰이나 뭐 그런 데서 나왔겠거니 여겼을 테고, 네 상태를 고려했을 때 네가 가서 아마 안도했겠지. 책임질 시체가 하나 더 느는 건 절대 원치 않았을 테니까."

"그 부분은 기억이 전혀 안 나요."

"아마 안 날 거다."

"그럼 이제 어떻게 되는 거예요?"

"펠스나델 호텔을 말하는 거냐? 그건 걱정할 필요 없다. 네 역할은 끝났으니."

"아니, 내가 어떻게 되는 거냐고요? 경찰이 찾아오는 건가요?"

"그럴 일 없다. 내가 널 여기 데리고 왔고 입원도 내가 시켰다. 병원 사람들 모두 네가 운전 중 사고를 당한 후 회복 중인 프랑스 관광객으로 알고 있고. 여기 사람들은 모두 굉장히 신중하지. 병원비를 생각하면 당연한 노릇이지만. 아무튼 이 병원은 수술 후

미용 성형수술 환자들을 많이 받는 모양이다. 무슨 시술인가를 하면서 네 얼굴에 눈(雪)을 펴 바르더구나."

빌라넬이 얼굴을 칭칭 감아놓은 붕대를 만져본다. 딱지가 앉고 있는 상처 부위가 가렵기 시작한다. "요청한 대로 린데르는 죽었어요. 나는 보수가 한 푼도 아깝지 않은, 아니, 보수 이상의 일을 해낸 존재라고요."

안톤이 침대 옆 의자에 앉더니 몸을 앞으로 기울인다. "네 말대로 린데르는 죽었고, 우리도 그 점은 고맙게 여기고 있다. 하지만 지금은 네가 만들어놓은 아수라장을 치워야 할 때야, 그것도 빨리. 네가 베니스에서 라라 파르마니안츠하고 광대 짓을 하고 다니고 삼류 잡지처럼 암살을 저지른 덕에 우리가 보통 골치를 썩고 있는 게 아니다. 이브 폴라스트리가 지금 FSB한테 콘스탄틴 올로프 얘기를 하면서 모스크바를 활보하고 있어."

"나도 알아요."

"나도 알아요? 기껏 한다는 말이 그거냐? 제기랄, 빌라넬. 정상일 땐 더없이 잘해내면서 이렇게 유치하고 조잡한 사고나 치고 다니는 이유가 대체 뭐냐? 폴라스트리한테 널 잡아 죽여 달라는 것처럼 보인다."

"맞아요." 빌라넬이 볼타롤 쪽으로 손을 뻗자 안톤이 볼타롤을 홱 잡아챈다.

"약은 그만하면 충분하다. 지금 아파서 이러는 거라면 난 네가 그 아픔이 전적으로 네 탓이란 점을 똑똑히 기억하기 바란다. 네가 만들어낸 이 모든 호들갑도 마찬가지고. 쾌속정도, 꾸며낸 귀족 작위도, 자위 도구 폭탄도…… 넌 텔레비전 드라마를 찍고 있는 게 아니다, 빌라넬."

"정말인가요? 난 드라마 찍는 줄 알았는데요."

안톤이 여행 가방을 침대에 툭 내려놓는다. "새 옷과 여권, 서류다. 런던에 가서 이번 주 말에는 작업에 들어갈 준비를 하고 있도록 해라."

"거기서 내가 하게 될 일이 뭔데요?"

"이 아수라장을 완전히 끝장내는 거다."

"그렇다면 그건?"

"이브를 죽인다."

FSB 밴에 있던 남자들의 안내를 받아 이브가 건물 안으로 들어간다. 실내는 외부에서 보는 것처럼 그렇게 어둡지는 않다. 한편에는 낡은 철제 책상이 있고 그 책상 너머로 제복을 입은 경관이 앉아 탁상용 스탠드 불빛에 미트볼 샌드위치를 먹고 있다. 이브와 밴에 있던 남자들이 들어가자, 남자가 고개를 들어 쳐다보더니 샌드위치를 내려놓는다.

"Angliskiy spion(영국 첩자야)." 가죽 모자를 쓴 남자가 꼬깃꼬깃한 서류를 책상 위에 탁 내려놓으며 말한다.

경관이 이브를 보더니 부리나케 고무 도장 쪽으로 손을 뻗어 보라색 스탬프 패드에서 잉크를 묻힌 후 서류에 찍는다. "Tak, Dobro pozhalovat'na Lubyanku."

"저 분이 루뱐카에 오신 것을 환영한답니다." 가죽 모자를 쓴 남자가 이브에게 통역을 해준다.

"저 분한테 늘 와보고 싶어 마지않던 곳이라고 전해주세요."

두 남자 모두 전혀 웃지 않는다. 경관이 고리짝 탁상 전화의 수화기를 들어 올리더니 세 자리 번호로 다이얼을 돌린다. 1분 후, 전투 바지에 티셔츠 차림의 건장한 남자 둘이 들어와 이브를 위아래로 쳐다보고는 자신들을 따라오라고 손짓 한다.

"제가 지금 신발이 없어요." 이브가 자신의 더러운 맨발을 손으로 가리키며 가죽 모자 남자한테 말하지만 남자는 어깨만 으쓱할 뿐이다. 책상 경관은 이미 샌드위치를 다시 먹기 시작했다. 이브는 두 남자를 따라 길고 시큼한 냄새가 나는 복도를 내려가 쌍여닫이문을 통과하여 담배꽁초가 여기저기 버려진 뜰에 들어간다. 양쪽에 우뚝 솟아있는 고층 건물들 중에는 누르스름한 벽돌 건물도 보이고, 비바람에 얼룩진 시멘트 건물도 보인다. 제복을 입고 있는 요원들과 사복 차림의 요원들이 벽에 기대 담배를 피우면서 무표정한 얼굴로 지나가는 이브를 쳐다본다. 두 남자가 이브를 낮은 문으로 데리고 간다.

내부에는 타일을 깐 복도와 가대식 탁자가 있고, 가대식 탁자 너머에서 두 남자가 빡빡 깎은 머리 위에 심벌이 새겨진 야구 모자를 삐딱하게 기울여 쓴 채 느긋하게 앉아있다. 이브와 가죽 모자 남자가 들어서자 한 명은 아주 잠깐 올려다보더니 다시 보디빌딩 잡지에 고개를 파묻는다. 나머지 한 명은 느긋하게 일어나 이브 쪽을 향해 다가오더니 소지품을 모조리 테이블 위 플라스틱 바구니에 쏟아 놓으라는 몸짓을 한다. 이브가 지시에 따라 시계, 휴대 전화, 여권, 호텔 방 열쇠, 지갑을 내려놓는다. 그 다음으로는 파카를 벗으라고 해서 벗고 휴대용 금속 탐지기로 몸수색을 받는다. 이브가 파카를 돌려달라고 해보지만 거절을 당하는 바람에 얇은 스웨터와 조끼, 청바지 차림으로 벌벌 떠는 신세가 된다.

로비에서는 계단 쪽으로 끌려가 계단을 오른 후 좁은 층계참에 도달한다. 층계참에서 콘크리트 벽에 조명이 어두침침한 복도를 따라가니 건물 내부가 나온다. 사람들이 말없이 성큼성큼 바삐 걸어 다니고 있다. 모두들 목이 두껍고 머리를 바짝 깎은 모습이다. 요원들이구나, 하고 이브는 생각한다. 오른쪽 뒤꿈치가 찌르는 듯 점점 아픈 걸 보니 뭔가 날카로운 것을 밟은 모양이다. 이브가 절 뚝거리는 걸 눈치채지 못할 리가 없는데도 요원들은 걸음을 조금 도 늦추지 않는다.

"Pozhalusta, 제발요." 이브가 애원한다.

그 말도 무시를 당하자, 지금 상황이 리처드의 연락책에게 자신을 데려가기 위해 가짜로 꾸민 일이길 바라던 희망이 사그라들기 시작한다. 복도를 몇 번인가 직각으로 돌았는데, 방향이 바뀔 때마다 매번 알전구와 콘크리트 벽으로 이루어진 똑같은 광경이 나타난다. 마침내 중앙 홀에 도착하자 커다란 화물 엘리베이터가 나온다. 공기 중에서는 쓰레기 냄새와 썩은 내가 난다. 악취가 이브의 목구멍에 걸린다. 이 모든 게 굉장히 불길한 신호를 보내고 있다. 이브는 체포를 당한 걸까? 이 사람들은 이브가 정말 스파이라고 생각하는 걸까?

너 스파이 맞잖아, 내면의 목소리가 속삭인다. 이게 네가 늘 원하던 거 아니었어? 네가 자청했기 때문에 지금 여기 있게 된 거잖아. 이 바닥에 훤한 사람의 조언을 듣고도 네가 우겼잖아. 네가 자처했잖아.

"제발요." 이브가 멈칫멈칫 애원조의 러시아어로 다시 한번 말한다. "어디로 가고 있는 거죠?"

다시 한번, 이 요원들은 그녀의 말을 못 들은 체한다. 이제는 극심해진 발꿈치의 통증이 칼날처럼 위를 향해 파고든다. 하지만 두려운 마음에 비하면 통증은 아무것도 아니다. 한 남자가 엘리베이터 호출 버튼을 누르자 저 멀리서 철커덕하고 기계음이 난다. 이브는 지금 벌벌 떨고 있다. 자신이 자초한 일일지 모른다는 생각은 싹 사라졌다. 철저하게 무력한 느낌이다.

화물용 엘리베이터 문이 날카로운 금속성 소리를 내며 열리자 이브는 안으로 끌려간다. 문이 닫히고 엘리베이터가 천천히, 끼익거리며 내려가기 시작하고, 요원들은 팔짱을 낀 채 무표정한 얼굴로 움푹 파인 벽에 기댄다. 건물 안 어디선가 이브는 규칙적인 기계음을 감지한다. 처음엔 희미하더니 엘리베이터가 밑으로 내려갈수록 점점 커진다. 소음이 굉음이 되더니 엘리베이터가 흔들린다. 이브는 손톱이 손바닥을 파고들 정도로 주먹을 꼭 쥐며 지금은 21세기라고 속으로 되뇐다. 나는 남편도 있고 데븐햄스 백화점 카드도 있고, 냉장고에 1킬로그램짜리 신선한 탈리아텔레[기다란 리본 모양의 파스타]도 있는 영국 여자야. 그러니까 아무 일 없을 거야.

아니야, 목소리가 속삭인다. 아무 일 없긴 개뿔. 넌 한숨 나올 정도로 허접한 스파이고 지금 넌 네 능력으로는 도저히 헤어 나올 수 없는 수렁에 빠졌어. 네 망상의 대가를 톡톡히 치르고 있는 거지. 이 악몽은 생시야. 실제 상황이라고.

마침내 문이 열린다. 그들은 몇 분 전에 떠났던 것과 똑같은 중앙 홀에 도착한다. 조명은 유황색이고, 아까부터 끊임없이 나던 끔찍한 소음은 이제 온 사방에서 들려오고 있다. 요원들이 이브를 또 다른 복도로 끌고 가고, 이브는 그런 그들을 간신히 따라간다. 여정도 무섭지만 목적지는 훨씬 무서울 것이 분명하다.

10분 후, 이브는 완전한 혼란에 빠진다. 지하인 것은 알겠지만, 그게 전부다. 기계가 내는 굉음은 여전히 들리기는 하지만 이제 잦아들었고, 이곳엔 다른 점유자도 있는 듯하다. 문이 덜컹거리고 삐걱거리는 소리도 들리고 아무래도 고함을 지르는 듯한 소리도 희미하게 들린다. 그들은 모퉁이를 돈다. 타일 깔린 바닥에 페인트가 벗겨진 벽으로 아까 그 끔찍한 유황색 조명이 비추고 있다. 복도 맨 위에 있는 문이 열리자, 그녀의 감시원들이 걸음을 멈추고 어느 정도 지체한 덕분에 이브에게 그 안을 들여다 볼 틈이 생긴다. 경사진 콘크리트 바닥, 배수관, 코일 호스가 있어 언뜻 보기에는 샤워실 같다. 하지만 벽의 세 면에 패드가 덧대져있고 나머지 한쪽 벽체는 쪼갠 통나무로 되어있다.

이 방이 내포하는 의미가 무엇일지 짐작해볼 틈도 없이 이브는 강화문과 감시창이 있는 감방이 일렬로 죽 들어선 곳에 입장해 버렸다. 요원들이 첫 번째 감방 바깥에서 멈춰 선 후 문을 당겨 연다. 감방 안에는 석재 세면기, 양동이, 벽에 붙여 놓은 낮은 벤치가 놓여있다. 그리고 그 벤치 위에는 때 묻은 돗짚자리가 놓여있다. 감방 안을 비추는 조명은 철사망을 띄워놓은 와트 수 낮은 전구가 다다. 믿을 수 없는 현실에 입이 떡 벌어진 이브는 요원들에게 감방 안으로 거칠게 떠밀린다. 그녀 뒤에서 문이 쾅 하고 닫힌다.

파리의 아파트 문을 잠근 후 걸쇠까지 건 빌라넬은 가방을 아무렇게나 내려놓고는 가죽과 크롬 소재가 들어간 회색 안락의자에 올라가 고양이처럼 몸을 웅크린다. 반쯤 감긴 눈으로 주변을 둘러본다. 편안한 코발트색 벽, 밋밋한 그림들, 한때는 고급스러웠 겠지만 지금은 낡아 빠진 가구들에 이제 애착이 생겼다. 판 유리 창 너머, 두꺼운 실크 커튼 프레임 사이로 보이는 것은 해가 저물 어가는 도시의 모습이다. 희미하게 빛을 발하는 에펠탑 조명을 한 동안 응시하다가 가방 깊숙이 손을 넣어 휴대 전화를 꺼낸다. 물 론 문자 메시지는 그대로 있다. 비상 시에 버튼을 한 번 눌러 발송 하는 일회용 암호. 라라가 빌라넬에게 휴대 전화를 보여주었을 당 시, 두 사람은 베니스에서 침대에 함께 누워있었다. "네가 이 문자 를 받게 되면, 난 끌려갔을 거고 모든 게 끝장나있을 거야."

"그럴 일 없을 거야." 빌라넬이 대꾸했었다.

하지만 그런 일이 생겼고, 이런 문자가 왔다. "사랑해."

라라가 정말 자신을 사랑했다는 걸 빌라넬도 알고 있다. 살아있 기만 하다면 라라는 여전히 그녀를 사랑할 것이다. 순간, 빌라넬은 라라의 그런 능력이 부러워진다. 타인의 행복을 함께 나누고, 타인 의 고통을 감내하고, 영원히 꾸며내기보다 진실된 감정의 날개를 타고 훨훨 날아오를 수 있는 능력이. 하지만 그 얼마나 위험천만하 고, 걷잡을 수 없고, 결국 시시해지는 감정이란 말인가! 북극처럼 범접하기 힘든 나만의 성채를 영유하는 편이 백 배 천 배 낫다.

그래도 라라가 끌려갔다니 기분이 안 좋긴 하다. 상당히 많이. 회색 가죽 의자에서 일어난 빌라넬은 부엌으로 가 냉장고에서 메 르시에 로제 샴페인과 차가운 튤립 모양 잔을 가지고 온다. 36시 간 후에 그녀는 런던으로 날아갈 것이다. 그곳에는 짜야 할 계획 이 기다리고 있다. 아주 복잡한 계획이.

이브의 감방에 있는 전구가 깜빡거리더니 아예 나가버린다. 지금이 몇 시인지, 밤인지 낮인지조차 알 길이 없다. 음식을 가지고 돌아온 간수도 없었다. 배가 아플 정도로 고프지만 용변을 양동이에 보아야 하는 부끄러운 상황만큼은 어떻게든 피하고 싶다. 갈증 때문에 어쩔 수 없이 세면대 수도꼭지에서 뚝뚝 떨어지는 물을 몇 모금 마셨다. 물 색깔이 갈색인 데다 녹 맛이 나지만 그런 걸 신경 쓸 여력이 없다.

딱딱한 벤치에 얼마인지 모를 시간 동안 누워있자니 갑자기 무서운 생각이 들더니 막연한 절망감에 몸이 오싹해진다. 간간이 발작처럼 몸이 덜덜 떨린다. 추위 때문이 아니다. 감방은 춥고 스웨터가 비참할 정도로 얇기는 하지만 그보다 지하철역에서 일어난 사건이 새록새록 자꾸 떠오르기 때문이다. 평생 머리카락을 파르르 가르며 날아오는 총알에 대비할 일이 있으리라고는 생각도 못 했다. 안으로 일그러지던 얼굴, 쏟아지던 뇌도 마찬가지다. 그 사람은 누구였을까? 창백한 눈동자에 살아생전 마지막 행동이 낯선 이에게 지어보인 미소가 된 그 노인은 누구였을까? 그녀 때문에 죽은 그 노인은 누구였을까? 내가 그 노인을 죽인 셈이야, 이브는 혼잣말을 한다. 어리석고 가당치도 않은 내 신념 때문에 그 노인이 죽었으니 내가 쏘아죽인 것이나 다름없어.

어둠 속에서 벌떡 일어난 이브는 또 다시 일어난 오한 발작을 견디면서 뒤꿈치가 감염될지 모른다는 생각을 떨치려 애를 쓴다. 잠도 오지 않는다. 극심한 허기에 배가 뒤틀리는 듯 아프고 벤치는 딱딱한 데다 돗짚자리에서는 토사물과 똥 냄새가 난다. 문 쪽으로 다가가본다. 아까는 멀게만 느껴졌던 고함 소리가 이제는 더없이 가깝게 느껴진다. 제대로 알아들을 수 없는 구절이 남자 목소리로 몇 번이나 반복해서 들려온다. 대꾸하는 목소리는 화가 잔뜩 나있다. 낮게 끙끙거리는 신음소리가 들리다가 갑자기 뚝 그친다.

이브는 조심스럽게 철문에 난 작은 나무널빤지를(그릇을 밀어 넣을 정도의 크기다) 들어 올려 밖을 내다본다. 복도 끝, 아까 끌려왔던 방향에서 불빛이 희미하게 깜빡거린다. 다시 시작된 고함 소리는 이번에도 극심한 분노에 찬 목소리로 바락바락 알아들을 수 없는 문구를 내뱉는다. 이번에도 똑같은 대꾸가 나오고 똑같이 날카로운 신음소리가 나다가 뚝 그친다. 녹음해놓고 무한 반복 돌리는 테이프 음성 같은 걸 듣고 있는 게 아닐까 하는 생각이 퍼뜩 든다. 만약 그렇다면 어째서? 무슨 목적으로? 그녀에게 겁을 주려고? 그렇다면 정말 불필요한 짓일 것이다.

감시창 곁에서 몸을 구부린 채 밖을 내다보고 있는데, 누군가가 주변 시야에 들어오더니 복도를 걸어 이브 쪽으로 다가오려 한다. 그 남자가 보이자 이브의 몸이 또 다시 벌벌 떨리기 시작한다. 40살 가량에, 갈색 머리가 듬성듬성 빠지고 있는 남자는 상하가 붙은 작업복에 기다란 가죽 앞치마를 두르고 고무장화를 신고 있다.

남자가 이브를 지나치자, 이브는 아주 작은 틈만 남기고 감시창을 닫는다. 내다보는 것도, 몸을 떠는 것도 멈출 수가 없다. 회진 중인 의사처럼 느긋하게 움직이고 있는 남자는 호스와 배수관과 경사진 바닥이 있는 방으로 들어간다. 한 1분쯤 흘렀을까? 두 요원이 복도 반대쪽 끝으로 가더니 어떤 감방 문을 연다. 안으로 들어간 두 사람은 양복과 셔츠 차림에 깡마른 몸으로 멍하니 허공을 쳐다보는 어떤 남자를 부축해서 데리고 나오더니 이브가 있는 방을 지나 아까 그 방으로 들어간다.

얼마 후, 요원들이 깡마른 사내 없이 나오자 이브는 두 눈을 최대한 꼭 감고 양손으로 귀를 틀어막은 채 감방 바닥에 털썩 주저 앉는다. 그런데도 총소리가 들린다. 몇 초 간격으로 이어진 두 번의 총성. 너무 무서워 생각을 할 수도, 숨을 쉴 수도 없어진 이브는 자제력을 잃고 어둠 속, 그 자리에 그대로 누워 벌벌 떨기만 한다.

어떻게 잠이 들었는지 모르겠지만, 십중팔구 지쳐 쓰러진 것이 겠지만, 이브는 잠이 들었다가 감방문을 쾅쾅 두드리는 소리에 깨어난다. 다시 불이 들어오고 익은 고기 냄새가 희미하게 풍긴다. 그 순간 이브가 확실하게 아는 단 한 가지는 배가 고프다는 것이다. 바짝 말라 붙은 입과 허기로 뒤틀린 배를 부여잡고 문에 난 작은 틈 쪽으로 절뚝절뚝 다가간다.

"Da(네)?"

"Zavtrak!" 어떤 목소리가 위협적으로 내뱉는다. "아침 식사."

그 말과 함께 쪽문이 열리더니 우악스러운 털북숭이 손이 빨간색 상자를 밀어 넣는다. 맥도널드 해피밀인데 아직 뜨거운 듯하다. 그 다음에는 러시안 파워라는 이름의 러시아제 에너지 음료가 들어온다. 이 호화로운 식사를 보고도 믿지 못하던 이브는 맥도널드 상자를 찢어 열고 덜덜 떨리는 손가락으로 그 안의 내용물을 게걸스럽게 먹어치운다. 햄버거와 감자튀김이 들어있던 상자 안에는 셀로판지에 싸인 장난감도 있다. 헬로 키티 얼굴이 찍힌 작은 플라스틱 찻주전자다.

이브는 손가락에 묻은 기름과 소금을 청바지에 쓱쓱 문질러 닦은 다음 러시안 파워 음료를 따서 벌컥벌컥 들이켜고는 숨을 헐떡이며 벤치 위로 쓰러지듯 주저앉는다. 이제 말이 되는 건 더 이상 없다. 감시창 쪽에서 볼 수 없도록 양동이를 문 쪽으로 끌고 간 다음 그 안에 소변을 본 후, 소변을 세면대에 부어버리고 졸졸 나오는 갈색 수돗물로 손과 양동이를 씻는다. 장에서도 꾸르륵꾸르륵 자꾸 신호가 오지만 양동이에 똥을 누는 수모까지 겪을 마음의 준비는 아직 되지 않았다. 하지만 조만간 피치 못할 순간이 오리라는 사실은 이브도 각오하고 있다. 감자튀김이 들어있던 종이 용기를 뒤집어 그 안에 남아있던 소금기를 마지막까지 싹싹 핥아먹고는 러시안 파워를 아껴 마신다. 이게 혹시 콘크리트 바닥과 호스와 배수관 있는 방으로 끌려가기 전 마지막 식사였을까? 미안해, 여보. 내가 진짜 너무 미안해.

갑자기 문이 홱 열린다. 아까 그 두 요원이다. 두 사람이 손짓으로 이브를 부르자 이브가 주머니 속에서 그 작은 찻주전자를 꼭 감싸 쥔 채 절뚝거리며 다가간다. 도살장 같은 그 방을 지나칠 때, 이브는 심장이 너무 쿵쾅거려 가슴이 아플 지경이다. 그때, 복도를 계속 가는 대신, 두 사람이 감방 문을 열자 그 너머에 엘리베이터가 나온다. 내려올 때 탔던 악취 풍기는 화물용 엘리베이터가 아니라 무광택 스테인리스스틸 재질의 호텔 투숙객용 엘리베이터다. 이 엘리베이터는 부드럽고 조용하게 계단 중간의 층계참까지 올라간다. 짧은 계단을 올라가니 타일이 깔린 중앙 홀이 나오고, 중앙 홀에는 지나치게 큰 야구 모자를 쓴 일전의 그 경관 두 명이 가대식 탁자 너머에 앉아있다. 테이블 위에 얌전히 놓인 것은 그녀의 파카와 소지품이 담긴 상자다.

초조하게 두 경관을 힐끔거리지만 정작 두 사람은 그녀의 존재조차 알은 체하지 않는다. 파카를 다시 입자 몸이 따뜻해져서도 좋지만 더러운 스웨터를 가릴 수 있어서 다행이다. 부리나케 여권, 시계, 휴대전화, 열쇠, 돈을 주머니에 넣는다.

"Obuv(신발)." 요원 중 한 명이 발로 토끼털을 두른 짧은 겨울용 부츠 한 쌍을 가리키며 말한다.

이브는 기꺼이 그 신발을 신는다. 사이즈도 맞춘 듯 딱 맞는다.

"자." 나머지 요원이 엘리베이터로 가는 계단 쪽으로 다시 움직이며 말한다. "당신, 따라 온다."

세 사람은 두어 층을 올라가 쪽모이 세공을 한 마룻바닥에 생간 빛깔의 낡은 카펫이 깔린 곳으로 나간다. 복도 끝에 짙은 색 나무 문짝이 살짝 열려있다. 그 안의 사무실은 온통 어둠으로 뒤덮여있다. 아무 특징 없는 커튼이 키 큰 창을 다 덮고 있기 때문이다. 마호가니 책상 너머에 어깨가 떡 벌어진 백발의 인물이 노트북 컴퓨터 쪽으로 등을 구부리고 있다.

"킴 카다시안 같은 사람이 있을까요?" 그 인물이 두 요원을 손짓으로 물러가라고 하면서 말한다. "설마 저런 몸매가 정말 있을까요?"

이브가 남자를 뚫어져라 쳐다본다. 나이는 50대 중반 정도에 머리를 아주 짧게 깎은 남자가 점잖게 쓴웃음을 짓고 있다.

남자가 노트북을 탁 닫는다. "앉으시죠, 폴라스트리 부인. 저는 바딤 티코미로프라고 합니다. 커피를 좀 주문해 드리지요."

이브가 권해준 의자에 앉으며 어리둥절한 얼굴로 고맙다는 말을 웅얼거린다.

"라테, 아니면 아메리카노?"

"아무거나 괜찮습니다."

남자가 전화기의 인터콤 버튼을 누른다. "마샤, dva kofe a molokom(커피 두 잔하고 우유)······ 혹시 장미 좋아하시나요, 폴라스트리 부인?" 남자가 자리에서 일어나 방을 가로질러 사이드 테이블 위에 놓인 꽃병 쪽으로 가더니 그 안에 들어있던 진홍색 장미 중 한 송이를 골라 그것을 이브에게 건넨다. "우수로치카(Ussurochka)라고 하는 장미입니다. 블라디보스토크에서 재배하지요. 구지 스트리트 사무실에도 꽃이 있나요?"

이브가 그윽하고 매끄러운 장미 향기를 들이마신다. "저희도 들여 놓아야겠네요. 제안해 보겠습니다."

"강력히 요구하십시오. 리처드 에드워즈라면 그 정도 예산은 분명 승인해줄 겁니다. 그 전에 여쭤볼 게 있습니다. 어젯밤은 어떻게 보내셨나요?"

"어젯밤을······ 어떻게 보냈냐고요?"

"현재 제가 개발 중인 몰입형 현장 프로젝트입니다. 일명 루뱐카 체험이랄까요. 스탈린 숙청 때 유죄 선고를 받은 정치범이 되어 하룻밤을 보내보는 것이지요." 기가 막혀 말문이 막힌 이브의 눈빛을 알아차린 티코미로프가 양손을 펼쳐 보인다. "사전에 그런 구상에 대해서 설명을 드렸으면 좋았겠지만, 소중한 피드백을 얻을 절호의 기회라 생각이 되어서 그만······ 자, 어떻게 생각하십니까?"

"간단히 말해서 제 인생에서 가장 끝내주는 밤이었습니다."

"부정적인 의미로요?"

"정신이 나가버리는 줄 알았다는 의미에서요. 곧 총살이라도 당하는 줄 알았으니까요."

"그랬을 겁니다, 폴라스트리 부인은 NKVD 처형 풀 패키지를 체험하셨으니까요. 그렇다면 세세한 조정이 필요할까요? 지나치게 섬뜩하다던가?"

"조금은요."

티코미로프가 고개를 끄덕인다. "그게 참 곤란하단 말이죠. 지금 여기가 비밀 경찰들의 근무 환경과 아주 흡사하지만, 우리한테는 이런 역사적 유산이 있잖습니까. 그 지하 고문실과 처형실들을 활용하지 못하면 그거야말로 정신 나간 거겠죠. 게다가 우리한테는 훌륭한 배우들도 있답니다. 이 조직에서 제복 입고 사람들한테 겁주는 걸 즐기는 이가 부족했던 적은 한번도 없었답니다."

"그런 것 같네요."

"적어도 부인은 아침에 눈은 뜨셨잖습니까? 옛날 같았으면 재가 되어서 비료로 쓰였을 겁니다." 티코미로프가 킬킬거린다.

이브가 장미 줄기를 손가락으로 빙빙 돌린다. "정말, 무서웠어요. 이미 알고 계시다시피, 특히 어제 누군가 실제로 절 죽이려고 한 이후였기 때문에 더더욱."

티코미로프가 고개를 끄덕거린다. "저도 알고 있습니다. 이제 곧 그 사건에 착수할 겁니다. 그나저나 리처드는 어떻게 지내고 있나요?"

"잘 지내고 계십니다. 인사 전해달라시네요."

"잘됐군요. 우리가 계속 일을 만들어줘서 리처드가 자리를 보전해야 할 텐데요."

"그건 걱정 안 하셔도 될 겁니다. 리처드가 제가 여기 온 이유를 설명해 드렸나요?"

"설명했지요. 특히 콘스탄틴 올로프에 관해 묻고 싶으시다고요."

"네. 특히 재임 후반부에 대해서요."

"흠, 최선을 다해보도록 하지요." 티코미로프가 자리에서 일어나 창가로 간다. 이브에게 등을 지고 서자 비스듬히 빛나는 푸르스름한 빛을 배경으로 그의 실루엣이 드러난다. 문을 두드리는 소리가 나더니 전투바지에 딱 달라붙는 티셔츠 차림의 젊은 남자가 쟁반을 가지고 들어와 사이드 테이블에 놓는다.

"Spasiba(고맙네), 디마." 티코미로프가 말한다.

무시무시하게 진한 커피다. 그런 커피가 몸속에 흘러들어가자 앞으로 다 잘될 것만 같다는 느낌이 어렴풋이 들며 온몸에 전율이 인다. 지난 24시간 동안 그녀를 짓누르고 있던 무력감과 수치심이라는 안개는 싹 걷혔다.

"말씀해 주십시오." 이브가 말한다.

이브의 분위기가 달라진 것을 보고 티코미로프가 고개를 끄덕인다. 다시 책상으로 돌아온 티코미로프는 자세는 나른할지언정 눈빛만큼은 빈틈없다. "Dvenadtsat'이라고 들어 보셨겠지요. 일명 12사도."

"네, 들어는 봤습니다. 아주 대충이지만."

"우린 그들이 구소련 시대 말기 레오니트 브레즈네프 하에 생겨난 신생 비밀결사조직 가운데 하나로 시작했다고 보고 있습니다. 공산주의의 종말을 예견하고 구시대의 썩어빠진 이념이 없는 새로운 러시아를 건설하고자 했던 막후 공작원들이 모인 음모 집단이지요. 자칭 그런 집단이랍니다."

"듣기엔 그럴 듯하네요."

티코미로프가 어깨를 으쓱한다. "아마도요. 하지만 대체로 역사적 견해는 다릅니다. 1990년대 초 보리스 옐친의 정책으로 극소수의 올리가르히[러시아의 신흥 재벌]만 부유해졌지, 나라는 약해지고 가난해졌습니다. 바로 그때 12사도가 지하로 숨어들면서 완전히 새로운 조직으로 탈바꿈한 것 같습니다. 자체 규정을 만들고 독자적 법을 시행하고 자체 노선을 추구하는 조직으로요."

"그게 뭐였는데요?"

"혹시 조직 이론에 대해 아십니까?"

이브가 고개를 가로젓는다.

"설립 정신이 뭐가 됐든, 모든 조직에게 결국 닥치게 되어있는 가장 긴급한 사안은 결국 존립 확보라고 주장하는 학파가 있지요. 이 목적을 위해, 조직은 공격적이고 팽창주의적인 태도를 채택하게 되는데, 결국 그것이 해당 조직을 규정하게 된다는 겁니다."

이브가 미소를 짓는다. "마치……."

"그렇지요, 말하자면, 러시아라는 나라처럼. 적에 둘러싸여 있다고 자체적으로 인식하고 있는 기업이나 민족 국가라면 마찬가지겠지요. 바로 이 지점에서 콘스탄틴 올로프가 12사도에 발탁되었다고 봅니다. 이게 전적으로 말이 되는 것이, 그때쯤엔 12사도에도 S부서나 그에 해당하는 부서가 있었으니까 그 부서를 운영하기 위해서는 올라프처럼 고도의 전문성을 갖춘 능력자가 필요했을 것이기 때문입니다."

"그러니까 지금 12사도가 러시아의 그림자 국가 비슷한 존재란 말씀이신가요?"

"그런 것까지는 아니고요. 12사도는 자체 경제와 전략과 정치까지 갖춘 일종의 국경 없는 비밀 결탁 국가라고 보고 있습니다."

"그 조직의 목적은 뭔가요?

티코미로프가 어깨를 으쓱한다. "자기들 이익을 도모하고 증진하는 것이겠지요."

"거기엔 어떻게 가입하나요? 어떤 식으로 그 조직의 일원이 되는 거죠?"

"내놓을 게 뭐가 됐든 내놓아야지요. 돈이든 영향력이든……."

"정말 이상하기 짝이 없네요."

"시대가 이상하기 짝이 없는 시대니까요, 폴라스트리 부인. 올해 초 올로프를 봤을 때 직접 확인했다시피."

"그를 만나셨나요? 어디서요?"

"오데사 근처 폰탕카에서 봤습니다. 우리 쪽 국내정보국인 SVR이 올로프를 상대로 작전을 진행했는데, 유감스럽게도 그 자의 죽음으로 종결되었지요."

"리나트 예브투크의 집에서요?"

"그렇습니다. FSB가 그 작전에 정보와 인력을 제공했고, 대신 나한테 올로프를 심문하러 와달라고 했습니다. 물론 올로프는 아무것도 털어놓지 않았고 나도 기대하지도 않았어요. 그 자는 구식이었거든요. 올로프는 자기 고용주나 자기가 고용주들을 위해 직접 훈련한 암살범들을 배반하느니 죽었을 겁니다. 물론 웃긴 건 그 조직에서 올로프를 죽였다는 거지만요."

"확신하시나요?"

"그렇고말고요. 동네 깡패들이 몸값이나 챙기려고 올로프를 납치한 게 아니라는 건 12사도도 진작 알아냈을 겁니다. 사건 여기 저기에서 SVR의 흔적을 포착했을 거예요. 따라서 12사도는 혹시 라도 올로프가 입을 열 경우에 대비해서 그를 처리했을 겁니다."

"그럼 예브투크는 왜 죽임을 당한 거죠?"

"그건 그 자가 자기 뜻이었건 아니건 아무튼 SVR에 협력했기 때문일 겁니다."

"그럼 예브투크 사건에 관심이 있다는 건가요? 그 자를 죽인 범인을 알아내는 데?"

"우린 사건의 전개를 주시하고 있습니다."

"우리한테 범인에 대한 가설이 있다는 얘기 혹시 총국장님이 하셨나요?"

"아니요, 그런 얘긴 없었습니다." 티코미로프가 생각에 잠긴 표정이다. "먼저 여쭤볼 게 있습니다, 폴라스트리 부인. '탄광 속의 카나리아'라는 표현을 혹시 알고 계신가요?"

"대충이요."

"옛날, 우리 러시아의 광부들은 새로 탄층을 팔 때 새장에 카나리아를 한 마리 데리고 갔습니다. 카나리아는 메탄가스와 일산화탄소에 굉장히 민감한 새이기 때문에 카나리아의 노랫소리가 들리는 한 자신들은 안전하다는 걸 알 수 있었기 때문입니다. 만약 카나리아의 노랫소리가 뚝 그친다면, 광부들은 그 탄광에서 탈출해야 한다는 걸 알게 되는 것이지요."

"대단히 흥미로운 이야기군요, 그런데 그 이야기를 저한테 하시는 이유가 대체 뭐죠?"

"폴라스트리 부인, MI6에서 부인한테 국제적 규모의 음모에 대한 조사를 맡긴 이유가 무엇일지 자문해보신 적이 있으신가요? 외람되지만, 부인은 이 분야에 경험이 거의 전무하잖습니까."

"저는 특정 암살범을 조사하라는 요청을 받았습니다. 여성이죠. 조사 방향도 어느 정도 가닥이 잡힌 상태라 그 여성의 신원을 밝혀낼 가능성이 있습니다. 그 누구보다 제가 그 여성에 가장 가까이 접근한 사람이기도 하고요."

"그래서 어제와 같은 살해 기도가 일어난 거로군요."

"아마도요."

"폴라스트리 부인, 그런 일에 '아마도'라는 건 없습니다. 천만다행으로 저희가 부인한테 감시 요원을 붙여 두었지요."

"네, 저도 그 사람들 봤습니다."

"부인이 본 사람들은 우리가 일부러 노출시킨 사람들이었습니다. 다른 사람들도 있었지요. 그 사람들이 부인을 죽이려 시도했던 여성을 가로막고 체포했습니다."

"지금 그 여자를 잡았다는 말씀이신가요?"

"그렇습니다, 그 여자는 지금 감금 상태입니다."

"여기에요? 루뱐카에?"

"아니요, 여기서 몇 킬로미터 떨어진 부티르카에 있습니다."

"세상에. 제가 좀 볼 수 있을까요? 심문해도 될까요?"

"죄송하지만 불가능합니다. 그 여자는 아마 기소된 적이 한번도 없을 겁니다." 티코미로프가 은으로 만든 단검 모양의 편지 개봉용 칼을 집어 들고는 그것을 손 안에서 돌린다. "게다가 그 여자가 체포되었다고 해서 부인이 위험에서 벗어난다는 의미도 아니니까요. 바로 그 이유 때문에 부인을 어제 이곳으로 데리고 와서 우리의 손님으로 하룻밤 묵도록 조치했던 겁니다."

"이 여자 이름은 알아내셨나요?"

티코미로프가 책상 위에 있는 폴더를 연다. "이름은 라리사 파르마니안츠. 소위 청부 총잡이, 다시 말해 전문저격수이지요. 부티르카에 인도되면 사진을 찍게 될 텐데, 그쪽에서 아직 사진을 보내지 않은 관계로 예전에 언론에 실렸던 사진을 인쇄해 놓았습니다."

야외 경기장에 있는 시상대에 젊은 여성 셋이 서있다. 모두 트레이닝복 차림에 지퍼를 턱밑까지 올린 채 작은 꽃다발을 들고 목에는 메달을 걸고 있다. 뉴스 자막에 따르면 이 여성들은 6년 전 열린 유니버시아드 권총 사격 부문 메달리스트들이다. 카잔[러시아 연방 타타르 공화국의 수도] 군사 학교 대표인 라리사 파르마니안츠는 동메달을 땄다. 금발에 눈 사이가 넓고 광대뼈가 높이 솟은 파르마니안츠가 멍하니 어중간한 허공을 바라보고 있다.

이브도 멍한 표정으로 파르마니안츠를 쳐다본다. 생전 처음 보는 이 사람이, 이 젊은 여자가 그녀를 죽이려 했다. 그녀의 두개골에 총알을 박아 넣으려 했다.

"이유가 뭐죠? 왜 여기인 거고, 왜 지금이고, 왜 저인 거죠?"

이브가 나직이 묻는다.

티코미로프가 침착하게 이브를 바라본다. "부인이 선을 넘었으니까요. 아무도 할 수 없다고, 아니 안 할 거라고 생각했던 일을 했으니까요. 부인이 12사도에 너무 가까이 다가갔기 때문입니다."

이브가 기사 인쇄물을 집어 든다. "이 라라라는 여자가 베니스에서 예브투크를 죽인 한 명일 겁니다. CCTV 영상도 있어요."

이에 호응하여 티코미로프가 폴더에서 두 번째 종이를 꺼내 이브에게 건넨다. 빌리가 구지 스트리트에서 인쇄한 것과 똑같은 스크린 샷이다.

"우리도 그 장면 봤습니다. 그리고 우리 생각도 같아요." 티코미로프가 말한다.

"나머지 한 여성은요?"

"알고 싶은 마음이야 굴뚝같지만 우리도 모릅니다."

"아무쪼록 제가 도움이 되어야 할 텐데요."

"폴라스트리 부인, 부인은 저희한테 부인이 알고 계신 것보다 훨씬 큰 도움을 주셨습니다. 정말 감사하게 여기고 있어요."

"그럼 이제 어떻게 되는 건가요?"

"우선, 어제 부인 동료 분께 했던 대로 부인을 다른 이름으로 귀국 항공편에 태울 겁니다." 티코미로프가 폴더를 건넨다. "이건 부인께 드리겠습니다. 비행기에서 읽어 보십시오. 비행기에서 내리기 전에 남자 승무원한테 주시면 됩니다."

이브가 인쇄물을 집어 들고 그것을 폴더에 넣으려는데 뭔가가 손에 남는다. 거의 25초 동안, 이브는 못 믿겠다는 얼굴로 메달리스트들의 이미지를 뚫어져라 쳐다본다.

"금메달 딴 선수 말인데요." 이브가 기사 속 자막을 흘낏 보며 말한다. "페름대 학생, 옥사나 보론초바. 이 여자에 대해서는 알고 있는 게 뭐죠?"

티코미로프가 얼굴을 찡그리더니 노트북을 연다. 그의 손가락이 키보드를 두드린다. "그 여자는 죽었습니다."

"확실한 건가요?" 이브가 헉 하고 묻는다. "100퍼센트 확신하실 수 있으시냐고요?"

티코미로프는 약속을 지키는 사람인 모양이다. 루뱐카 구내식당에서 이브에게 점심을 제공한 후 창문이 시커먼 메르세데스로 이브를 안내한다. 차는 푸르카소프스키 거리에 있는 FSB 청사 입구에서 대기 중이다. 뒷좌석에 호텔에서 가지고 온 그녀의 여행 가방이 놓여있다. 한 시간 이내 오스타피예보 공항에 도착하여 운전사의 안내 하에 세관 및 보안 절차를 패스트 트랙으로 받는다. 운전사는 정장 차림의 젊은 남자인데 공항 직원은 그를 보자마자 깍듯하게 대한다. 그가 이브를 1등석 대기실로 안내한 다음 그녀가 타고 갈 비행편이 호출될 때까지 함께 앉아있어 준다. 그동안 내내 그는 눈에 띄지 않으면서 한시도 경계를 늦추지 않는다. 12명에 달하는 가스프롬[러시아의 가장 큰 국영 천연가스 추출 기업] 중역과 함께 출국하려는 이브에게 남자가 봉투를 하나 건넨다. "티코미로프 님이 드리는 겁니다."

다소 팔콘 제트기 내부는 입이 떡 벌어질 정도로 호화롭다. 이브는 편안한 좌석에 기꺼이 몸을 맡긴다. 출발이 지연되던 항공기가 마침내 이륙한 후, 비스듬히 날아올라 조명이 켜진 복잡한 모스크바 시내 상공을 돌아 런던으로 향하는 항로에 올랐을 즈음엔 이미 땅거미가 내려와 있었다. 지칠 대로 지친 이브가 한 시간 정도 자다가 깜짝 놀라 눈을 떠보니 옆에서 남자 승무원이 블랙세이블 보드카가 담긴 살얼음 낀 잔을 권하고 있다.

보드카를 단숨에 쭉 들이키자 얼음같이 차가운 독한 술이 혈관으로 퍼지는 것이 느껴진다. 이브는 너머에 어둠밖에 없을 비행기 창문에 고개를 기댄다. 48시간 전만 해도 반대 방향 비행기에 타고 있었는데. 그때의 난 다른 사람이었지. 소음기 달린 총으로 쏜 총알이 슥 지나가는 소리도 들어본 적이 없는 사람. 누군가의 얼굴이 안으로 뭉개지는 걸 본 적도 없는 사람이었는데.

더는 못 하겠어. 내 인생을 되찾아야 해. 남편도 되찾아야 해. 일상, 익숙한 물건과 장소, 얼어붙은 보도에서 잡아줄 손, 밤에 함께 누울 따뜻한 몸이 필요하다고. 내가 더 잘할게, 니코. 약속해. 휴대 전화에 대고 속닥대고 노트북 화면을 뚫어져라 보던 그 수많은 밤들. 꽁꽁 숨겨왔던 그 모든 비밀들, 밥 먹듯 내뱉었던 거짓말들, 내주지 않은 사랑 모두 보상할게.

니코에게 보낼 문자를 작성해야겠다고 마음먹고 가방에 손을 넣어 휴대 전화를 찾던 이브의 손에 바딤 티코미로프가 준 봉투가 닿는다. 열어본다는 걸 깜빡하고 있었다. 봉투 안에는 단 한 장의 종이만 들어있다. 메시지는 없이 검정색 선과 흰색 선으로 그린 새장 속 카나리아 그림만 있다.

티코미로프의 의도는 무엇인가? 그가 그녀에게 말해주지 않고 있는 것은 무엇이며 그 이유는? 카나리아는 누구, 혹은 무엇인가?

그리고 사진 속 여자. 라리사 파르마니안츠가 아니라 페름 대학교 금메달리스트, 옥사나 보론초바. FSB 기록에 따르면 현재 사망 상태라고 하는데, 그렇다면 그 여자는 사이먼 모티머가 살해되던 날 밤 이브가 상하이에서 본 여자의 도플갱어인 걸까? 아니면 이브의 비약에 불과한 걸까? 존재하지도 않는 연관성을 갖다 붙이고 있는 걸까? 결국 그 여자를 본 건 아주 짧은 순간에 불과했다. 이브는 좌절감에 얼굴을 잔뜩 찌푸린다. 서로 들어맞는 것이 하나도 없다. 시작할 때는 짜맞출 정보가 너무 적었는데 이젠 너무 많아서 탈이다.

어쩌면 오히려 다행인지도 모르겠다. 더 이상 무슨 상관이랴! 월요일 아침에 그녀는 리처드 에드워즈한테 면담을 신청할 것이다. 면담에서 리처드에게 모든 게 자신의 능력 밖의 일이라는 걸 마침내 인정하게 되었다고 말할 것이다. 구지 스트리트, MI6, 유해하고 무섭기만 한 이 난장판에서 벗어나 인생을 되찾기로 했다고 말할 것이다.

런던 시티 공항에서 이브는 리처드에게 귀국했다는 문자를 암호화해서 보낸 후 집으로 가는 지하철에 오른다. 휴대 전화 배터리도 다 되어가고, 배도 고픈 지금, 그 어느 때보다 니코가 집에 있어 주었으면 좋겠다. 음식과 병을 딴 와인 한 병까지 있으면 금상첨화일 것이다. 핀칠리 로드 역에 도착해서는 여행 가방을 출구까지 질질 끌고 올라간다. 바깥에 나와보니 보도가 빗물에 젖어 반짝이고 있다. 고개를 푹 숙인 채, 불 밝힌 어둠 속을 반은 걷고, 반은 뛰어 간다. 그녀가 사는 거리에 들어서자마자 빠르게 돌아가던 여행 가방의 바퀴를 뚝 멈추고는 아파트 건물에서 차 두어 대 떨어진 곳에 주차되어 있는 경찰 마크 없는 밴을 본다. 그러자 처음으로 감시인의 존재가 정말 고맙게 느껴진다. 잠시 후 올려다본 아파트에 불빛이 없는 것을 확인하자, 이브의 발걸음이 느려진다.

집 안 공기는 오랫동안 인적이 없었던 듯 적막하고 차갑다. 식탁 위에는 시들어가는 흰 장미꽃이 들어있는 꽃병으로 고정시킨 쪽지가 한 장 놓여있다. 꽃잎이 떨어져 쪽지 내용이 가려져있다.

여행 잘 다녀왔길 바라, 자세한 얘기를 해줄 리는 없겠지만. 자동차하고 염소는 내가 가지고 갔어. 츠비그랑 클로디아네 집에서 지내려고. 얼마나 있을

지는 잘 모르겠어. 자기가 우리 결혼 생활을 계속 유지하고 싶은지 마음을 정할
정도는 있어야 할 텐데 말이야.

　이브, 난 이렇게는 못 살아. 우리 둘 다 문제가 있다는 걸 알고 있어. 둘 중
하나겠지. 당신이 내 세상에 살기로 하는 거야. 사람들이 평범한 일을 하고,
부부가 같이 자고 같이 밥 먹고 친구들도 같이 만나는 그런 세상 말이야. 그래,
가끔은 지루하기도 하겠지. 하지만 적어도 배신당하는 사람은 없을 거야. 아니
면 당신이 계속 당신 식대로 사는 거야. 나한테 계속 아무 말도 안 하고 쫓는
게 뭔지, 누군지 모르겠지만 아무튼 그걸 쫓느라 밤낮없이 일하면서 사는 삶 말
이야. 미안하지만 그런 삶이라면 난 빠지겠어. 간단한 문제인 것 같아. 당
신 선택에 달려있어. 니코가.

　이브는 쪽지를 잠깐 응시하다가 현관문으로 되돌아가 자물쇠
를 확인한다. 먹을만한 게 없는지 부엌을 재빨리 뒤진 결과, 토마
토 수프 한 캔, 기름에 쩐 봉지에 담긴 눅눅한 사모사[감자와 채소, 커
리 등을 넣은 삼각형 모양의 튀김] 세 개, 날짜 지난 블루베리 맛 요거트 한
통이 나온다. 수프를 데우는 동안 사모사와 요거트를 순식간에 먹
어치운다. 평소 어질러 버릇하던 이브를 꾸짖기라도 하듯, 니코는
아파트를 아주 깔끔하게 치워놓았다. 침실에 가보니 침대도 정돈
되어있고 블라인드도 내려져있다. 이브는 욕조에 몸을 담글까 하
다가 관두기로 한다. 지금은 너무 피곤해서 몸의 물기를 닦기는커
녕 생각조차 할 수가 없다. 휴대 전화를 충전기에 꽂은 후, 이브는
침대 옆 서랍에서 글록 자동 권총을 꺼내 베개 밑에 둔다. 그러고
나서 옷을 벗고는, 벗은 옷더미를 바닥에 그대로 놔둔 채, 침대로
기어 올라가 곧바로 곯아떨어진다.

이브는 9시 30분쯤 팩스가 작동하는 소리에 잠에서 깼다. 팩스는 암호화 이메일보다 안전할 거라며 들여놓으라는 리처드의 성화에 못 이겨서 들여놓은 것이다. 팩스에는 런던 서부, 치즈윅에 있는 한 화랑에서 열리는 특별 초대전에 오라는 내용이 아무렇게나 휘갈겨 쓰여있다. 그곳에서 리처드의 부인인 어맨더가 정오부터 그림과 데생을 전시하는 중이다. '시간 되면 오세요. 담소라도 나눕시다.' 리처드는 이렇게 메시지를 끝맺고 있다.

치즈윅은 적어도 한 시간은 가야 하는 거리라서 별로 내키지는 않지만, 중립적인 장소에서 리처드에게 자신의 결정을 알릴 수 있는 기회가 될 것이다. '거기서 봬요.' 이브는 팩스로 답을 보낸 다음, 다시 침대로 기어들어가 한 시간 더 이불을 뒤집어쓰고 있었다. 두려움은 일정불변의 감정이 아니라는 것을 이브는 차차 알아가는 중이다. 두려움은 왔다가 사라지는 것이다. 이상한 순간에 갑자기 나타나 꼼짝 못하게 해놓고는 의식하지 못하는 사이 썰물처럼 물러난다. 침대에서 두려움은 두근거리는 불안감으로 둔갑하여 나타나서는 사라지지 않고 버텨 잠 못 들게 한다.

아침을 먹고 싶은 본능이 결국 승리하는 바람에, 이브는 운동복을 주섬주섬 입은 다음 글록을 가방에 아무렇게나 던져 넣고 핀칠리 로드에 있는 카페 토리노로 향한다. 리처드가 붙여준 감시자들인 만큼 당연히 전문가겠지? 만약 그들이 전문가가 아니고, 이브마저 청부 총잡이한테 선수를 빼앗기더라도 뱃속에 카푸치노 라지와 누텔라 크루아상이 들어간 후가 될 것이다.

식욕을 달랜 후, 이브는 니코의 번호를 돌린다. 전화를 받지 않자, 절망스러우면서 동시에 마음이 놓이기도 한다. 두 사람 사이에 아무 문제가 없다는 말을 하고 싶지만 그 뒤에 따를 심각한 대화에 직면할 자신이 없기 때문이다. 이브는 카페에서 지하철역으로 여유를 부리며 걸어간다. 오늘은 날씨마저 완벽한 토요일, 차갑고 맑은 날이다. 이브는 보이지 않는 감시자가 뒤에서 그녀와 보조를 맞춰 걷고 있는 상상을 한다. 반밖에 차지 않은 지하철 열차에서 누군가 버린 《가디언》지를 발견하고는 절대 사지 않을 책의 서평을 읽는다.

치즈윅에 있는 화랑은 문에 작은 은색 명판밖에 없어 찾기가 쉽지 않다. 조지 왕조 풍 주택의 1층에 자리 잡고 있는 화랑의 정면은 햇빛에 바랜 벽돌 재질이고 폭 넓은 내닫이창은 템스 강 쪽으로 나 있다. 건물에 들어서자마자, 이브는 위화감을 느낀다. 리처드의 친구들한테는 특권층 특유의, 은근하면서 확고하게 외부인을 배척하는 그런 분위기가 풍긴다. 몇 분 동안 아무도 말을 거는 사람이 없자, 이브는 미간을 찌푸리고서 전시 중인 작품을 열심히 감상하는 체한다. 수채화와 데생은 기교도 뛰어나고 보기에도 편안하다. 코츠월드의 풍경, 올드버러에 정박 중인 보트, 밀짚모자를 쓴 소녀가 프랑스에서 휴가를 보내는 모습. 리처드의 초상화도 있는데 꽤 훌륭하다. 이브가 초상화를 감상하고 있는데 바닷가에서 주운 오래된 유리처럼 창백한 눈동자에 가녀린 여자가 곁에 나타난다.

"어떻게 생각하세요?" 여자가 묻는다.

"당사자와 정말 닮았어요. 인자하면서도 속을 알 수 없는 인상이요. 어맨더시죠?"

"맞아요. 당신이 이브겠군요. 논란의 여지 없이요."

"죄송하지만 무슨 말씀이신지?"

"리처드가 당신 얘기를 자주 하거든요. 내 생각엔 자기가 얼마나 자주 얘기하는지 그이는 모르는 것 같아요. 보나마나 공무상 비밀이니 뭐니 할 테니 난 당신 얘기는 묻지도 않거든요. 그렇기는 해도 늘 궁금한 마음은 있었어요."

"장담하건대, 전 미스터리한 타입이 전혀 아니랍니다."

어맨더가 보일 듯 말 듯 희미한 미소를 짓는다. "마실 것 좀 갖다 드릴게요." 어맨더가 냅킨을 감싼 프로세코[이탈리아 화이트 포도주의 일종] 한 병을 들고 돌아다니고 있는 리처드를 손짓으로 부른다. 평상시 출근할 때 검소한 차림이기는 했지만, 당황스럽게도 리처드는 정장이 아닌 핑크색 리넨 셔츠와 면바지 차림이다.

"아, 두 사람 이미 만났군요. 잘됐어요. 이브한테도 금방 한 잔 갖다줄게요."

리처드가 어디론가 가자, 어맨더가 그림 액자를 바로잡으려는 시늉을 한다. 액자에는 거의 손도 대지 않고 있지만, 그녀의 몸짓은 이브의 눈길을 백금 결혼 반지와 눈부시게 빛나는 바게트 다이아몬드 반지로 이끌기에 충분하다.

"저, 댁의 남편이랑 같이 자는 사이 아닙니다. 혹시 궁금하실까 봐 말씀드려요." 이브가 말한다.

어맨더가 눈살을 찌푸린다. "듣던 중 반가운 소리네요. 당신은 그이 타입이 전혀 아니지만, 아시다시피 남자들이 얼마나 게을러요. 기회만 되면 아무나 건드리잖아요."

이브가 미소를 짓는다. "그림이 잘 팔리나 봐요. 빨간 스티커가 많이 붙어있는 거 보니까."

"대부분 훨씬 저렴한 데생이에요. 리처드가 계속 사람들 목구멍에 와인을 들이부어 줘야 할 텐데요. 그림 파는 데 도움이 될지 두고 보게요."

"그림이 보고 싶지 않으시겠어요? 추억이 서렸을 텐데."

"그림은 자식 같답니다. 한 지붕 아래서 지내는 것도 좋지만 언제까지나 붙어있을 필요는 없거든요."

리처드가 새로 닦은 잔을 가지고 돌아와 잔을 채운 후 이브에게 건넨다. "잠깐 얘기 좀 할까요? 한 5분 뒤에?"

이브가 고개를 끄덕인다. 반쯤 돌아섰을 때, 어맨더는 이미 가 버리고 없다.

"우리 딸 좀 소개할게요." 리처드가 말한다.

클로이 에드워즈는 긴 속눈썹에 엄마의 가녀린 체구를 물려받았다. "아빠랑 같이 일하시는 분이죠?" 리처드가 자리를 뜨자 클로이가 묻는다. "너무 멋져요. 엄마랑 전 아빠 동료 스파이들은 한 번도 못 만나봤거든요. 그러니까 제가 좀 광팬처럼 굴어도 용서해 주셔야 해요. 지금 가방에 총 들어있죠, 그죠?"

"물론이죠." 이브가 미소 지으며 답한다.

"생각해 보니까, 실은 한 번 만난 적 있네요. 스파이 말예요."

"혹시 제가 아는 분인가요?"

"아는 사람이면 진짜 대박이겠어요. 생레미드 프로방스에 있는 우리 집에 있을 때였어요. 엄마가 스케치였나 쇼핑이었나 아무튼 뭐 한다고 나간 동안, 그 스파이 아저씨가 왔었거든요. 나이가 좀 있는 러시아 사람이었고 불쌍할 정도로 얼굴이 상한 사람이었어요. 그 아저씨 진짜 좋아했었는데."

"그때가 몇 살 때였어요?"

"아마 15살이었을 거예요. 그 아저씨 이름은 기억이 안 나요. 기억했어도 가명이었겠죠 뭐, 안 그래요?"

"꼭 그러란 법은 없죠. 저 그림 속 여자애, 클로이예요? 밀짚모자 쓴 소녀?"

"안타깝게도 저 맞아요. 누가 저 그림 좀 사갔으면 좋겠어요."

"진심이에요?"

"그 왜, 휴가 중인 백인 소녀라니 너무 빤하잖아요."

"그래도 프로방스에 집이 있다니 너무 멋지겠어요."

"맞아요, 라벤더 밭의 열기와 냄새. 끝내주죠. 하지만 빌브레퀸 수영복 입은 돈 많은 파리 남자애들은 별로예요."

"그럼 얼굴 상한 러시아 아저씨가 더 좋아요?"

"그럼요, 그 아저씨가 다 이기죠."

"아빠 따라서 해외정보부에 한번 들어가 봐야겠어요. 그런 사람 거긴 흔할 테니까."

"아빠가 전 스파이가 되기엔 너무 화려하대요. 언니처럼 진짜진짜 평범해 보여야 한대요. 길 가다 마주치면 곧바로 지나칠 그런 사람이어야 한다나요."

이브가 미소를 짓는다. "나처럼요?"

"아뇨, 아뇨, 그런 말이 아니라……."

"걱정 마요. 장난친 거니까. 하지만 아빠 말씀은 장난이 아니에요. 클로이는 지나가다가도 쳐다볼 정도잖아요. 마음껏 즐겨요."

클로이가 씩 웃는다. "언니 참 좋은 사람 같아요. 우리 계속 연락하고 지내면 안 될까요? 아빠가 맨날 사람을 잘 만나야 된다고 입

버릇처럼 말씀하시거든요." 클로이가 이브에게 명함을 건넨다. 명함에는 클로이의 이름과 전화번호, 돋을새김한 해골 표시가 있다.

"내가 좋은 사람일지는 모르겠지만 고맙군요. 대학생이에요?"

"연기 학교에 가고 싶어요. 새해엔 오디션도 많이 볼 거예요."

"행운을 빌게요."

리처드가 손님들을 이리저리 피하면서 두 사람 쪽을 향해 다가오더니 딸의 엉덩이를 톡톡 두드린다. "자, 훠이훠이, 우리 딸. 아빠가 몇 분만 이브 좀 빌려야겠다."

클로이가 눈알을 굴린다. 이브는 리처드를 따라 밖으로 나간다.

의약 및 의료 용품 납품 업체인 위틀록&존스는 센트럴 런던, 웰벡 스트리트에 있는 믿을 만한 노포 가운데 하나다. 판매 사원은 흰색 가운을 입고 있으며, 손님이 대놓고 말하지 못하는 품목도 알아서 곧잘 찾아줄 만큼 눈치 빠르기로 유명하다. 점원 콜린 다이한테는 심심한 하루였다. 매장은 개인 병원 전문의들 대다수에 납품을 하는데 최신 설비를 모두 갖춘 그 병원들은 할리 스트리트와 임폴 스트리트 근처에 몰려있다. 위틀록&존스 근무 2년차인 다이는 이제 그 병원 간호사들 대부분의 얼굴을 알아보게 되었다. 간호사들이 자기들이 근무하는 병원의 의사들이 쓸 외과 용품을 보충하러 매장에 종종 들르기 때문이다. 그 중 대여섯 명하고는 농담을 주고받으며 시시덕거릴 정도로 친해졌다. 다이한테 자신의 성(姓)은 늘 어색함을 누그러뜨리기에 더없이 좋은 수단이다.

따라서 자신의 판매대로 모르는 젊은 아가씨가 다가오고 있는데, 그 아가씨가 버팀대와 허리받침대를 장착해 놓은 유리 섬유

마네킹을 오래도록 쳐다보고 있다면, 다이는 그 아가씨가 어떤 유형인지 알 수 있다. 얌전한 화장, 실용적인 신발, 치명적일 정도로 예쁘지는 않고 전반적으로 사무적이면서 유능한 분위기다.

"무엇을 도와드릴까요?" 다이가 묻자, 여자는 대답 대신 목록이 적힌 종이를 그 앞에 내놓는다. 채혈 키트, 지혈 집게, 주사 바늘 폐기용 봉지, 대형 콘돔 한 곽.

"파티라도 하시나봐요?"

"뭐라고요?" 여자가 다이를 노려본다. 사시 기가 살짝 있는데 투박한 안경도 그걸 가려주지는 못한다. 하지만 그걸 빼면 완전히 폭탄은 아닌데, 다이는 속으로 생각한다.

"그 왜, 그런 말 있잖아요." 다이가 자신의 명찰을 가리킨다. "다이아몬드에서 다이가 빠지면 아몬드라고."

"목록에 있는 물건 다 있나요?"

"잠시만 기다려 주세요."

다이가 돌아와도 여자는 눈 하나 깜빡이지 않는다.

"죄송하지만 콘돔은 표준 사이즈밖에 없습니다. 괜찮으실까요?"

"잘 늘어나죠?"

다이가 씩 웃는다. "제 경험상 그렇더라고요."

여자가 한쪽 눈으로는 다이를, 당황한 듯한 나머지 한쪽 눈으로는 다이의 어깨 너머를 바라보며 현금으로 물건 값을 지불한다.

다이가 영수증을 비닐봉지 안에 넣는다. "또 오… 시겠죠? 왜 그런 말 있잖아요……. 다이-있으니까 또 오세요."

"요새 누가 저런 농담을 한다고. 병신."

이브는 리처드를 따라 화랑에서 나와 강변 산책로를 건너 보트 경사로를 내려가 수상 부두로 향한다. 수상 부두에는 소형 보트와 그 밖의 작은 배가 정박하고 있다. 지금은 썰물 때라 발 아래로 배들이 잔잔히 흔들거린다. 보드라운 진흙과 해초 냄새가 은은히 풍기고, 강물의 오르내림과 때를 같이 하여 배를 매어놓은 사슬이 느릿느릿 쇳소리를 낸다. 추운 날이지만 리처드는 추운 것도 잘 모르는 듯하다.

"아주 야무지던데요, 따님이."

"그렇죠? 우리 딸아이가 마음이 들었다니 다행이군요."

"마음에 들었고말고요." 미풍이 불자 희미하게 반짝거리는 강물이 부르르 떤다. "모스크바 지하철역에서 전문 저격수가 절 처치하려고 했어요. FSB가 아니었다면 전 죽었겠죠."

"랜스가 얘기하더군요. 이브를 루뱐카로 데리고 갔다면서요."

"네, 그랬어요."

"그것 참 미안하게 됐군요. 모든 게 다 죽을 만큼 무서웠을 텐데."

"정말 무서웠어요. 하지만 애초에 가겠다고 우긴 제 탓이죠."

리처드가 얼굴을 돌린다. "지금 그런 건 중요하지 않아요. 무슨 일이 있었는지만 말해봐요."

이브가 전부 털어놓는다. 지하철역, 루뱐카, 티코미로프와 나눈 대화까지. 빠짐없이 모조리.

이브의 이야기가 끝났지만 리처드는 아무 말이 없다. 거의 1분 간 리처드는 거룻배가 살살 움직이며 부두를 지나가는 모습만 지켜보는 듯하다. "그러니까 러시아가 그 파르마니안츠란 여자를 붙잡아두고 있단 얘기군요." 리처드가 마침내 말한다.

"네, 부티르카예요. 만만한 막사 같은 데는 아니겠죠."

"물론 아니죠. 거긴 아직 중세나 다름없어요."

"그 여자가 베니스에서 예브투크를 죽인 2인조 중 한 명인 게 분명해요. 티코미로프도 그렇게 생각하고 있고요."

"티코미로프도 알고 있나요?"

"빅토르 케드린을 죽인 범인을 알아내라고 총국장님이 절 채용하셨죠. 전 그 범인이 옥사나 보론초바, 코드네임 빌라넬이라는 젊은 여자라고 믿고 있습니다. 어학을 배우던 학생으로 페름 대표로 권총 사격 상을 받았는데, 스물셋의 나이에 삼중 살인[한 장소에 세 명이 살해된 경우]으로 유죄 판결을 받은 바 있죠. SVR S부서장 출신, 콘스탄틴 올로프한테 발탁되어 12사도의 암살범 훈련을 받았습니다. 옥사나를 감옥에서 빼내서 사망으로 위장하고 새로운 신분을 만들어준 게 올로프인데, 그후 올로프 자신도 빌라넬한테 죽임을 당했을 가능성이 상당히 높습니다. 앞으로 48시간 이내에 빠짐없이 기록한 보고서를 팩스로 보내드리겠습니다. 그때까지 제가 살아 있으면요."

"설마 정말……."

"빌라넬의 관점에서 한번 보세요. 제가 그 여자에 대해서 발견한 내용하며 부티르카에 갇혀 있는 여자 친구까지, 그 여자 굉장히 위태로워졌는데 그게 대부분 다 저 때문이잖아요. 그렇다면 다음 표적이 누구겠어요?"

"내가 이브한테 붙인 감시팀은 최고의 팀입니다. 장담할 수 있어요. 눈에 보이진 않지만 도처에 있어요."

"저도 그러길 바라죠, 리처드. 아주 간절히 바란답니다. 그 여자가 살인 기계나 다름없기 때문이에요. 지금 침착한 척 하려고 노력 중인데, 거의 대부분은 그게 조절이 되고 있죠. 하지만 죽을까 봐 무서운 마음이 왜 없겠어요. 아니, 실은 죽을 만큼 겁이 난다고요. 너무 겁이 나서 내가 어떤 위험에 처한 건지, 예방하려면 어떤 조치를 취해야 할지 생각조차 할 수가 없단 말이에요. 그 생각을 똑바로 마주하거나 조금만 구체적으로 하려고 해도, 제가 그냥 산산조각날 것만 같거든요. 제가 그렇죠 뭐."

리처드가 말없이 걱정스러운 얼굴로 이브를 바라본다.

"사무실로는 돌아가지 않겠어요." 이브가 덧붙인다. "영영."

"알겠어요."

"전 빠지겠어요, 리처드. 진심이에요."

"알아 들었어요. 뭐 하나만 물어봐도 될까요?"

"얼마든지요."

"10년 뒤 어떤 모습으로 있기를 바라나요?"

"살아만 있어도 좋을 것 같은데요. 유부녀면 금상첨화겠고요."

"이브, 이 생활에 보장 같은 건 없지만, 여러모로 바깥세상보다 요새 안이 훨씬 안전한 법이에요. 함께 헤쳐 나갑시다. 이브는 타고난 정보원이에요. 이브는 정보 업무와 함께 살고 쉼 쉬는 사람이에요. 이 일이 주는 보람이…… 얼마나 큰지 모릅니다."

"전 못 하겠어요. 계속할 수 없어요. 그럼 이제 가보겠습니다."

리처드가 고개를 끄덕인다. "나도 이해해요."

"아뇨, 총국장님은 이해 못 하실 거예요. 이해를 하든 못하든 오늘 초대해 주셔서 감사했고요, 사모님한테 인사 대신 전해주세요."

리처드가 이브의 뒷모습을 보며 얼굴을 찡그린다.

위틀록&존스에서 사온 것들을 배낭에 넣고, 빌라넬은 지하철역 개찰구에서 안톤을 만난다. 안톤은 신경이 곤두서있고 마음이 급해 보인다. 두 사람 사이에 몇 마디 말도 오고가기 전, 안톤이 뒤돌아 빌라넬을 역 밖에 있는 작은 카페로 데리고 간다.

두 사람 다 커피를 주문한 후, 안톤이 빌라넬을 구석 테이블로 보낸다. "제일 좋은 건 오늘 밤에 끝내는 거다. 남편이 친구네 집에 머물고 있어서 집에 없는데, 확인한 바로는 아직 그 친구네 있다고 한다. 네가 요청한 무기와 탄약, 서류는 테이블 아래 가방에 있다. 차량도 요청했던데, 시신 처리용이겠지?"

"네."

"폴라스트리의 집 바로 앞에 흰색 시트로엥 소형 밴이 주차되어 있을 거다. 열쇠는 총이랑 같이 그 가방 안에 있다. 일이 끝나면 평소대로 나한테 신호를 보내고, 파리에서 보는 거다."

"알았어요. Nyet problem(문제없어요)."

안톤이 짜증스러운 얼굴로 빌라넬을 바라본다. "영어로 말해라. 그 바보 같은 안경은 왜 쓰고 있는 거냐? 정신병자처럼 보인다."

"정신병자니까요. 헤어 박사의 사이코패스 판정 문항 못 보셨어요? 전 측정 범위를 벗어나더라고요."

"망치지만 말아라, 알겠니?"

"참 나."

"빌라넬, 똑바로 들어라. 너한테 이 일을 맡길 수밖에 없는 이유는 파르마니안츠가 모스크바에서 개판을 쳤기 때문이다."

빌라넬은 여전히 무표정한 얼굴이다. "왜 개판이 됐는데요?"

"그건 중요하지 않아. 지금 중요한 건 이 일이 잘되는 거야."

8

집으로 가는 지하철 안에서 이브는 몰래 주변을 살핀다. 이 승객들 중 누가 감시자일까? 모르긴 몰라도 분명 두 명일 것이고, 둘 다 무장을 하고 있을 것이다. 저쪽의 칙칙한 고딕 풍 차림에 스태퍼드셔 불테리어를 데리고 있는 커플일까? 아스날 셔츠 차림에 정직해 보이는 남자들? 전화기에 대고 끊임없이 속닥거리고 있는 젊은 여자들?

안전 가옥에 보내달라고 할 수도 있었지만, 그래봐야 문제를 뒤로 미루는 것에 지나지 않을 것이다. 서로 입 밖에 내지는 않았지만 그녀도 알고 리처드도 알고 있다. 암살을 시도하려는 자가 있다면 그 자를 숨어있던 곳에서 뛰쳐나오게 만들어야 하며, 이브의 경우 그것을 가장 쉽게 달성할 수 있는 방법이 바로 그녀의 아파트에서 계속 생활하는 것임을. 그동안 아파트 건물과 주변 거리는 경호팀이 눈에 띄지 않게 접근을 막을 것이다. 빌라넬이 근처에 나타나면, 경호팀이 접근하여 인정사정없는 체포 작전을 펼칠 것이고, 빌라넬이 저항할 경우에는 즉각 상해를 입히거나 죽일 것이다. 어느 쪽이든 리처드 밑에서 일하기 시작한 이래로 지금이 이브에게는 그 어느 때보다 안전한 때라는 걸 이브도 알고 있다.

가방을 뒤져 열쇠를 꺼낸 후, 건물 정문을 열고 공용 복도에 들어선다. 1층 아파트 문을 연 후, 한동안 그 자리에 가만히 서서 침묵에 귀를 기울이자 화이트 와인에서 탄산이 터지는 듯 희미하게 치직거리는 소리가 난다. 글록을 꺼내고 쿵쾅거리는 심장을 애써 무시한 채 문을 닫고 아파트 안을 신속하고 철저하게 뒤져본다.

아무것도 없다. 소파에 쓰러지듯 주저앉아 텔레비전을 켜니, 니코가 보았던 히스토리 채널에 맞춰져 있다. 냉전 시대 관련 다큐멘터리가 나오는 가운데 해설자가 1952년 모스크바에서 시인 13명이 처형당한 사건을 설명하고 있다. 텔레비전을 보기 시작하지만 이브는 눈을 뜨고 있을 수가 없다. 다큐멘터리가 거친 흑백 필름이 깜박거리는 몽타주가 되고 러시아어도 반밖에 알아들을 수가 없다. 몇 분 후, 혹은 한 시간이었을지도 모르지만, 아무튼 엔딩 크레딧이 올라가면서 오래된 소비에트 국가 녹음본이 치직거리며 배경 음악으로 흘러나온다. 잠결에 이브가 따라서 흥얼거린다:

Soyuz nerushimy respublik svobodnykh
Splotila naveki velikaya Rus'
자유로운 공화국들의 굳건한 단합을
위대한 루스가 이루게 하네

끔찍한 가사하며 공화국의 굳건한 단합이니 뭐니 하는 헛소리에도 불구하고 입에 붙는 선율.

"Da zdravstvuyet sozdanny voley narodov"

인민의 의지. 그래, 잘났어……. 이브는 하품을 하며 리모컨에 손을 뻗어 텔레비전을 끈다.

"Yediny, moguchy Sovetsky Soyuz(유일하고 강대한 소비에트 연방)!"

하품을 하다 말고 이브는 얼어붙는다. 젠장, 뭐지? 머릿속 목소리인가? 아니면 아파트에서 들리는 목소리인가?

"Slav'sya, Otechestvo nashe svobodnoye(찬양하라, 우리의 자유로운 조국을)……."

노래는 한 치의 흐트러짐도 없이 또렷하게 계속된다. 일어나려고 애를 써보지만 이브는 공포심 때문인지 모든 관절이 접착제를 바른 듯 움직이질 않고 몸의 운동 능력이 완전히 말을 듣지 않아 소파로 쓰러지고 만다. 그래도 글록은 손에 쥐고 있다. 그때 노랫소리가 멈춘다.

"이브, 여기로 와줄래?"

욕실이다. 희미하지만 목소리가 울리는 것을 보니 틀림없다. 갑자기 호기심이 이브를 집어삼키더니 공포심의 입을 순식간에 틀어막는다. 몸뚱이를 끌고 거실을 지나 아파트 뒤쪽으로 간 후, 총을 손에 쥔 채, 욕실 문을 확 잡아당겨 여니 따뜻하고 향긋한 김이 훅 밀려나온다. 빌라넬이 라텍스 장갑만 낀 채, 알몸으로 욕조에 누워있다. 반쯤 감은 눈, 삐죽삐죽 뒤엉킨 축축한 머리카락, 뜨거운 비누 거품 물 때문에 피부는 핑크빛이다. 그녀의 양발 위, 수도꼭지 사이에 시그사우어 권총이 놓여있다.

"머리 감는 것 좀 도와주겠어? 장갑 낀 손으로는 어떻게 해볼 수가 없어서 말이야."

이브는 눈을 휘둥그렇게 뜨고 다리를 후들후들 떨며 빌라넬을 노려본다. 고양이 같은 이목구비, 싸늘한 회색 눈동자, 반쯤 아문 얼굴의 상처, 기이하게 살짝 뒤틀린 입술, 모두 기억이 난다. "빌라넬." 이브가 들릴 듯 말 듯 작게 말한다.

"이브."

"대체…… 여긴 왜 온 거야?"

"보고 싶었거든. 몇 주 지났잖아."

이브는 꼼짝도 하지 않는다. 묵직한 글록을 손에 든 채, 얼어붙은 듯 가만히 그 자리에 서 있을 뿐.

"부탁이야." 빌라넬이 이브의 치자나무향 샴푸병 쪽으로 손을 뻗는다. "진정해. 그 총은 내 총 옆에 내려놓고."

"그 장갑은 왜 끼고 있는 거야?"

"과학 수사 때문에."

"그러니까 날 죽이러 여기 온 거로군?"

"내가 죽여줬으면 좋겠어?"

"아니, 빌라넬. 제발……."

"그러면, 자." 빌라넬이 이브를 올려다본다. "오늘 저녁에 약속 있는 건 아니지?"

"없어, 내가…… 우리 남편이……." 이브가 빌라넬 주변을 바라본다. 김이 낀 유리창을, 세면대를, 손에 든 권총을. 자신이 이 상황을 주도해야 한다는 건 알지만 빌라넬의 물리적 존재에는 사람을 꼼짝 못 하게 하는 무언가가 있다. 젖은 머리카락, 검푸른 상처와 멍, 김나는 물속에 잠긴 창백한 몸, 벗겨진 페디큐어.

"니코 쪽지는 나도 읽었어." 빌라넬이 고개를 절레절레 흔든다.

"염소를 기르다니 진짜 미친 짓이야."

"걔네들 아직 작아. 난…… 정말이지 네가 여기 있다는 게 믿기질 않아. 네가 내 아파트에 있다니."

"내가 들어왔을 때 텔레비전 앞에서 자고 있던데. 코까지 골면서. 깨우기 싫었어."

"정문에 8중 자물쇠가 있는데."

"알지. 꽤 괜찮은 거더라. 그건 그렇고 네 아파트 너무 마음에든다. 뭐랄까…… 딱 너다워. 모든 게 딱 내가 상상했던 대로야."

"넌 우리 집에 몰래 들어왔어. 총까지 가지고. 그러니 사실상 날죽일 작정이라고 보면 되는 거겠지."

"이브, 김빠지게 이러지 좀 말아줘." 빌라넬이 장난스럽게 욕조가장자리에 머리를 기댄다. "나도 네가 상상한 대로야?"

이브가 고개를 돌려버린다. "난 너 상상한 적 없어. 너 같은 일을 저지르고 다니는 사람은 도무지 상상이 안 됐거든."

"진짜?"

"네가 죽인 사람이 몇 명인지는 알고 있는 거야, 옥사나?"

빌라넬이 웃는다. "이봐, 폴라스트리. 너 정말 조사를 제대로 했구나? 일등감이야. 하지만 내 얘긴 하지 말자. 네 얘길 하자고."

"아주 간단한 질문, 딱 하나만 대답해줘. 날 죽이러 온 거야?"

"자기야, 계속 그 얘기만 하네. 총 쥐고 있는 건 자기면서."

"알고 싶어."

"좋아. 내가 총 안 쏘겠다고 약속하면, 내 머리 감겨줄 거야?"

"농담 아니고?"

"응, 아냐."

"넌 미쳤어."

"다들 그러더라고. 우리 계약 성사된 거야?"

이브가 얼굴을 찌푸린다. 마침내 고개를 끄덕이고는 글록을 내려놓고 소매를 걷어 올리고 시계를 풀어 주머니에 쓱 집어넣은 다음 샴푸 쪽으로 손을 뻗는다.

빌라넬을 만지고 있자니 기분이 이상하다. 물에 젖어 매끄러운 빌라넬의 긴 머리카락을 손으로 빗는 건 더 이상하다. 이브는 빌라넬의 머리를 자신의 머리인 것처럼 감겨준다. 손가락으로 부드럽게 원을 그려가며 두피를 어루만지고 쿡쿡 찌르고 누르면서 비스킷 같은 치자 향기를 들이마신다. 게다가 빌라넬이 나체라는 점도 무시할 수 없다. 작고 창백한 가슴, 날씬한 근육, 시커먼 역삼각형을 이룬 음모.

손등에 물을 틀어 온도를 맞춘 후, 이브는 샤워기 헤드로 빌라넬의 머리를 헹군다. 자기가 조종당하고 있다는 걸 인지하고 있으면 조종당하는 게 아니야, 이브는 속으로 생각한다. 하지만 이브의 내면에서 무언가가 달라졌다. 무언가가 그녀의 세계의 중심축을 갸우뚱 기울게 했다.

머리를 다 헹군 이브는 빌라넬의 머리에 수건을 둘러 터번을 만든 후 글록을 집어 든다. "나한테 진짜로 원하는 게 뭐야?" 이브가 총열 끝으로 빌라넬의 뒷목을 푹 찌르며 묻는다.

"냉장고에 샴페인 넣어놨어. 그것 좀 따주겠어?" 빌라넬이 이를 드러내며 하품을 한다. "아 참, 내가 그거 총알 빼놨거든. 그 시그 사우어 말이야."

이브가 시그사우어와 글록 모두 확인해본다. 사실이다.

빌라넬이 벌떡 일어나 기지개를 켜자 제모하지 않은 겨드랑이가 드러난다. 그러고 나서 선반으로 손을 뻗어 가위를 꺼내더니 장갑을 벗고는 탁한 목욕물 속으로 손톱을 자르기 시작한다.

"과학 수사에 신경 쓰는 줄 알았는데?"

"내가 알아서 처리할 거야. 과학 수사 얘기가 나와서 말인데, 깨끗한 팬티 좀 있었으면 좋겠는데."

"속옷 말이야?"

"응."

"속옷도 안 가지고 온 거야?"

"깜빡했네. 미안."

"세상에, 빌라넬."

이브가 돌아왔을 때, 빌라넬은 타월을 두르고 거울에 비친 자기 모습을 보고 있다. 이브가 팬티를 던졌지만 자기 모습에 흠뻑 빠진 빌라넬이 알아차리지 못하는 바람에 팬티가 빌라넬의 젖은 머리카락 위에 안착한다. 빌라넬이 얼굴을 찡그리며 팬티를 집어 든다. "이브, 이건 전혀 안 예뻐."

"그냥 입어. 그거밖에 없어."

"팬티가 하나밖에 없어?"

"아니, 많은데 다 그게 그거야."

빌라넬은 어떻게 할까 잠시 고민을 하는 듯하더니 이내 고개를 끄덕인다. "자, 이제 샴페인 좀 따주겠어?"

"여기 온 진짜 이유를 말해주면."

빌라넬은 한겨울처럼 싸늘한 이브의 눈을 마주본다. "너한텐 내가 필요하니까, 이브. 모든 게 바뀌었으니까."

핑크빛 테탕제 샴페인 잔을 쥔 채, 거실 벽에 기댄 빌라넬은 침착하고 유능하고 여성스러워 보인다. 짙은 금발은 깔끔하게 뒤로 빗어 넘겨져 있고, 옷차림(검은색 캐시미어 스웨터와 청바지에 운동화)은 우아하면서 튀지 않는다. 똑똑한 젊은 전문직 여성이면 아무나 될 수 있는 복장이다. 하지만 이브는 빌라넬의 야만적인 면도 감지할 수 있다. 도시적인 외양 밑에서 맥박처럼 뛰고 있는 잠재적 흉포성. 지금은 거의 알아차릴 수 없는 속삭임에 불과하지만 그것은 분명 존재하고 있다.

"냉장고에 혹시 괜찮은 디저트 좀 없어?" 빌라넬이 묻는다. "이 샴페인이랑 어울릴 만한 걸로?"

"냉동 칸에 아이스크림 케이크가 있어."

"그것 좀 가지고 오겠어?"

"제기랄, 네가 가지고 와."

"이브, kotik(앙칼진 고양이 같으니라고), 난 네 손님이잖아." 빌라넬이 허리띠에서 시그사우어를 뺀다. "그리고 이번엔 장전된 총이거든."

이브가 말없이 빌라넬이 부탁한 대로 케이크를 꺼낸 후 냉장고에서 뒤를 돌아보니 빌라넬이 권총을 들어 올려 자신을 겨누고 있다. 머릿속이 하얘진 이브는 털썩 무릎을 꿇고 두 눈을 꼭 감는다. 기나긴 침묵이 귓속에서 우르릉 울린다. 천천히, 눈을 떠보니 빌라넬의 얼굴이 바로 코앞에 와있다. 빌라넬의 피부 냄새, 호흡에 섞인 와인 냄새, 샴푸 향까지 다 맡아질 정도다. 덜덜 떨리는 손으로 이브가 빌라넬에게 냉동 상태의 케이크를 내민다.

"이브, 잘 들어. 네가 나를 좀 믿어줘야 해, 알았지?"

"너를 믿으라고?" 이브가 천천히 일어선다. 빌라넬이 자동 권총을 식탁 위에 내려놓은 상태다. 손만 뻗으면 닿는 곳에 있다. 한번만 제대로 돌진하면……. 아직 생각도 제대로 못 했는데 빌라넬이 손등으로 찌를 듯 강렬한 따귀를 이브의 얼굴에 날린다. 충격으로 숨이 턱 막힌 이브가 비틀비틀 소파 쪽으로 가서는 주저앉는다.

"내가 말했잖아. 나를 좀. 믿어달라고."

"엿이나 먹어." 얼굴 한쪽이 욱신욱신 따끔거려 얼얼한 가운데 이브가 입 모양으로만 말한다.

두 사람이 그렇게 대면하고 있던 그때, 빌라넬이 손을 뻗어 이브의 빰을 어루만진다. "미안해. 아프게 할 마음은 없었어."

입 안에서 피 맛이 나지만 이브는 어깨를 으쓱한다.

빌라넬이 와인 잔과 샴페인 병을 그러모으더니 이브가 앉아있는 소파로 가서는 옆에 자리를 잡는다. "그러지 말고, 우리 대화하자. 우선, 그 팔찌는 어땠어? 마음에 들었어?"

"아름답더라."

"그래서…… 어떻다는 거야?"

이브가 빌라넬을 본다. 가만히 보니 빌라넬은 이브가 앉은 대로 앉아있고, 머리와 목도 이브와 똑같이 가누고 있고, 잔도 똑같이 들고 있다. 이브가 눈을 깜빡이자 빌라넬도 깜빡인다. 이브가 손을 움직이거나 얼굴을 만지자, 빌라넬도 손을 움직이거나 얼굴을 만진다. 마치 이브를 배우려는 듯이, 하나하나 몰래 이브를 점령하려는 듯이, 뱀처럼 그녀의 의식 속으로 스르르 들어오려는 듯이 굴고 있다.

"네가 사이먼 모티머를 죽였잖아. 머리를 거의 동강을 냈지." 이브가 말한다.

"사이먼…… 상하이에 그 놈이 사이먼이었어?"

"기억도 못 하는 거야?"

빌라넬이 어깨를 으쓱한다. "무슨 말을 할 수 있겠어? 그땐 그게 굉장히 기발해 보였거든."

"넌 미쳤어."

"아니, 나 안 미쳤어, 이브. 난 죄책감 없는 너일 뿐이야. 케이크 좀 먹을래?"

몇 분 동안 두 사람은 말없이 앉아 아이스크림, 초콜릿칩, 냉동 체리를 스푼으로 입에 떠 넣는다.

"천국의 맛이었어." 빌라넬이 자기 아이스크림 그릇을 바닥에 내려놓으며 말한다. "이제부터 내 말을 아주 집중해서 들어줬으면 해. 그리고 까먹기 전에." 빌라넬이 청바지 주머니에서 9mm 탄환 12개를 꺼내 이브에게 건넨다. "이게 네 총알이야."

글록을 재장전한 후, 뭘 어떻게 해야 할지 갈피를 못 잡던 이브는 청바지 허리춤 뒤쪽에 총을 쑤셔 넣는다. 느낌이 영 불편하다.

"안 그러는 게 좋을 거야. 뭐 마음대로 해봐." 빌라넬이 주머니에서 휴대 전화를 꺼내 사진을 한 장 검색하더니 이브에게 보여준다. "이 남자 본 적 있어?"

이브가 그 사진을 자세히 들여다본다. 남자는 30세 정도에 마르고 햇빛에 그을렸으며 카키색 티셔츠에 모래색 공수특전단 베레모 차림이다. 남자가 성가시다는 듯 눈을 가늘게 뜬 채 한 손을 들어 올리는 도중에 찍힌 모습이었는데, 아무래도 자기 얼굴을 가리려 손을 들어 올린 듯하다. 남자 뒤로는 초점이 흐려진 군용 차량의 윤곽이 보인다.

"아니, 누군데?"

"내가 안톤으로 알고 있는 남자야. 전에는 MI6에서 흑색 작전을 담당하는 E중대를 지휘했었고, 지금은 내 담당자야. 목요일에 그 사람이 나한테 널 죽이란 명령을 내렸어."

"왜?"

"네가 우리를 너무 바싹 쫓았잖아. 여기서 우리란 거는 Dvenadtsat, 12사도야. 안톤이 명령을 내렸을 때, 난 오스트리아에 있는 개인 병원에 있었어. 안톤이 내 병실로 왔었는데 병원에서 떠날 땐 이 남자랑 같이 차를 타고 갔어. 왼쪽에 있는 사람이 안톤이고."

이미지가 기울어져 있는 데다 구도도 나쁘지만 선명도는 충분하다. 어떤 건물 안에서 눈 덮인 주차장을 내려다보면서 찍은 사진이다. 두 남자가 은회색 BMW 조수석 문 옆에 서있다. 벙벙한 재킷을 입고 있는 왼쪽 인물은 카메라에 등을 지고 있다. 그 인물 맞은편에 똑똑히 식별 가능한 사람은 롱 코트를 입고 스카프를 두른 리처드 에드워즈다.

이브는 한참 동안 말없이 그 이미지만 뚫어져라 노려본다. 빙산이 바다로 무너져 내리듯 내면에서 그녀가 확신하고 있던 것들이 모조리 와르르 무너져 내리는 느낌이다. 불과 몇 시간 전 핑크색 리넨 셔츠를 입고 프로세코를 따라주며 그녀에게 '타고난 정보원' 운운하던 이 남자가 그녀의 죽음에 동의했다. 아니, 어쩌면 죽음을 요구했을지도 모른다.

티코미로프는 짐작하고 있었다. 리처드가 예브투크의 실종 관련 의혹을 언급했느냐고 물었을 때, 바로 그 순간 그는 알아차린 것이다. 순간적으로 FSB 간부인 그의 눈이 휘둥그레졌었다. 마치 오랫동안 이해되지 않던 어떤 것이 갑자기 이해가 되었다는 표정이었다. 티코미로프가 그녀에게 카나리아 얘기를 물었던 때도 바로 그때였다. 이브는 땅속 깊은 곳, 새장 안에서 노래하는 카나리아를 머릿속으로 그려본다. 탄광 안을 가득 메운 무색무취의 치명적 가스, 더 이상 노래하지 않는 카나리아는 뻣뻣하고 작은 깃털 덩어리에 지나지 않게 될 것이다.

"전화 한 통 해야겠어." 이브가 빌라넬에게 말하고는 가방 안 잡동사니를 뒤져 클로이 에드워즈의 명함을 꺼내 번호를 누른다. 10초 정도 울리자 클로이가 전화를 받는다. 목소리가 자다가 일어난 듯하다.

"클로이, 나 이브예요. 오늘 오후에 했던 얘기 관련해서 물어볼게 있어서요. 아무한테도 말하기 없기예요."

"안녕하세요, 이브. 네, 뭐⋯⋯."

"아까 말했던 그 러시아 남자 말인데요."

"아, 네⋯⋯."

"그 남자 이름 혹시 콘스탄틴 아니었어요?

"음⋯⋯ 맞아요! 그랬을 거예요. 와우. 그 아저씨 누군데요?"

"옛날 친구예요. 언제 소개해 줄게요."

"우와, 진짜 신나겠다."

"아빠한테 내가 전화했었다는 말 하지 말아주세요, 알았죠?"

"넵."

이브가 전화를 끊은 후 전화기를 테이블 위에 살며시 놓는다.

"젠장. 뭐 이런 일이."

"유감이야, 이브."

이브가 빌라넬을 노려본다. "난 MI6을 위해 널 추적 중이라고 생각했는데, 사실 리처드가 파놓은 함정에 빠져 12사도의 방어 체제 시험 도구가 된 거였어. 내가 탄광 속의 카나리아였던 거야."

빌라넬은 아무 대꾸도 하지 않는다.

"뭔가 발견할 때마다 난 꼬박꼬박 리처드한테 보고를 했지. 그러면 리처드는 그걸 12사도한테 넘겼을 테고, 12사도는 취약한 부분에 땜질을 했을 거야. 몇 주, 몇 달 동안 내가 한 모든 일이 결국 12사도를 강하게 만들고 있었어. 이럴 수가. 넌 알고 있었던 거야?"

"아니. 그런 것까지 나한테 말해주지는 않아. 물론 네가 에드워즈 밑에서 일한다는 건 알고 있었지만, 어떻게 함정에 빠지게 된 건지는 나도 에드워즈가 오스트리아에서 안톤과 함께 있는 걸 보고 난 후에야 알게 됐어."

자신에게 차가운 분노를 느끼며 이브가 고개를 끄덕인다. 그녀는 전형적인 기만 작전, 그것도 최고의 속임수가 으레 그렇듯, 자신의 허영심 때문에 구축이 가능했던 술수에 넘어간 것이다. 비상한 직관에 색다른 가설까지, 이브는 자신이 아주 똑똑한 줄 알았다. 하지만 알고 보면 교묘한 속임수에 조종당한 얼간이에 불과했다. 어떻게 그렇게 둔감할 수 있었던 걸까? 이브는 속으로 생각한다. 바로 코앞에서 벌어진 일을 어떻게 그렇게 못 보고 지나칠 수 있었던 걸까?

"그래도 너 은근 신났잖아, 안 그래?" 빌라넬이 말한다. "암호를 넣어야 들어가는 구지 스트리트의 비밀 사무실에서 비밀 요원 놀이 한 거 말이야. 사실 비밀이랄 것도 전혀 없었지만."

"리처드가 날 띄워줬는데 그게 먹힌 거지. 난 시시한 사무 직원이 아니라 승부사가 되고 싶었거든."

"너도 승부사야. 심심해질 때마다 로그인해서 네 이메일을 읽곤 했어. 네가 내 생각에 그렇게 많은 시간을 쏟아 붓는다는 게 너무 좋았지."

아직 마시지 않은 와인을 보자 이브는 어마어마하게 피곤해진다. "이제 어떻게 되는 거야? 이상하게 들린다는 건 알지만, 안톤이 시킨 대로 날 쏘거나, 뭐가 됐든 아무튼 안 죽인 이유가 뭐야?"

"두 가지야. 안톤이 나한테 널 죽이라고 명령했을 때, 나한테 든 생각은 네가 나에 대해서 너무 많이 알아냈구나, 그거였어. 그 말은 내가 다음 제거 대상이란 뜻이지."

"네 정체가 드러났기 때문에?"

"바로 그거야. 12사도는 절대 위험을 무릅쓰지 않거든. 너도 알겠지만, 콘스탄틴한테도 그랬거든. 콘스탄틴은 안톤 전에 내 담당자였어. 12사도는 콘스탄틴이 FSB에 입을 열 거라고 생각했고…… 사람을 보내 죽였지. 콘스탄틴은 입을 열 사람이 아니었는데 말이야."

"폰탕카에서."

"그래, 폰탕카에서." 빌라넬의 얼굴에 수심이 가득하다. "게다가 우리 쪽 사람 한 명이 모스크바에서 체포당했어."

"라리사 파르마니안츠. 네 여자 친구 말이지."

"그래, 라라. 라라하고는 뭐 손잡고 뽀뽀하고 그렇게 아기자기하게 연애하는 사이는 아니었어. 그보다는 그냥 섹스하고 같이 죽이고 그런 사이였지."

"현재 FSB가 라라를 데리고 있어. 부티르카에 있다고 하던데."

"Putain(젠장), 거기 장난 아닌데. 그 사람들 분명 라라를 심문할 텐데, 그러면 난 안톤한테 영구 퇴출당할 거야."

"그게 무슨 뜻이야?"

"안톤이 신속하게 사람을 보내서 날 죽일 거란 뜻이지. 내 생각에 안톤은 내가 널 처리할 때까지 기다렸다가 날 처리할 계획인 것 같아."

"확실한 거야?"

"확실하고 말고, 이제부터 그 이유를 얘기해줄게. 라라가 용케 나한테 비상 메시지를 보냈기 때문에 라라가 체포되었다는 건 나도 알고 있었어. 그런데 오늘 아까 안톤을 만났을 때, 안톤이 라라 얘기를 하면서 체포당한 얘긴 안 하더라고. 라라의 체포가 무슨 의미인지 내가 알아차릴 걸 알고 그 얘길 빼먹은 거지."

"날 안 죽인 이유가 두 가지 있다며. 두 번째 이유는 뭐지?"

빌라넬이 이브를 바라본다. "진짜 몰라서 묻는 거야? 아직도 모르겠어?"

이브가 고개를 가로젓는다.

"그야 너니까, 이브."

빌라넬을 바라보자, 지금 처한 상황이 얼마나 복잡 미묘하고 낯설고 벅찬지 확 와닿기 시작한다. "그래서 이제 어떻게 되는 건데? 내 말은 뭘……."

"뭘 어떻게 하냐고? 여기서 어떻게 살아서 빠져나가냐고?"

"그래 그거야."

빌라넬이 방 안을 서성거리기 시작한다. 마치 잔뜩 경계하고 있는 고양이 같은 몸짓이다. 이따금 책이나 사진을 힐끗 보기도 하고 벽난로 위 거울에 비친 자기 모습을 흘끔거리더니 멈춰 선다.

"일단 두 가지를 알아둬. 첫째, 유일한 생존 방법은 너와 내가 협력하는 거밖에 없다는 것. 네 목숨을 나한테 맡겨야 되고, 정확히, 정말 한 치의 어긋남도 없이 내가 하란 대로만 해야 돼. 안 그러면 12사도가 너도 죽이고 나도 죽일 거거든. 숨을 데도 없고, 나 말고는 믿을 사람도 없어. 내 말을 사실 그대로 믿어줘야 돼."

"두 번째는 뭐야?"

"여기서의 네 인생이 끝났다는 사실을 받아들여야 돼. 결혼도, 이 아파트도, 직업도 다 없어지는 거야. 실질적으로, 이브 폴라스트리는 더 이상……."

"그럼……."

"죽는 거지. 이 모든 걸 뒤로 하고 떠나는 거야. 널 내 세상으로 데리고 갈 거야."

이브가 빌라넬을 빤히 쳐다본다. 갑자기 높은 데서 뚝 떨어지고 있는 듯한 느낌, 공중에 붕 뜬 듯한 느낌이다.

빌라넬이 이브의 스웨터 소매를 획 끌어 올린다. 빌라넬의 손은 강하고 유능하다. 이제 사무적으로 돌변한 빌라넬의 눈과 이브의 눈이 마주친다. "가장 먼저 해야 할 일은 안톤한테 내가 널 죽였다고 확신시키는 거야. 일단 안톤이 네가 죽었다고 생각하게 되면, 날 잡으러 오기 전에 아주 잠깐이지만 숨 돌릴 틈이 생기거든. 누굴 보내든지 그 사람을 엉뚱한 곳으로 보내야 돼. 그런 다음 같이 사라지는 거지."

이브가 눈을 감는다. "있잖아." 이브가 생각다 못해 말한다. "내가 경찰에 아는 사람이 있는데 그 사람한테 연락하게 해줘. 게리 허스트 경감이라고. 케드린 수사 같이 했던 사람이거든. 좋은 사람이고 의심의 여지 없이 정직한 사람이야. 그 사람이라면 우리를 철저하고 완벽하게 보호해줄 거야. 분명 면책 조건부로 12사도에 불리한 증언을 한다든가 해서 일종의 거래 같은 걸 할 수 있을 거야. 나라면 그 길을 택하겠어."

"이브, 너 아직도 이해를 못 하는구나. 12사도 사람들은 도처에 깔려있어. 경찰서 유치창, 감옥, 안전 가옥, 침투 못 하는 데가 없다고. 24시간 이상 살고 싶으면 사라지는 수밖에 없어."

"어디로?"

"아까 말했잖아, 다른 세상으로 간다고. 내 세상."

"네 세상이란 게 어떤 세상인데?"

"항상 네 주변에 존재하지만 네가 속해있지 않는 한 보이지 않는 세상을 말하는 거야. 러시아에선 그걸 mir teney, 그림자 세상이라고 부르지."

"물론 그 세상도 12사도의 영역이겠지?"

"이젠 아니지. 12사도는 이제 하나의 체제야. 암살부를 뭐라고 부르는지는 너도 알지? 청소부라고 하잖아."

이브가 벌떡 일어나 아주 작은 원을 그리며 서성인다. 여전히 높은 데서 떨어지고 있는 듯한, 끝을 알 수 없는 엘리베이터 통로를 곤두박질치며 떨어지는 듯한 기분이다. 글록의 총열이 엉덩이 골에서 땀에 젖은 채 쏠리는 것이 느껴진다. 허리춤에서 총을 꺼낸 이브가 총을 오른손에 대충 올려놓는다. 빌라넬은 눈 하나 깜빡하지 않는다.

"니코는 내가 죽었다고 생각하겠네?"

"다들 그렇게 생각할 거야."

"다른 대안은 없다는 거지?"

"살아남고 싶은 한."

이브가 고개를 끄덕인 후 계속 방 안을 서성인다. 그러다 갑자기 다시 자리에 앉는다.

"그것 좀 줘봐." 빌라넬이 글록을 슬며시 빼앗는다.

이브가 눈을 가늘게 뜬다. "여긴 왜 이렇게 된 거야? 이브가 손을 뻗어 빌라넬의 입술에 난 흉터를 건드리며 묻는다.

"나중에 말해줄게. 나중에 다 말해줄게. 지금은 그런 얘기 할 때가 아니야."

이브가 고개를 끄덕인다. 시간이 후딱 지나가는 소리가 귀에 들리는 듯하다.

이브가 알고 있는 세상, 출근하는 세상, 알람이 울리고 이메일을 주고받고, 자동차 보험에 들고 슈퍼마켓 포인트 적립 카드가 있는 세상과, 'mir teney', 그림자 세상이 있다. 그녀를 사랑하는 남자, 지금까지 만나본 그 누구보다 친절하고 선량한 남자 니코와 재미로 사람을 죽이는 빌라넬이 있다.

이브가 결정을 기다리고 있는 회색 눈을 바라본다.

"알았어. 이제 어떻게 하면 돼?" 이브가 묻는다.

빌라넬이 식탁 위에 위틀록&존스에서 사온 의료 용품을 올려놓은 후, 배낭에서 쓰레기 봉투, 웨이트로스 애견용 통조림, 흰색 도자기 컵, 플라스틱 소재 벨트, 본뜨기용 밀랍 한 통, 고무풀용 유리 피펫, 만년필, 머리 고무줄 한 통, 콤팩트 파우더, 아이섀도우 팔레트, 빗, 콘돔 두어 개, 시그사우어 자동 권총과 소음기, 이브의 글록 권총을 꺼낸다.

"자, 우선 네 머리카락이 좀 필요해. 내가 몇 가닥 뽑을게." 빌라넬이 이브의 머리카락을 뽑자 이브가 움찔한다. 빌라넬은 그런 이브를 보고 미소 짓는다.

"이제 짙은 색 이불이 필요해. 최대한 짙은 걸로. 내가 준비하는 동안 빨리 가지고 와."

침실로 갔던 이브가 개어놓은 짙은 청색 시트를 가지고 돌아오자, 빌라넬이 다른 물건들과 함께 그것을 테이블에 올려놓는다. 텔레비전을 켠 후, 시끄러운 일본 경찰 드라마를 틀어놓는다. "앉아봐." 빌라넬이 소파를 가리키며 이브에게 지시한다. "소매 걷어 올리고."

시키는 대로 하고는 있지만 이브는 내심 살짝 불안하다. 빌라넬이 테이블에서 캐뉼라[체내로 약물을 주입하거나 체액을 뽑아내기 위해 꽂는 관], 채혈 주사기를 가지고 온다. 캐뉼라에는 접을 수 있는 포트와 PVC 연결관이 달려있다. 빌라넬이 연결관의 뚫려있는 끝부분을 콘돔에 넣은 후, 그것을 머리 고무줄로 단단히 고정시킨다. 플라스틱 소재 벨트를 가지고 와서는 이브의 팔뚝에서 혈관이 툭 튀어나올 때까지 이브의 이두근을 단단히 조인다. 그러고 나서 놀라울 정도로 살며시 캐뉼라를 밀어 넣고 포트를 연다.

"주먹을 꽉 쥐어." 빌라넬이 이브에게 말하자, 혈액이 PVC 연결관을 통해 흘러나와 콘돔 안에 차기 시작한다. 2, 3분 후, 콘돔 안에 이브의 혈액이 380밀리리터 정도 채워지자 빌라넬이 포트를 닫은 후, 콘돔을 분리하여 매듭지어 묶는다.

빌라넬은 시그사우어를 집어 들고 거실 한가운데로 가서는 혈액 무게 때문에 축 늘어진 콘돔을 카펫 위에서 들고서 검붉게 부풀어 오른 부분에 대고 하향각으로 한 발을 발사한다. 총알이 액체에 맞으며 탁 소리가 나더니 피가 바깥 방향으로 퍽 하고 튄다. 카펫 가운데에서부터, 반짝이는 혈흔이 바깥 방향인 창문을 향하여 부채꼴로 퍼지면서 미세한 핏방울이 무수히 생겨나더니, 그것이 바닥과 가구와 벽에서 희미하게 빛을 발한다.

빌라넬은 비판적인 시선으로 작업 결과를 살피더니 이브에게 돌아간다. 본뜨기용 밀랍을 조금 떼어다 구슬 모양으로 빚은 후 평평하게 편 다음, 그걸 고무풀로 이브의 이마에 붙인다. 그리고는 만년필 뚜껑을 열고 뚜껑의 동그란 끝부분을 낮게 솟은 밀랍 덩어리에 대고 꾹 눌러 피부까지 깔끔한 구멍을 낸다. 콤팩트 파우더와 밀랍을 섞어 이브의 이마에 붙이고 아까 만든 구멍은 검정색 아이섀도로 채운 다음 튀어 나온 구멍 둘레를 멍들어 보이게 보라색으로 칠한다.

"사입구가 엄청 예쁘겠어. 그런데 피가 더 필요해. 피를 더 얻으려면 네 기분이 조금 이상해질 거야, 알았지?" 빌라넬이 이브에게 말한다.

이번에 빌라넬은 콘돔 두 개에 피를 채우는데 500밀리리터는 족히 되는 듯하다.

이브는 매우 창백하다. "나 기절할 것 같아." 이브가 낮은 목소리로 말한다.

"내가 잡았어." 빌라넬이 말한다. 한 팔은 이브의 어깨에 두르고 나머지 한 쪽 팔로는 무릎 아래를 받친 후, 이브의 머리가 혈액이 분사된 근원지에 오게 하고 카펫에 모로 누인다. 조심스럽게 이브의 사지를 벌린 후, 글록을 오른손에 놓는다. "움직이지 마. 피가 굳기 전에 빨리 끝내야 하니까." 빌라넬이 주의를 준다.

대답 대신 이브는 눈꺼풀을 깜빡인다. 이제 이브는 의식이 있다가 없다가 하는 상태다. 실내가 어슴푸레하게 보이고 비현실적으로 느껴진다. 빌라넬의 목소리도 저 멀리서 들려오는 것처럼 웅웅거린다.

빌라넬이 도자기 컵을 웨이트로스 장바구니에 넣은 다음 식탁에 대고 마구 흔든다. 그러자 컵이 산산조각 난다. 그런 다음 애견용 통조림을 딴 후, 통조림에 든 것을 이브의 머리카락, 정확히는 뒤통수에 대고 비우고는 박살난 도자기 컵 조각 중 큰 편에 속하는 조각 대여섯 개를 젤라틴 같은 개 먹이 속에 세심하게 배열한다. 작품에 만족한 빌라넬이 첫 번째 혈액 콘돔을 그 위에 붓고 집게손가락에 피를 묻혀 화장품으로 만든 사입구에 조금씩 묻힌다. 두 번째 콘돔에 든 피로는 이브의 머리 뒤에 검붉은 호수를 만들어낸다.

"좋았어. 죽은 것처럼 보인다."

이브로서는 힘들 게 별로 없다.

빌라넬이 휴대 전화를 꺼내 다양한 각도와 거리에서 이브의 사진을 찍은 후, 만족할 때까지 사진을 살핀다. "다 됐어." 마침내 선언한 빌라넬이 흥에 겨워 살짝 춤을 춘다. "너무 훌륭해 보여. 젤리로 된 개 먹이가 화룡점정이야. 이제 널 씻어줄게. 움직이지 마."

빌라넬이 빗으로 이브의 머리를 빗어 이미 응고한 피와 내장을 벗겨낸다. 그러고 나서 웨이트로스 장바구니를 이브의 머리에 씌운 후 이브를 소파에 기대앉혀 놓은 다음, 숟가락으로 도자기 컵 파편과 개 먹이 찌꺼기를 긁어내 그것을 밀랍 깡통에 넣고 그 깡통을 쓰레기봉투에 담는다. 깡통과 함께 캐뉼라, 연결관, 남은 콘돔, 빗, 아이섀도와 파우더, 고무풀과 밀랍, 벨트, 만년필과 머리 고무줄도 쓰레기봉투로 들어간다.

빌라넬은 아까 뽑은 이브의 머리카락을 가져다가 굳어가는 피 속에 흩뿌린 다음, 손으로 머리카락 섞인 피를 묻혀 카펫을 가로질러 문지른다. 그러고 나서 라텍스 장갑을 벗어 쓰레기봉투에 넣은 다음 새 라텍스 장갑을 낀다. "이번엔 네가 목욕할 차례야." 빌라넬이 이브의 양 겨드랑이에 팔을 넣어 일으키며 큰 소리로 이른다.

비몽사몽 따뜻한 물속에 누워있는 동안, 빌라넬이 머리를 헹궈주자 이브는 마음이 한결 평온해진다. 다른 삶으로 옮겨가고 있는 듯한 느낌이다. 30분 후, 빌라넬이 물기도 닦아주고 깨끗한 옷으로 갈아입혀준 이브는 소파에 앉아 달콤한 차와 살짝 눅눅해진 초코 다이제스티브 비스킷을 먹는 중이다. 이브는 죽을 만큼 피곤하다. 피부는 축축하고 피 냄새가 콧속을 빽빽이 채우고 있다. "기분이 이상할 거라더니 진짜 내 평생 이렇게 기분 이상했던 적은 없었던 것 같아." 이브가 힘없이 속삭인다.

"알아. 내가 네 피를 엄청 많이 뺐잖아. 안톤한테 보낼 건데 너도 한번 봐봐."

이브가 빌라넬의 휴대 전화를 집어 든다. 흰색 분필 같은 얼굴, 반쯤 감긴 눈과 멍하니 벌린 입을 감탄하며 바라본다. 콧날 바로 위, 검게 그을린 9밀리 사입구 주변에 보랏빛 분화구가 있다. 뒤통수에는 무시무시한 두개골 파편이 있는데, 바스러진 뇌가 쏟아져 나와 생긴 미끈거리는 시뻘건 잡탕 사이에서 뼛조각이 하얗게 반짝인다.

"제기랄. 나 진짜 죽었나 본데?"

"내가 두부 총상을 가까이서 본 적이 있거든." 빌라넬이 조심스럽게 말한다. "딱 이렇게 생겼어."

"나도 알아. 네 친구 라라가 지하철역에서 나를 겨냥했다가 어떤 할아버지 뇌를 날려버렸거든."

"라라가 빗맞혀서 진짜 충격 먹었어. 게다가 FSB에 잡혀서 부티르카로 끌려가다니. 일진 한번 더럽기도 하지."

"라라 때문에 속상하지 않아?"

"그건 왜 물어?"

"그냥 궁금해서."

"궁금해 하지 마. 기운이나 차려. 내가 정리하고 차에 실을게."

"차가 있어?"

"사실 밴이야. 그 머그하고 비스킷 포장지 나한테 줘."

"뭐라도 가지고 가면 안 될까?"

"응, 안 돼. 죽는다는 건 그런 거야."

"그래, 그런 거겠지."

5분 뒤, 빌라넬이 아파트를 꼼꼼히 살핀다. 실내는 빌라넬이 계획한 그대로 연출된, 선혈이 낭자한 거실만 빼면 들어왔을 때 그대로다. 특히 카펫 위 적갈색 엉긴 피 얼룩이 만족스러웠는데, 그건 출혈 중인 시신을 다리를 붙잡고 끌고 갔다는 것을 암시하기 때문이다. 이 광경을 보고 어떤 진술이 나올지에 대해서, 빌라넬은 관심이 없다. 빌라넬에게 필요한 건 시간일 뿐이다. 48시간이면 족할 것이다.

"됐다. 이제 가야 돼. 내가 널 이 시트에 돌돌 만 다음 접은 러그로 덮어서 어깨에 둘러메고 나갈 거야."

"사람들이 볼지도 모르잖아?"

"봐도 상관없어. 본다고 해도 누가 짐을 옮기는 중인가보다 생각하고 말 테니까. 그러다 나중에 집 앞에 경찰차가 몰려오면 다르게 생각하겠지…… . 그땐 아마…… ." 빌라넬이 어깨를 으쓱한다.

막상 닥치고 보니 일이 아주 순식간에 끝난다. 이브는 빌라넬이 전혀 힘들이지 않고 자신을 소형밴 바닥에 내려놓는 것을 보고혀를 내두른다. 미라처럼 온몸에 파란색 시트를 두른 채 빌라넬이 멘 배낭에 머리가 눌리는 가운데, 밴의 뒷문이 닫히고 잠기는 소리가 들린다.

가뜩이나 편안한 여정이 아닌 데다 처음 30분은 과속방지턱이 연달아 나오는 바람에 최악이었다. 그러다 마침내 도로가 평탄해지자 밴은 속도를 내기 시작한다. 이브로서는 완전히 깨어있는 것도 아니고 그렇다고 완전히 의식이 없는 것도 아닌 상태에서 밴뒷자리에 누워 아무것도 못 보는 것만으로 족하다.

한 시간이었을 수도 있고, 두 시간이었을 수도 있는 시간이 흐르자, 밴이 정차한다. 차 문이 열리고 이브는 얼굴에서 시트가 걷히는 것을 느낀다. 저녁이 되어 가로등 불빛이 엷게 빛나고 있다. 빌라넬은 배낭을 어깨에 둘러멘 채 밴 짐칸 끝에 앉아있다. 몸을밴 안쪽으로 내민 빌라넬이 이브 몸에 칭칭 감아놓은 시트를 푼다. 바깥은 춥고 비 냄새가 난다. 두 사람은 고속도로변 주차장에 있고, 대형화물차에 둘러싸여 있다. 가건물에는 24시간 CAFE라는 조명이 번쩍이고 있다.

빌라넬이 이브가 밴에서 내리는 걸 도운 후, 두 사람은 각자 빗물 고인 땅바닥을 조심조심 걷는다. 카페 안에서는 기다란 형광등이 내뿜는 푸르스름한 조명 아래, 오래되어 보이는 벽면 스피커에서 엘비스 프레슬리의 '오늘 밤 외로우신가요(Are You Lonesome Tonight)?'가 흘러나오고, 열 명 남짓한 남자들이 플라스틱 테이블에 앉아 조용히 각자의 음식에 집중하고 있다. 카운터 뒤에서는 로커빌리[로큰롤 음악에 컨트리를 더한 장르] 스타일 반다나를 한 여자가 핫플레이트에 양파를 튀기는 중이다.

5분 뒤, 뜨거운 김이 모락모락 나는 차가 담긴 머그잔과 이브가 여태까지 본 중 가장 크고 기름진 햄버거가 앞에 놓인다.

"이브, 다 먹어. 감자튀김까지 싹 다." 빌라넬이 으름장을 놓는다.

"걱정 마. 배고파 죽을 지경이니까."

카페를 나설 때, 이브는 속이 약간 니글니글하기는 해도 다른 사람이 된 기분이다. 이브가 빌라넬을 따라 주차장을 가로지른 다음 어두컴컴한 길을 따라가면서 보니 어느새 군데군데 불이 켜진 고층 건물이 나온다. 건물 아래에 다다라 빌라넬이 강철 문에 열쇠를 꽂는다. 조명 없는 계단을 3층까지 오른 후, 빌라넬이 또 다른 강화 문을 열고 불을 켠다. 두 사람은 난방 안 된 원룸에 들어선다. 원룸은 적막할 정도로 가구가 거의 없다. 테이블 하나, 의자하나, 군용 간이침대 하나, 카키색 슬리핑백 하나, 행거에 옷이 가득 걸려있고 헝겊으로 덮인 옷장 하나, 다량의 철제 보관함이 전부다. 검은색 암막 커튼이 빛이 새어나가는 걸 막아준다.

"여긴 어디야?" 이브가 주위를 두리번거리며 묻는다.

"내 공간이야. 여자한테는 자기만의 방이 있어야지, 안 그래?"

"그런데 여기가 어디냐고?"

"질문 그만. 화장실은 저기, 필요한 거 있으면 가지고 가."

화장실은 가서 보니 변기, 세면대, 냉수만 나오는 수도꼭지가 있는 콘크리트 감방 같다. 바닥에 놓인 플라스틱 상자 안에 세면 도구, 탐폰, 붕대, 상처봉합용품, 진통제가 뒤죽박죽 들어있다. 이브가 화장실에서 나오자 슬리핑백이 간이침대 위에 펼쳐져있고 빌라넬은 테이블에서 시그사우어를 분해한 후 청소하고 있다. "자 도록 해. 젖 먹던 힘까지 필요해질 테니까." 빌라넬이 이브를 올려 다보며 말한다.

"넌 안 자?"

"난 괜찮아. 침대로 가."

이브는 아침인지 저녁인지 분간할 수 없는 희미한 빛 속에서 쌀쌀함을 느끼며 눈을 뜬다. 빌라넬은 어제와 같은 자세로 테이블에 앉아있지만 다른 옷차림으로 노트북에서 지도를 천천히 스크롤해서 보는 중이다. 느리긴 하지만 놀랍게도 이브는 어제의 사건을 고스란히 기억해낸다. "지금 몇 시야?" 이브가 묻는다.

"오후 5시. 너 15시간이나 잤어."

"세상에." 이브가 슬리핑백의 지퍼를 연다. "배고파 죽겠어."

"잘됐네. 준비하고 밥 먹으러 나가자. 새 옷 꺼내 놨으니까 입고."

빌라넬과 함께 밖에 나와보니 황량하고 어둑어둑한 풍경이 맞이한다. 이브가 주변 여기저기를 둘러본다. 운전을 하면서 수천 번은 지나쳤지만 한번도 눈여겨본 적은 없는 그런 곳이다. 두 사람이 방금 나선 건물은 부적격 판정을 받은 공동 주택 건물이다. 철제 셔터가 문과 창문을 가리고 있고, 보안 경고판은 경비견이 순찰을 돈다고 경고하고 있다. 야생 라일락 덤불이 쓰레기가 버려진 아스팔트 포장 바닥을 뚫고 자라나있다. Mir teney, 그림자 세상.

두 사람이 카페를 나설 즈음, 보슬비는 빗줄기가 되어있다. 고속도로에서는 차들이 잿빛 수증기를 뚫고 끊임없이 쌩쌩 달리고 있다. 이브가 빌라넬을 따라 어젯밤을 보낸 건물을 지나쳐 계속 가보니 그래피티가 새겨진 차고가 일렬로 쭉 늘어서있다. 맨끝 차고는 아연도금 철판 재질의 셔터와 암호가 걸린 튼튼한 자물쇠로 잠겨있는데, 빌라넬이 그 차고의 자물쇠를 연다. 차고 안은 보송보송하고 깨끗한 데다 뜻밖에도 널찍하다. 한쪽 벽에는 유압식 오토바이 정비대가 벽을 따라 놓여있다. 반대쪽 벽에 기대놓은 선반 위에는 헬멧, 보호대가 들어간 가죽 재킷, 바지, 장갑, 부츠가 놓여있다. 양쪽 벽 사이에 화산재 같은 잿빛 두카티 멀티스트라다 1260이 안장 양옆에 짜맞춘 안장 백과 탑 박스를 장착한 채 세워져있다.

"짐은 다 쌌놨어. 이제 옷만 입으면 돼." 빌라넬이 말한다.

5분 후, 빌라넬이 두카티를 차고에서 밀고 나온다. 이브가 셔터를 밑으로 잡아당겨 잠그는 동안 기다린다. 비는 그쳤다. 잠깐 동안, 두 여자는 그 자리에 서서 서로를 마주 본다.

"준비됐어?" 빌라넬이 재킷의 지퍼를 올리며 묻자 이브가 고개를 끄덕인다.

두 사람은 헬멧을 쓰고 두카티에 올라탄다. 테스타스트레타 엔

진의 속삭임이 웅웅거림이 되면서 전조등 빛줄기가 어둠을 밀어낸다. 이브가 균형을 잡고 뒤에서 안정적으로 자리를 잡을 수 있도록 빌라넬이 진입로에 서서히 들어선다. 빌라넬이 지나가는 차량 행렬에 틈이 생기길 기다린 후, 웅웅거림이 점차 커지며 포효가 되자, 두 사람은 사라진다.

감사의 말

퓨 도서관의 패트릭 월시에게 무한한 감사를 보낸다. 존 머리 출판사의 마크 리처즈와 멀홀랜드 출판사의 조쉬 켄들에게도 마찬가지다. 그보다 더 훌륭하고 응원을 아끼지 않는 편집자는 지구상에 없을 것이다. 팀 데이비슨의 수술 경험은 매우 유용했으며 법정 심리학자 타말라 케이블은 내게 정신병질에 관하여 없어선 안 될 식견을 주었다. 내 러시아어를 바로잡아준 올가 메세레르와 다리아 노비코바에게도 고마운 마음 금할 길이 없다.

킬링 이브
노 투모로

1판 1쇄 인쇄 2019년 4월 3일
1판 1쇄 발행 2019년 4월 10일

지은이 루크 제닝스 **옮긴이** 황금진
펴낸이 김영곤 **펴낸곳** (주)북이십일 아르테
미디어사업본부 본부장 신우섭
책임편집 곽선희 **미디어믹스팀** 강소라 이은 김미래
미디어마케팅팀 김한성 김종민 정지연 **영업팀** 권장규 오서영
해외기획팀 임세은 장수연 이윤경
홍보기획팀장 이혜연 **제작팀** 이영민 권경민

출판등록 2000년 5월 6일 제406-2003-061호
주소 (우 10881) 경기도 파주시 회동길 201(문발동)
대표전화 031-955-2100 **팩스** 031-955-2151

ISBN 978-89-509-8020-7 03840

아르테는 (주)북이십일의 문학 브랜드입니다.

(주)북이십일 경계를 허무는 콘텐츠 리더

아르테 채널에서 도서 정보와 다양한 영상자료, 이벤트를 만나세요!
북이십일과 함께하는 팟캐스트 '[북팟21] 책 이게 뭐라고'
페이스북 facebook.com/21arte **블로그** arte.kro.kr
인스타그램 instagram.com/21_arte **홈페이지** arte.book21.com

• 책값은 뒤표지에 있습니다.
• 이 책 내용의 일부 또는 전부를 재사용하려면 반드시 (주)북이십일의 동의를 얻어야 합니다.
• 잘못 만들어진 책은 구입하신 서점에서 교환해드립니다.